孤高の花姫は
麗しの伯爵様と離縁したい

―魔物の子育て要員として娶られました―

藍川竜樹

TATSUKI AIKAWA

一迅社文庫アイリス

CONTENTS

レネ

魔導貴族のドラコルル伯爵家の末弟で、現伯爵家当主。甘い美貌で、老若男女問わず惑わす小悪魔的な魅力の持ち主。幼少期より、ボーイソプラノで子守唄を歌い竜すら眠らせる能力を持つ。

リリベット

巡礼聖技団の歌姫。母譲りの美貌の持ち主で、魔物を操ることができる。五秒先が読める予知の力がある。可愛いものが大好き。父母を亡くし、聖技団の仲間を家族のように大切に思っている。

ムシュ、シュフ、フシュ

三体の使い魔。子猫サイズで、体はまん丸二頭身の魔物。竜に似た頭には角があり、背には小さな翼がある。

用語

シルヴェス王国

聖王シュタールを開祖とする王国。大陸の内部に位置する。国全体が東西文化交流の窓口となっている。

魔導貴族

魔にかかわる一族。その技能により爵位を授けられたため、成り上がり扱いをされている。

巡礼聖技団

ルーア教の聖女マグダレナが、歌や踊りで神の教えを伝え奇跡が起きたことから、それにちなみ、歌や劇、奇術など見世物を通して聖典の内容を説き広める集団。聖域の免許状を持ち、巡礼興行を行う。

KOKOU NO HANAHIME HA URUWASHI NO HAKUSHAKUSAMA TO RIEN SHITAI

{KOKOU 3} CHARACTERS PROFILE

ドラコルル伯爵家の次女で、王太子妃。魔物を食べることで無力化し滅する退魔能力の持ち主。

シルヴェス王国の王太子。かつて婚約者候補が不幸に襲われる呪いがかけられていた。ルーリエの夫。

ドラコルル家と守護契約をしている魔物。麗しい青年の姿をしていたが、現在は赤子の姿をしている。かつては異国の神だった。

ドラコルル伯爵家前当主。レネの父親。婿養子で亡き愛する妻に託された家を守るべく奮闘している。子煩悩。

ドラコルル伯爵家の長女。ウィンク一つで魔物を魅了して蕩かし、その体を溶かす。妖艶な美貌の持ち主。

ドラコルル伯爵家の長男。冷え冷えとした一瞥で魔物を凍らせて砕く。冷酷な銀の瞳を持つ魔性の殿方として淑女に人気。

リリベットの叔父。世襲魔導貴族家の当主で独身。美意識に特化した家柄で、魔道具製作の一人者を多く輩出している。

シルヴェス王国の建国以来の歴史を持つ名家の当主。魔導貴族ではない封土貴族で、有能策士な文官を多く輩出している。

ヴァルキリー巡礼聖技団の団長。片目を黒眼帯で覆った渋い中年。無数の傷のあるいかつい体をしている。

イラストレーション◆くまの柚子

KOKOU NO HANAHIME HA URUWASHI NO HAKUSYAKUSAMA TO RIEN SHITAI

孤高の花姫は麗しの伯爵様と離縁したい

―魔物の子育て要員として娶られました―

序章　始まりは優雅な真実の愛

「ギース伯爵家令嬢エリザベータ、君との婚約を破棄する！」

　王も臨席する夜会でのことだった。

　爵位を継いだばかりの若き侯爵が、皆の前で堂々と言い放った。

「親が決めた婚約者、侯爵家に生まれた者として愛はなくとも義務は受け入れるつもりだった。だが私は真実の愛を知ってしまった。もう欺瞞の人生には耐えられないっ」

　公の場での突然の辱めだ。令嬢エリザベータが蒼白になる。それに冷たく背を向け、侯爵は熱い眼差しを広間の一角へと投げかけた。

　そこにいるのは、ふわふわした金髪の可憐な〈魔導貴族〉の令嬢アドリアナだ。

　魔導貴族とは国教であるルーア教の教えに反する異端の技を操る者たちのこと。他貴族が武勇や外交など政務の実績で貴族に列せられたのとは違い、呪術など魔導の技能で爵位を得た異質な存在であるため、皆に畏れられながらも〈成り上がり者〉と蔑まれている。

　そんな他貴族からすれば下の身分に生まれ、侍女として侯爵家にあがっていたという令嬢の元へと歩み寄り、侯爵は跪いた。彼女の手を優しくとる。

「アドリアナ嬢、私は君のおかげで愛というものを知った。どうか私の妻になってほしい」

そっと指先に落とされる口づけ。

それは正式な求婚の儀式、アドリアナにとっては願ってもない玉の輿だ。

だがこの時、アドリアナもまた家が決めた〈許嫁〉にエスコートをされていた。彼女と同じ魔導貴族の出である彼は、己の許嫁へのいきなりの求婚に怒りに身をふるわせている。

これは侯爵の横恋慕か、それとも二重婚約破棄か。

人々がアドリアナの選択にかたずをのんだ時、彼女が自身の繊手を侯爵の手から引き抜いた。

「……お気持ちは嬉しく思います。でもあなたの求婚は受けられませんわ、侯爵閣下」

やわらかく微笑んで拒絶すると、次に「ごめんなさい」と隣に立つ許嫁を見上げる。

「あなたとの婚約も破棄するわ。侯爵閣下の言葉で目が覚めたの。たった一度の人生だもの、私も真実の愛に生きたい！」

「「はいい⁇」」

期せずして、二人の男があげた間抜けな声が重なった。

魅惑の男爵家令嬢アドリアナが美貌の楽師と駆け落ちしたと、衝撃のうわさが社交界を駆け巡ったのは、その二日後のことだった。

彼女に袖にされた侯爵は三日寝こみ、許嫁のほうは周囲の憐れみの目に耐え切れず放浪の旅に出たという。それが十七年前に起こったシルヴェス王国社交界最大の醜聞。
そして――――。

〈彼〉は、はっと飛び起きる。

（またこの夢か。あれから十七年もたったのに……）

壁を見る。紅のドレスを纏(まと)い微笑む〈彼女(アドリアナ)〉の肖像画がある。貴族として生まれながらどこの馬の骨とも知れぬ男と駆け落ちし、家名に泥を塗りまくった女の絵だ。本人はいいだろう。好きなように生きて。だが残された者はどうなる？　その後も体面を重んじる貴族社会で生きていかねばならぬ貴族家の者たちは。あの日を境に自分の運命は狂ったのだ。

彼はため息をつくと額を押さえた。傍らの小卓を見る。

そこには王印の押された書状があった。他(ほか)にも、とある魔導貴族家の窮状と、或(あ)る少女の身辺を調査した報告書が置かれている。

彼は頭の中を切り替えると、にやりと笑った。積年の恨みを込めて低くつぶやく。

「責任をとってもらおうではないか、彼女に」

第一章　急募！　魔物を操れる嫁

1

「リリベット、お前には母親のしでかした失態の責任をとって、ドラコルル伯爵家当主、レネ・マシェル・ドラコルル殿に嫁いでもらうことにした。いいな？」

リリベットが初対面となるシルヴェス王国の貴族、母方の叔父と名乗る人物に告げられたのは夏薔薇（ばら）が香る八番目の月、さらりと乾いた夜風が気持ちのよい夏の宵（よい）のことだった。

その日、リリベットはシルヴェス王国から遠く離れた大陸北部にある国の辺境の街、その壁外に広がる野原に張られた大きなテントの中にいた。

彼女が属する〈ヴァルキリー巡礼聖技団〉の〈公演〉に出ていたのだ――。

「さあ、皆様、今宵の聖劇をお楽しみいただけていますかな？　次はいよいよ我が団が誇る花形、〈花姫〉リリベットの登場です！」

北方特有の長い夏の宵、カンテラに照らされたテントの中は観客の熱気に満ちていた。

前座の子どもたちが可愛らしいジャグリングや綱渡りの技を披露した後、黒の眼帯とジュストコールをつけた団長が舞台の中央に進み出て、口上を述べる。

それを合図に、リリベットはレースのパラソルを手にとった。

カンテラがつくる光のスポットへと歩み出る。

さらさらと滑り落ちる銀の髪に、アネモネの花を思わせる青紫の瞳。今宵のリリベットは今の季節にふさわしく、夏の夜の幻か妖精かと見まがう、儚くも美しい姿をしていた。

華奢な肢体を覆うのは瞳の色に合わせた濃い青紫の衣装だ。髪には小さなボンネットめいた髪飾りをつけ、修練女服を意識して立襟のボレロをつけてはいるが、舞台映えを意識した豪奢なドレスは細かなフリルや造花で飾られ、華やかだ。演目は動きを伴うので裾は短め。足を見せるのははしたないので膝まである編み上げ靴を履いている。あふれんばかりのペチコートのレースがドレスの裾から見え隠れして、咲き誇る薔薇の花弁のようだ。

観客席の少女がうっとりと憧れに頬を染めた。

「素敵。なんて綺麗……」

「私も巡礼聖技団に入ってあんなドレスを着たい。聖域まで巡礼したいわ」

巡礼聖技団とは、大陸各地にある聖堂や聖地を巡る旅をしつつ、唯一神ルーアの教えを音曲を通して民に伝え、布教する、準聖職者扱いとなる巡礼者の集団のことだ。

今でこそ大陸西方諸国のほとんどが国教とするルーア教だが、その昔、まだ教えが民に浸透していなかった黎明（れいめい）期に、歌が得意だった辺境の少女マグダレナが天命を受けたのだ。

彼女は遠い西方にある聖域へと巡礼の旅に出た。その途上、字も言葉も通じない異郷の国々で、彼女は歌や踊りを交えて神の教えを説いた。

すると足の不自由な少年が立ち上がることができるようになり、盲目の老婆が光を得た。

それが聖マグダレナの奇跡。

マグダレナは死後、聖女に列せられた。

その秘跡にちなみ、歌や劇を通して聖典の内容を説きつつ、各地を巡礼する団ができたのだ。

美しく清らかな乙女（おとめ）ばかりを集めた聖域所属の巡礼聖技団は精鋭中の精鋭で、他（ほか）にも各聖堂や王侯貴族のお抱えで夜会での余興もこなす歌劇メインの団、私設の団で奇術や雑技も交えた娯楽要素の強いものまで、内容、規模は様々だ。

そして、そんな各団に共通するのが、〈花姫〉の存在だ。

歌劇でいうプリマドンナにあたる花形女性のことで、かの聖女が人前で歌う時には髪に花を飾った逸話にあやかってついた称号だ。有名な花姫は絵姿が高値で売買されるほど世俗の少女の憧れで、その存在は団の人気をも左右する。

リリベットはこの〈ヴァルキリー巡礼聖技団〉の〈花姫〉だ。

称号に見合うだけの力を披露しなくてはならない。

リリベットは観客席に笑みを投げかけると、昔、貴族家に奉公に上がっていたという母仕込みの礼儀作法で優雅に一礼する。そして熟れた桜桃めいた紅の唇を開いた。

途端に、澄んだ歌声がテントを満たす。

高く、低く。

人々の間に響く、清らかな少女の声。

美しい聖歌が、詰めかけた観客の熱気を包み込み、昇華する。優しく人々の意識をからめとり、遥かなる天上の苑へと誘う。

可憐でありながら気品あふれる声と姿に、観客の目はくぎ付けだ。

「心が洗われるようだ。さすがは〈花姫〉だ……」

「こんな都から離れた地方の街でこれほどの歌を聴けるとは。なんとありがたい……」

敬虔な老人たちの中には目に涙をにじませる者もいる。

それらを確認しながら、リリベットは内心、実に清らかでないことを考えていた。

（よし、初日のつかみは上々。だけどこれだけでは足りないわ）

彼らは娯楽の少ない地方暮らしの物珍しさから感動しているだけだ。亡き母譲りの歌唱力に自信はあるし鍛錬も欠かしていないが、さすがに大聖堂所属の花姫たちと比べるとリリベットの声量は落ちる。歌だけでは最近の目の肥えた観客たちはすぐに飽きてしまう。

（ここでの公演予定は十日。その間、もう一度、舞台を見たいと街の人たちを呼び込むには、他の団とは違うと思わせる、別の要素が必要よ）

これも団存続のための必要悪、しかたがないことなのだ。

（だから、ごめんなさい）

小さく、神と皆に謝って、リリベットは歌の合間にくるりとパラソルを回す。広げた傘で口元を隠すと、首に下げていた小さな銀の笛を取り出した。唇にあてる。

『ピイ――――！』

とたんに、人の耳には聞こえない、高い波長の音がテントに響く。

犬笛、だ。

狩人（かりゅうど）たちが犬に合図する時に使う笛が、一定のリズムをつけて鳴る。

するとテントの後方から、観客席の手すりをコロコロと転がりながら毬栗（いがぐり）の姿をした魔物たちが現れた。ツンツンとげの生えた丸い体につぶらな瞳がついたユーモラスな姿の魔物だ。

それだけではない。綱渡りの綱の上にはぞろぞろとリスやモモンガ型の魔物たち、舞台の上には洞型（うろがた）の顔がついた樹木の魔物。額に角を生やしたプードルやアフガンハウンドなど犬の姿をした魔物たちまでもが現れる。観客たちが驚き、悲鳴を上げた。

「き、きゃあぁ、魔物が出てきたわ」

「そんな、ここは聖堂から巡礼符を発行された巡礼聖技団のテントなのにっ」

魔物とは、ルーア教の教義で異端とされる、不思議な生き物たちのことだ。

高い知能と魔力を持ち、己の力だけで精気(メラム)をまとい、独自の姿をとる高位の魔物から、野山に住む獣や果実などに取り憑(つ)いてその体を操ることしかできない、自分の身を守る魔力すら持たない下位の魔物まで。様々な魔物が大陸には生息している。

中には人に害意を持つ魔物もいて。教義では異端とされていることもあり、見つけ次第、滅さなくてはならない、恐ろしくも忌まわしい存在とされている。

小さく無害な姿をしているとはいえ、そんな魔物が大量に現れたのだ。人々が驚くのも無理はない。皆が魔物から逃げようと腰を浮かしかけた時だった。

『ピュイっ』

人には聞こえない旋律が、またしてもテントに響く。魔物たちが耳をそばだて、反応した。

一斉にリリベットの元に集まってくると、樹木の魔物たちがその背後に整列する。そしてリリベットの歌に合わせて幹や枝をふるわせ、風のざわめきめいた曲を奏で始めた。

「え、歌って、る……?」

観客たちが驚きのあまり動きを止め、舞台に目を向けた隙(すき)を突き、今度は犬の姿をした魔物たちが、ひょい、と、二本の脚で立ち上がった。

すかさず舞台袖からいろいろな大きさの毬が転がり出てくる。犬やリスの姿をした魔物たちはその上に飛び乗ると、器用に毬を回して舞台上を動き回り、芸を披露しだした。

その頭上を小さなモモンガ魔物が飛び交う。可愛い襟飾りを着けた彼らは、宙を滑空しながら客席めがけて色とりどりの花弁を撒き散らす。そして綱渡りの綱上ではいつの間に上ったのか、毬栗魔物たちが横一列に並んで体を左右に揺らしダンスをしていた。

あまりの器用さ、可愛らしさに、観客たちは魔物への恐怖も忘れて興奮した声をあげた。

「父さん、母さん、すごいすごい！　魔物がダンスしてる！　こんなの初めて見た！」

「さすがはヴァルキリー巡礼聖技団。下位魔物とはいえ、神の威に魔物を従わせるとは。孤高の花姫、〈魔物使いのリリベット〉のうわさは聞いていたが異名は伊達じゃないな」

「見ろよ、あの魔物の中でただ一人立つ花姫の高貴な姿を。まさに孤高の花姫だ」

観客たちの目と心は完全に舞台に集中している。

よし、次のつかみもこれで成功。リリベットはそっとこぶしを握りしめた。

だがこれで終わらせるわけにはいかない。何しろ魔物は異端だ。このままでは「あの団は魔物を飼っている」とうわさがたつ。聖堂に告発されれば異端審問にかけられてしまう。

リリベットは周囲で踊る樹木の魔物たちにそっと合図を送る。すると中から少しくたびれた幹をした小柄な魔物が一体、よろよろと舞台の前方へとまろびでた。

魔物はそのまま足をもつれさせると、派手に転んでしまう。

「あっ」

観客たちがそちらに目をやった刹那、転倒の衝撃からだろう。ころりと、魔物の樹を模した頭上のかぶり物がとれた。そして中から小さな人間の男の子が顔を出す。

それを見て観客たちが目を丸くした。

「え？　あれってまさか」

「嘘、魔物だと思ってたけど、偽物だったの⁉」

失敗が恥ずかしかったのか、魔物の扮装をした男の子が頭を掻きながら立ち上がる。他の魔物たちがその周囲に集まって、めっ、と叱るそぶりをすると、皆揃って観客席に向かって、すみませんでした、とお辞儀をしてみせる。そのとぼけた様子にどっと笑い声があがった。

「なーんだ、他の魔物も中に人が入ってたのか。本物かと思ったのに」

「当たり前じゃない、ここは場末の怪しげな見世物小屋と違って、聖堂からも正式な認可を得た巡礼聖技団なのよ？　魔物なんかがいるわけないわ」

「あなたたちテントに入る前に看板を見なかったの？　ここの団は魔物を模した人や動物が芸をするのが売りなのよ。犬やモモンガは角をつけてそれらしくしてるだけ。ダンスしてる小さな毬栗魔物だって、中には馴らした鼠が入ってるって書いてあったわ」

「それにしてもよくできてるなあ。だまされるところだったよ」

緊張をとき、朗らかに感想を言い合う人々の声に、「よくやった」と団長が舞台袖でぐっと

親指を立てているのが見える。

団長がそうして〈失敗〉を褒めるには訳(わけ)がある。本当はここにいる魔物はすべて本物だ。あの転んで見せた男の子のみが偽物なのだ。

聖なる布教の舞台とはいえ、異端とされる魔物を出すなど言語道断。いかに人の耳目を引き付けられてもルーア教が栄える西方諸国では、火炙(ひあぶ)りに処されてもおかしくない罪の行為だ。なので団を挙げて「これは偽物で中には人がいるのです」とごまかしているのだ。

どうしてそんな危険を冒してまで、観客を動員しようとするのか。

それはひとえに世知辛い団の懐事情ゆえだ。

聖堂の許可を得て旅をする巡礼聖技団だが、旅費や活動費が聖堂から出ることはない。公演を行い、喜捨という形で観客から入場料をもらうのが主な収入源だ。

観客からすれば聖なる舞台を見、喜捨をすれば聖堂で説法を聞くのと同じだけの魂の浄化が得られると聖職者から推奨されているうえ、趣向が凝らされた舞台を見るのは気晴らしになる。お得だ。なのでどこの町へ行っても一定数の観客はいる。団の旅は求道者の巡礼の旅扱いになるので関所も通行税なしに通れるし、広場や共有地の使用料も免除の建前だ。

なので普通は派手な真似(まね)さえしなければ旅を続けられるものなのだが、ヴァルキリー巡礼聖技団を率いる団長のデニスは厳(いか)つい外見をしていても人情家なのだ。旅の間に捨てられ、泣いている子どもや犬猫を見つけると放っておけず、すべて保護してしまう。なるべく里親を見つけ預けることにしているが、養育費がかさんで利益が出ないのだ。

それで損得勘定のできる大人（おとな）は他へ移ってしまい、残った成人団員は団長と、とっくに芸事からは引退して賄（まかな）いや洗濯といった裏方を担当してくれている太っ腹女将（おかみ）なアガサ、その夫で奇術師のヨゼフ、あとは占い館（やかた）のリリアお婆（ばあ）しかいない。

他は十六歳のリリベットを筆頭に、未成年者ばかりだ。

そして小さな子どもの身ではなかなか見ごたえのある舞台を演じることは難しくて。

魔物たちを動員しても、団の経営は火の車なのだ。

馬車に揺られて次の町を目指す間は皆でせっせと内職をして、聖句を刺繍（ししゅう）した手巾（ハンカチ）や木彫りの聖像などを作り、公演後に売っているほどだ。

だがそれはあくまで内輪の事情。つかの間の癒しを求めてやってきた観客たちには華やかで美しい非日常を見せなければならない。

何も知らない観客の少女たちが興奮して口々に言う。

「魔物のふりした鼠たち可愛い！　花姫もすごく綺麗！」

「私、この団がここにいる間、毎日通うっ。いいでしょ、母さん！」

よし、再度客確保だ！　それにリリベットの衣装にうっとりしている少女たちの多いこと。

(これなら花姫の衣装を模して試作した、コサージュや髪飾りも売れるかもしれない)

そしてそれらの売り上げは公演中いかにリリベットが美しく見えるかにかかっていて。ここは私が踏ん張らないと、リリベットは清らかな笑顔の下で気合を入れる。

観客席から舞台へ投げ入れられる差し入れは食べられない花束よりも貨幣か芋袋の方が嬉しい。花姫として孤高だ、高貴だ、と言われる彼女だが中身は逞しい〈姉貴〉に育っている。

リリベットは本日の糧を求めて思い切り営業用の笑みを振りまいた。客席から歓声が沸いてさらなる喜捨のおひねりが飛んでくる。

こうして今宵の公演も、大成功のうちに幕を下ろしたのだった。


リリベットは巡礼聖技団で育った。他の世界を知らない。

父は四歳の時に事故で、母は八歳の時に病で亡くした。以来、厳つい顔ながら体を張って団員を守ってくれるデニス団長や、硬い枝の腕やふわふわ毛皮で子守りをしてくれる樹木や動物の魔物、弟分妹分として旅に加わった孤児の子どもたちなど、団の皆がリリベットの家族だ。

テント裏の楽屋に戻り着替えていると、ナイフ投げ見習いの男の子とその妹が呼びに来た。

「リリベット姉ちゃん、出番終わってすぐで悪いけど、団長が馬車まで来てくれってさ」

「衣装はそのままでいいって。あいたい人がいるっていってたよ」

「私に？　もう髪飾り外しちゃったんだけどな」

「つけ直したら？　さっすが花姫だよな、ファンの人かな。花束とかくれるのかも」

「おいしいパイだったらもっとうれしいってビビはおもうわ」

弟分、妹分の子どもたちが扉代わりの垂れ幕をひょいとめくって覗き込んでくる。

が、中には入ってこない。何故ならここには魔物たちがいるからだ。

リリベットの楽屋は〈花姫〉ということで少し広い。それは何も団の花形だからではない。

魔物使いとして母から世話を受け継いだ魔物たちの控室も兼ねているからだ。

長い旅の間に生前の母が拾い救った、魔力を持たない下位の魔物たち。

根をもぞもぞ動かすことしかできない樹木に取り憑き、嵐で倒れた際に川に落ち、遥か下流まで流されて山に戻れなくて泣いていた樹木の魔物や、愛玩犬として品種改良された犬に取り憑き、今さら野生には戻れず飢えて路地裏に座り込んでいた犬型魔物。キノコやモモンガといった小さすぎる器に取り憑き、群れの仲間に入れてもらえず冬の寒さにふるえていた魔物など、野では死を待つしかできなかった魔物たちだ。

そんな彼らを母は捨て置けず、他の団員を説得して馬車に乗せ、一緒に旅をしていた。

『理屈じゃないわ。あなたには私が必要で、私にはあなたが必要なの。だから家族なの』

それが母の口癖だった。優しい母の手で体と心の傷を癒した魔物たちは団の皆にも懐いて、母亡き後もテントの設営などお手伝いを率先して行い、リリベットと一緒にいてくれる。

壁際に堂々と佇立して、細い枝先を使って器用に他の魔物たちの衣装を脱がせてくれる樹木の魔物に、転がる毬栗魔物を追って楽屋内をワンワン、キャンキャン鳴きながら走り回っている犬型魔物。鏡台に置いた籠ではリスやモモンガ魔物がすやすや丸くなって眠っていて、キノコ魔物たちは部屋の隅で傘を揺らせて踊りの練習をしている。

カンテラの明かりに照らされた楽屋はお伽話か夢の世界のようでとても賑やかだ。

だが覗き込んだ二人は目を丸くしながらも踏み込む勇気は持てず、もじもじしている。

「……頭じゃ可愛いってわかってるんだけど、やっぱちょっと怖いや」

「リリベット姉ちゃんはどうしてへいきなの？　なにかコツでもあるの？」

「コツってわけじゃないけど、生まれつきかな。私は母さんも魔物が平気な人だったから」

この二人は二年前に団長が拾ってきた街出身の子どもたちだ。教義で魔物は異端だと物心ついた頃から教えられている彼らは、ともに暮らしていても根本の部分で魔物を怖がる。

団長は、人が嵐や夜の闇など人知の及ばぬ力を恐れるのと同じで仕方のないことだと、母やリリベットのように忌避の念を持たない者の方が珍しいのだと言っていた。

（でもこんな無害な魔物でも怖がられるなら、私のもう一つの力を知られたらどうなるの？　私まで怖がられてしまう……？）

リリベットがきゅっと唇を噛みしめた時だった。入り口近くに立つ二人にかぶさるようにして、別の映像が脳裏に浮かんだ。

幻のようにぼんやりとした形で現れた、もう一組の子どもたちと魔物たち。

戸口から覗く二人の前に犬型魔物が飛び出し、驚いた男の子、ティルトが避けようとしたはずみに横に置かれた蓋のない櫃にぶつかる。

櫃の中にはテント設営用の杭や鋸が入っている。重いので数少ない大人の男である奇術師のヨゼフがとりあえずこの部屋に置いて、後で取りに来ると言っていたものだ。その上に勢い余ってティルトが転がり落ちる映像がリリベットにははっきりと見えた。

それは、リリベットだけが見ることができる、五秒後の世界だ。

「ティルト、そこ、危ないっ。櫃がっ」

「え？　うわっ、魔物がこっち来たっ」

さっき見た映像を補うように手を差し伸べ、驚いて横に飛んだティルトを抱き留める。リリベットの体が盾となり、櫃に思い切り背をぶつけたがティルトは中には落ちずにすんだ。

ティルトが櫃の中を見て、ぞっとしたように身をすくめる。

「あ、ありがとう、姉ちゃん。もうちょっとで俺、串刺しだ」

「気をつけるのよ。まだ初日でバタバタしてて、荷物が片づいてないから」

これはリリベットの予知の力だ。いつも予期せぬ時に現れる、つかの間の映像。

何故、こんなものが浮かぶのかはわからない。が、気がつくと見えるようになっていた。

リリベットはこの力が嫌いだ。皆に内緒にしなくてはならない異端の力というだけでなく、役に立たないからだ。たった五秒先しか見えない。それに見る時を指定もできない。

(もっと早めにわかっていたら、ヨゼフさんに頼んで櫃を置かないようにできたのに)

力のある大人が少ない団はテントの設営を短時間で終わらせられない。が、広場や共有地の使用期限は決まっているので、見切り発車で裏方が散らかったまま公演を開始するのが日常的になっている。今回は未然に事故を防げたが、間に合わないことも多いのだ。

大切な家族が傷つくところなど見たくない。リリベットは痛む背をさすって立ち上がる。

だがリリベットは、この後のことまでは〈見る〉ことができていなかった。

ティルトが飛びのいた後、遅れて後ずさった妹のビビが、魔物たちの舞台化粧を落とすためにと裏方担当のアガサが置いていった水を張った盥にぶつかり、ひっくり返すところまでは。

びしゃりと水音がして、周りが水浸しになる。

「うわ、冷てっ」

「わー、ごめんなさい、リリベット姉ちゃん、兄ちゃんっ」

「ううん、ビビこそびしょ濡れよ。早く着替えなきゃ」

あー、やってしまった。水をかぶったキノコ魔物が驚いて走り回り、犬型魔物もワンワンキャンキャンと吠えて大騒ぎだ。

(ほんと、中途半端な力。結局、大惨事)

怪我よりはましだが、皆びしょ濡れだ。貧しい団は衣装の替えがない。ビビやティルトの服だって、ぼろぼろのおさがりだ。これが冬だと風邪をひいていたところだ。

秘密を抱えるばかりで制御できない力に落ち込んでいると、妹のビビがリリベットが衣装のことを気にしていると思ったのだろう。しょぼんと肩を落とした。

「姉ちゃん、おきゃくがまってるんだよね。花姫のまえのいしょうまだあったっけ。あたらしいのつくるのにレースとかはずしちゃったんじゃ。わたしたいへんなことしちゃった……」

そんな妹に、ティルトが別の櫃から出した乾いた布を放る。

「起こったことはしょうがないだろ。俺が何とか乾かしてやるから、ビビ、お前は責任をとって、姉ちゃんはおめかしに時間がかかるから遅れるって団長に言いに行って来い」

偉そうに言って、それから、いたずらっぽく片目をつむる。

「でもビビの言う通りだよな、衣装重要。綺麗な服着てないと姉ちゃん、高貴とか清らかとか程遠いお転婆だもの。お客もだまされて気の毒に。花姫の名をしょってるったって、この団には他に花姫はれる若い女の子がいなかったから姉ちゃんがなったってだけなのにさ」

「お黙り」

リリベットがこつんとティルトの頭を叩くふりをすると、ビビがぷっと噴き出した。

「じゃ、団長のところまでおつかいにいってくる！　姉ちゃんもはやくきてね」

明るさを取り戻して駆け出すビビに手を振ると、リリベットは後に残ったティルトと二人で笑いながら濡れた部分のふきっこをする。ティルトが失敗してしまったビビの気分を明るくしようと、わざと軽口を言って用事を言いつけたのがわかるからだ。

皆が互いを思いやり、気遣える。そんなこの場所がリリベットは大好きだった。

だから思いもしなかったのだ。

まさか自分がすでに婚姻を済ませた人妻になっていようとは。この温かい場所を離れて遠い異国へ連れて行かれることになろうとは、この時、思いもつかなかったのだ——。

「レネ、喜べ。お前の嫁取りをしてきたぞ。貴族院に提出する婚姻証明書もわしが親権代理で署名を済ませてやったからな、安心しろ」

若干、十六歳で爵位を継いだ魔導貴族の少年レネ・マシェル・ドラコルルが、自身がいつのまにか結婚していたことを父に告げられたのは、黄昏時の陽が都を金色に染める妖しくも麗しい夏の宵のことだった。

忙しい合間を縫って某家の園遊会に出席した帰り道、心地よい夏の風を感じながら馬車に揺られていると、同乗していた父親が、天気について話すような気楽な口調で言ったのだ。

最近、寝不足で注意力が落ちていることもあり、聞き間違えたかと思い、聞いてみる。

「……耳がおかしくなったのかな。さっき僕が結婚したって言ったように聞こえたけど」

「いや、大丈夫だ。お前の耳は正常だぞ。わしは確かに嫁取りをしたと言ったのだ。わしの親友の、ほれ、アレクサ男爵を知っているだろう。彼の姪でな。なかなかいい子らしい」

にこにこ能天気にほほ笑みながら言う父親に、レネは唖然とした。

この国の男子の成人年齢は十八だ。それまでは親が公式文書に代理署名する権利がある。だがどこの世界に顔も知らない相手と勝手に婚姻を結ばれて喜ぶ男がいる。

(確かにここ一年、結婚、結婚とうるさかったのを無視していたが)

だからといって強行するか？　レネは怒った時の癖で冷たい口調になると断りを入れた。

「……わかりました。が、僕に妻は必要ありません。すぐ離縁手続きに入ることにします」

レネは貴族とはいえ、魔導貴族だ。昔ながらの勲功で爵位を得た封土貴族には、成り上がりと忌避されているうえ、最近はとある事情からさらに警戒されている。同じ魔導貴族からも嫉妬をかう有様だ。普通なら「あんな針の筵の家に嫁入りは無理」と令嬢たちから避けられる状況だが、レネは平気だ。その気になればいくらでも嫁取りできる自信がある。

と、白けた気分で頬杖をついた時だった。邸の門をくぐった馬車が馬車道の途中で止まった。

何事かと窓から覗くと、邸の玄関をふさぐように他家の馬車が一台、駐まっていた。着飾った令嬢とその保護者らしき壮年の男が降りてくる。レネはじろりと父親を見た。

「……また僕に内緒で誰か嫁志望を家に入れたんですか」

「ち、違うぞ。確かに前は断り切れずそういうこともしておったが。もうアレシュの、ほら、アレクサ男爵の姪と婚姻契約を結んだと言っただろう。わしはお前と違って健全な倫理思考の持ち主だ。大事な嫁取りに二股をかけるようなことはせん」

父が憤慨したように言う。

「今日の会こそ出席したが、お前、最近は社交上の付き合いを断っていただろう。だからじゃないか。思い余った令嬢が親同伴で押しかけて来たのは。この人たらしの小悪魔が」

お前の普段の素行のせいであって、わしのせいではない、と。父が相手を押しかけ求婚者と断定したうえで話すには理由がある。

レネはあざといまでに顔がよかった。

華やかな深紅の髪に繊細な雪の結晶めいた肌、琥珀の瞳。ドラコルル家の四人の姉弟は類まれな美貌の主ぞろいだ。なかでも末弟のレネは十六歳という繊細な年齢にある。少年から青年へと羽化する刹那にしか持ちえぬ脆い美貌と華奢な肢体が妖しい堕天使めいた艶を与え、異端の魔導貴族の出という背徳感も相まり、聖職者の心すら惑わさずにはいられない。

しかもレネは己の容姿をしれっと活用できる強かな中身をもっていた。

儚い外観から庇護欲と嗜虐欲までそそりがちなレネは、幼い頃より年齢性別を問わず皆の注目を浴びていた。当然、醜聞に巻き込まれもしたが、レネは己に向けられる目の意味を理解できる早熟な子どもだった。相手が大人だろうが掌で転がし利用して、注意されれば「えー？下心満載で近づいてきたのはあっちだよ。父様も母様も僕がそんな奴らの餌食になってもいいって言うの？　これって正当防衛だと思うけど」とうそぶけるふてぶてしさをもっていた。

そんなレネだから成長した今も取り巻きに不自由はない。適当なところで有益な実家を持つ高位貴族家の令嬢を親ごとたらして妻に置くつもりだった。すべては順調だったのだ。

（この顔が通じない、あいつらにぶち当たるまでは）

ため息が出る。とにかく今のレネは忙しい。妻だなんだと他人にかかずらう暇はない。さっさと追い返そうと顔をしかめながら馬車を降りた時だった。

「レネ様、あ、あの、ご機嫌麗しゅう……」

「や、やあ、レネ君、体調が悪いと聞いて娘と見舞いに来たよ。これは見舞いの品で……」

親とともに近づいてきた娘が、はう、と一声漏らした。みるみる赤面していく。

「冷たい蔑みの目も、お素敵……」

つぶやくなり彼女は失神した。間近で見たレネの悩ましい美貌は刺激が強すぎたらしい。

（これだから女なんて恋愛脳の生き物は迷惑なんだ！　僕の顔は即効性の媚薬か！）

いや、男もだ。隣では父親も真っ赤になって昇天している。

儀礼上、倒れる令嬢を抱き留めたが、文字通り腕に荷物を抱える羽目になった。成り行きによっては介抱して邸まで送っていかなくてはならないと思うとため息が出る。同じくドラコル家の美貌を継いだ兄が冷たく見える魔王顔のせいで人に避けられると落ち込んでいたことがあったが、そのほうがましだ。遠巻きにされれば少なくとも邸には押しかけて来られない。

父に向かって冷ややかに言う。

「これでも我が家に赤の他人の嫁を入れると？　いちいち倒れられては夫婦生活どころか日常

生活も営めないんですが。そもそも今の時期に他家の人間を入れる危険性はご存じでしょう」

「だ、だがな、わしが婚姻を結んだアレシュの姪は魔導貴族、それもあの美にうるさいアレクサ家の娘だ。お前の色気顔にも耐性があるはずだ。それに今のドラコルル家には即戦力となる魔導貴族の娘がどうしても必要なのはお前もわかっているだろう！」

　弱いところを突かれて、レネは柄にもなく、ぐっとつまった。

「嫁などいらない、自力で為せるとは平時の話だ。今の我が家はなりふりなどかまってはいられない。一人どころか二人でも三人でも嫁が欲しい猫の手も借りたい有様だ。違うか？」

　重ねて言われてレネは顔をしかめた。父の言う通りだ。今、必要なのは即、使える〈嫁〉だ。

（さもなければ……、我が家は終わりだ）

　自分一人では対処できない問題へのいらだちからレネが顔をしかめた時だった。

　邸の中からすさまじい破壊音と悲鳴が聞こえてきた。

　父がぎょっとしたように振り返る。

「な、まさかあれは。レネ、お前、あいつらを眠らせたのではなかったのか」

　眠らせた。園遊会に行って帰るまで余裕をとって二刻は眠るように異能を使った。

　だが最近はとある事情でレネの力は相手に効きにくくなっていて。

「ちっ」

　こんなところでぐずぐずしている場合ではない。レネは急いで失神している令嬢とその保護者に守護の魔導陣を施すと、父親に押し付けた。

「父上は安全な場所まで退避してください。ついでにこの親子も外に捨ててきて」

「お、おい、いくら相手が失神しているからとはいえ、捨ててなど暴言は……」

父の抗議は聞き捨て、レネは邸に駆け入る。右往左往している使用人たちを押しのけ、問題の部屋に入る。

とたんに、どっと魔力のこもった風が吹きつけた。

そこにいるのは、こちらを飢えた目で見る、最凶の存在たちだ。

『グ、グウウ……』

『ブシュ、シュシュ……』

一体、二体……四体いる。いらだちを隠そうとしないぎらついた目で、レネめがけてじりじりと這い寄ってくる。レネは彼らと対峙しながら、ちっ、とまた舌打ちした。

（こいつらがそこらの〈嫁〉を入れただけでおとなしくなんかなるものかっ）

見通しの甘い父に盛大に悪態をつきつつ、レネは繰り出される攻撃を避ける。彼らの口を封じる隙をうかがっていると、窓の外から大きな父の声が聞こえてきた。

「言っておくが、もう結婚を断るのは無理だぞー。アレシュが迎えに行っとるー。到着は一月後だー。きっと我が家の窮状を救ってくれるー。信じるんだー」

息子の叱責を恐れて門の陰に隠れながら、それでもしょうこりもなく声をあげて事後承諾の形で嫁入り確定宣言をしてくる父にため息が出る。

「何が『窮状を救ってくれる』だ。妻なんてやっかいな荷物が増えるだけだろう！」

今のドラコルル家で守護の魔導陣を使えるのはレネだけだ。数を絞ったとはいえ邸に何人、守るべき使用人が残っていると思っている。常時、複数の相手に守護の魔導陣をかけ続けるのがどれだけの気力、体力の消耗を招くか、魔導士でない父はわかっていない。

ため息をつく間にも魔力を含んだ風がレネの上着を切り裂く。こちらを攻撃するためにわずかな隙を見せた彼らに近づき、その口に用意していた〈ブツ〉を押し込む。

『グッ』

押し込んだブツが封印具代わりとなり、相手が一時的にだがおとなしくなる。

残った相手も次々と黙らせながら、レネは毒づく。

（そもそもその婬とは信用できるのか？　他家が送り込んだ刺客でないと誰が言い切れる）

それに即、離縁するにしても貴族の婚姻関係解消の手続きは煩雑だ。かかる時間と手間を考えるとこの忙しい時期にと髪をかきむしりたくなる。

（……だが、いや、待てよ。いっそこの有様を見せたらどうだ？）

ようやく制圧し、静かになった室内を見つつ考える。壁の漆喰も欠けぼろぼろだ。妙な噂が立つのはまずいと今まで外面だけは取り繕ってきた。が、それもどうでもよくなってきた。

先ほどまでとはうって変わって腹黒くほほ笑みつつ、レネはつぶやいた。

「いいだろう。会ってやろうじゃないか、男爵の姪とやらに」

わざわざ追い返すまでもない。その姪とやらが婚姻を承知したのはレネの顔目当てだろう。なら現状を見れば裸足で逃げ出す。

（勝手に幻滅して僕の代わりに婚姻解消の手続きに走り回るところまでは責任はおえないさ。都合の悪いものを見られても、忘却魔導で記憶を消せばいい話だ）

レネはまだ十代の少年だ。高位の魔導を行う許しは得ていない。そもそも人の心に働きかける魔導は法で禁じられている。が。

（ばれても、魔導の塔の長(おさ)だろうが国の重鎮だろうがたらせる自信はある）

いっそ清々しいまでの悪魔顔になって、レネは考えた。

男爵の姪とやらには気の毒だが、これも善意だ。何しろ嫁といいつつ今の我が家に入るのは、家存続のための生贄(いけにえ)にされると言っていいくらい、危険極まりないことなのだから——。

2

樹木の魔物が枝葉を動かし起こしてくれた風で衣装を乾かし、無理だった部分は畳んだパラソルを抱えて誤魔化しながら、リリベットは団の馬車が多く駐められた中を行く。

そんな彼女の前を、歓声をあげながら街の子どもたちが駆け過ぎた。

大陸北方に位置するこの国は、日照時間が少ない冬を補うように夏は夜が短い。深夜近くまで太陽が出ていて、子どもたちは明るいうちから寝台に追いやられることになる。

が、今夜は特別だ。親の公認のもと、子どもたちは白々とした不思議な陽光が差す中を野原に出現した馬車とテントの村を探検している。非日常の興奮が冷めやらないのは親たちもだ。

立ち去りがたいとばかりに〈占いの館〉〈奇術の砦〉と壁面に書かれた馬車に並び、中には子どもたちに交じって色鮮やかに塗られた回転木馬に群がる者もいる。皆、楽しそうだ。

ちなみに回転木馬を動かしているのは力自慢の樹木の魔物だ。くるくる回る天蓋からぶら下げられた木馬は彼の腕である枝に取り付けられていて、ピンクと白の布を巻いてごまかしているのだ。彼はせっせと根を動かしその場で回転して、木馬を動かしてくれている。

(ごめんね、ありがとう。今夜の供物は奮発するから!)

目が合ったので、手振りで伝える。一日の終わりに、その日の糧として魔物に捧げる供物は旬の果物やお菓子など様々だが、母から教わった彼らの世話の仕方がある。

賢者の趣さえある樹木型の魔物は深夜のおやつの約束に満足そうに回転にひねりを加えて、木馬にまたがった街の子どもたちが笑い声を上げた。

本当に賑やかだ。

だが、リリベットが後にした楽屋周りには誰もいない。

当然だ。魔物の存在は秘密。団長がリリベットの寝泊まりする楽屋周りは幾重にも地味な荷車や馬の囲みを並べて隠し、守ってくれているからだ。

互いにかばい合い、助け合うのが家族で、この団の約束事だ。だがリリベットは魔物という秘密を持つ分、年長者のわりに他からかばわれる率が高い気がする。

（魔物と仲良くできても聖職者から守り切る力はない。だから魔物たちには人から隠れて生きるつらい道を選択させて、団の皆もいつ異端の罪で告発されるかわからない危険に晒してる）

未来を見る力があると言ってもたった五秒先だ。

（私、自分が役に立ってるのか、足を引っ張ってるのかわからなくなる時がある。団を存続させたい、そう願って魔物を公演に使うことを決めたのは、私なのに）

先代の花姫を務めていた母が病死し、公演に人を呼びにくくなった八年前のことだ。

団を見限った大人たちが離れていき、このままでは解散するしかないのが誰の目にも明らかだった。それを見て、当時八歳だったリリベットは幼心に考えてしまったのだ。

（〈かいさん〉になったら、ここにいる魔物や子どもたちはどうなるの……？）

母亡き後、彼らは幼いリリベットの中で重みを増した。大事な家族だ。失いたくない。

だからリリベットは決死の思いで、誰にも内緒で魔物を公演に出したのだ。

大当たりだった。

まだ八歳だったリリベットと一緒に踊る可愛らしい魔物たちを見ようと観客が押し寄せて、今さらあれは一夜限りの出し物だったとは言えなくなった。

だが今になって思う。あの時、幼いリリベットが余計なことをしなければ、皆が今のような秘密を抱える羽目にはならなかったのではないかと。

（だって団がつぶれても、街に定住する道だってあったでしょう？　皆、離れ離れになるけどそんな数年先の未来が、今の暮らしより不幸だなんて誰にわかるの？）

もちろん、故郷を持たない者が定住者の社会に溶け込むのは難しい。

だが街なら。雑多な人がいる都や港町なら紛れ込めるのではと思うのだ。

それともこれは定住することを知らない者の甘い考えだろうか。

母亡き後もいろいろな国を旅して、同じ年頃の少女と比べると多くのことを見聞きした。だがリリベットはここで生まれた。他の子どもたちが普通に知っていることを知らない。街にとどまって暮らすのがどういうものか想像もつかない。

（それでも、可能性はあったはずよ。未来の分岐が）

なのにそちらを模索せず、団を存続させる方へと動いたのは。

（私が皆と離れたくないわがままにつき合わせてるだけかもしれない。だって私には他の子たちみたいに街で暮らす選択肢はないもの）

魔物は街では暮らせないし、リリベットは彼らを見捨てられない。

何より、リリベットには〈街の皆〉には溶け込めない異端の力がある。

（せめてこの〈力〉を使いこなせればこんなことを考えずに済むんだけど）

団長は勘のいい人だが旅をしていれば事故にも遭う。リリベットが自在に道の先を〈見る〉ことができれば、野盗に襲われないように迂回（うかい）したり急な雨を避けることだってできる。

何よりこの力がもっと正確に、聖女の予見のように現れていたら母の病も手遅れになる前に気づけた。事故で死んだという父も助けられた。そう考えると胸が痛む。

（予見の力のこと、母さんは隠してなさいと言った。他とは違う異端の力だから。でも私が知らないだけでどこかに使いこなすための技があるのではないの？）

なら、その方法を探さないのは自分の怠慢では？　どうしてもそう考えてしまう。リリベットが使えるもう一つの異端の力、魔物に意思を伝える犬笛の旋律は母が教えてくれたものだ。ということはどこかに予知の力をうまく使える人だっているかもしれないのだから。

（そもそも母さんはどこでこの旋律を知ったの？　私、他にこれを使える人を見たことない）

旅をしてリリベットも学んだ。世の中は多数派が常識となり、少数派が異端となるのだと。

そして自分が持つ力は他とは違う。

何が異端で、何が常識か。この世界には自分と同じ力を持つ人がいるのか。

団長は母とも長いつき合いだ。そのせいか他の人に比べると魔物への忌避感が少ない。

それでも母やリリベットのようにこの魔物に意思を伝える旋律を操れるわけではない。

一度、リリベットは「誰にも教えては駄目よ」との母との約束を破り、団長に犬笛の旋律を教えたことがある。風邪で寝込んで舞台に穴をあけることになったからだ。

だが団長は細かな音の再現ができず、

「こういうことは得手不得手があるからな。お前がいない間は別の演目で対処するよ」

と、リリベットに母の遺言通り誰にもこの旋律を教えるなと言った。だが念押しをされるまでもなく、他にこの魔物に意思を伝える旋律を使える人がいるのだろうか。

団長は器用な人だ。奇術でもナイフ投げでもすぐに会得して代役を務めることができる。

それだけでなく旅の途中、貴族の館に招かれて公演を行ったときには余興でリュートを引き、見事な宮廷式円舞も踊ってみせた。貴族の御落胤説や、腕利き傭兵だった説まである人だ。

そんな団長でも無理だったのだ。

このことを考えるとリリベットは自分の無知への歯がゆさとともに、孤独を感じる。

一般の、定住して暮らす者からすれば異質の巡礼聖技団、その中でも自分は異質だ。この広い世界でただ一人、迷子になった異邦人のように感じる。

もちろん団の皆はリリベットの力のことを知らない。だからこんな中途半端さでも受け入れ優しくしてくれる。責めたりはしない。が、リリベット自身が己の異質さと罪を知っている。

母を亡くしてから、リリベットには真に〈同じ〉だと思える人がいなくなった。

（こんなことで悩むなんて、贅沢、よね……）

いや、恩知らずか。今の、皆と一緒の暮らしを願ったのは自分なのに。

それでもリリベットは賑やかな家族に囲まれながらも、〈孤高〉の存在だった。

団の応接室と兼用になっている、ちょっと豪華な団長馬車まで行くと、この夏の夜に木窓も扉もきっちり閉められて、中の様子がうかがえないようになっていた。

不思議に思いながらも踏み段を上って扉を叩く。

「団長、リリベットです」

「ああ、来たか。入れ」

扉を開けると、蠟燭の明かりとともに、こもった熱がふわりと頬をなでた。

それと、貴人がつける高雅な香りがする。

（え？　お客様って、街の人じゃなかったの？）

身分の高い人たちには、目下の礼儀作法にうるさい人が多い。リリベットはあわててドレスの裾をつまんで一礼する。それから、ゆっくりと顔を上げて置かれた二客の椅子を見た。

片側のひじ掛け椅子に座るのはデニス団長だ。

短く刈った銀色の髪に野性的な日焼けした肌。もう壮年だが鍛えられた堂々たる体躯に、片目の眼帯。その下にあるのは昔、戦場で負った名誉の負傷だという。

そして対面にある客人用の長椅子に座っているのは、団長とは対照的にほっそりとした体つきの高慢そうなお貴族様だった。年の頃は三十代前半か。艶々した長い金髪は首の後ろで一つに束ね、上品な金糸刺繍の深藍のジュストコールを纏っている。袖口からは最上級のヴェネスレースがあふれ、膝上で優雅に組まれた手は爪先まで手入れが行き届いていた。

(誰? どこから見ても、こんな辺境の小さな街にいる人じゃない)

彼はリリベットを見ると、ふん、と鼻を鳴らした。

「最初の挨拶は合格だ。首の角度も優美、最低限の礼儀はできているな。これならいける」

それから、彼はぐいと顎を上げると言い放った。

「私はお前の叔父だ。母方のな。二度は言わん。覚えろ。アレシュ・サシャ・アレクサ。この国の隣国、シルヴェス王国で男爵位を賜っている」

「え?」

いきなり言われてとまどう。客人が爵位持ちというのにも驚いたが、叔父?

人違いでは、と言いたい。が、彼と母が血縁なのは本当だろう。彼、アレクサ男爵には母の面影がある。鮮やかな金の髪と青紫の瞳は母と同じ。顔の造作も目元など瓜二つだ。

何より団長が口を挟まない。

目を丸くするリリベットに、彼が、リリベットの母が自分の姉であると語って聞かせた。

「自分の出自を知らなかったのか? 姉がそこらの下民でないくらい見ればわかっただろう」

「……その、昔、貴族の家に奉公に上がっていたとは聞きました。その時に作法を覚えたと」

「確かに姉は奉公に上がっていたが。どこに上がっていたかは聞いたのか? 侯爵家だ。下級貴族の娘が婚姻前の箔付けに行う行儀見習いの侍女扱いでな」

嘘っ。てっきり庶民の出で、メイドとしてどこかのお屋敷に上がったかと思っていたのに。

だが思い当たるところもある。母は品がよかった。好みも洗練されていて、リリベットの衣装や、今も売り物として人気の高い刺繍の原型は母が残したものだ。それも王都育ちの男爵家の御令嬢であったとすれば納得もいく。男爵が苦々し気に言った。

「お前の母は十七歳の時に出奔したのだ。家の決めた許嫁がいたのだが、王臨席の夜会の席で婚約破棄を言い渡し、お前の父と駆け落ちした」

王臨席の夜会と言われても、庶民育ちのリリベットにはピンとこない。それでも約束事を破り、人前で相手をふるなどやってはいけないことだとわかる。

(何やってるのよ、母さん――――！)

だが同時に、嘘でしょう？　とも思う。本当に母がそんなことをしたのかと。

母は確かに芸術家肌というか、夢と現実だと夢をとる浮世離れしたところがあった。独自の美意識を持っていて、道端で行き倒れている魔物も母から見れば愛らしい子どもたちだった。

(でも約束事には厳しかったし、相手への気遣いはできる人だった)

そんな母が人前で婚約破棄をして、駆け落ちした？　そんなこと、考えられない。同じ破棄をするにしても他に人のいないところで相手を傷つけないように話したはずだ。

(だって母さんは話術も得意だった。相手を怒らせずに婚約破棄するくらいやってのけられる。

人を傷つけるなんて美しくないことをするわけがない）

なのに目の前では男爵が暗い顔でリリベットをにらみつけている。よほどの恨みがあるのだろう。目が完全にすわっている。男爵が顔を伏せ、くっ、と喉をふるわせた。

「姉が去った後、我が家はいい恥さらしだ。社交界からもつまはじきにされ、縁組しようなどという貴族家はなくなった。私は結局、独身のままだ。当然、後継ぎもいない。我が家は私の代で終わりだな。親戚連中からも縁を切られたから、養子のあてすらない」

「そ、それは……」

「すまないと思うなら、償いをしてもらおうか」

「いえ、あの、お話はわかりましたが十七年も前のことでは今さらどうしようも……」

「安心しろ、やり方なら私が考えてやった。私の養女となり、政略結婚を行ってもらう」

「はい？」

「リリベット、お前には母親のしでかした失態の責任をとって、ドラコルル伯爵家当主、レネ・マシエル・ドラコルル殿に嫁いでもらうことにした。いいな？」

はいいいいいいい?! リリベットは両頬を押さえた。声にならない声を上げる。

（私が結婚!? しかもお貴族様と?? 無理がありすぎでしょう！）

そもそもなぜリリベットの結婚が母の失態の後始末になる。飛躍しすぎ。いろいろ言いたいことがある。が、それ以前に、

「あの、いくら男爵様の養女になったとしても私は平民の血が混じっていますよね？」

しかもずっと旅暮らしだった。そんな娘をどこのお貴族様が娶りたいと言うのか。

が、男爵があっさり言う。

「さっきの公演で魔物を操っていただろう。その腕が必要なのだ。それさえ満たせば後は目をつむると先方の了承済みだ。嫁といっても期間限定の書類上だけの婚姻関係だしな」

なんでもシルヴェス王国では近々、王臨席のもと、貴族家の格付けを行う競技会が開かれるらしい。リリベットにはそこへドラコルル家の者として参加してほしいそうだ。

「先ほどの舞台は見せてもらった。あれだけの華と力があれば十分、他家を出し抜ける」

「男爵様、待って下さい」

リリベットはあわててさえぎった。魔物のことは秘密なのだ。

「あの、舞台を見られたとのことですけど、実は中に入っているのは団の同僚たちで……」

「そのことだが、ごまかさなくていい。その笛だろう？　合図を出しているのは」

私の耳は特別でね、と、男爵が気障なしぐさで己の耳を指して見せる。

嘘、ばれた？　告発されてしまうと蒼白になったリリベットに、今まで沈黙していたデニス団長が耳打ちする。

「その点は心配しなくていい。男爵殿はシルヴェス王国の魔導貴族なんだ」

「魔導、貴族……？」

「なんだ、そんなことも姉は話していなかったのか。魔導貴族とは、我が国固有の呼称だ。異端といわれる魔導の術式を扱い、魔物と親しむ血筋で、その功績により貴族に列せられた家を指す。お前が魔物を忌避せず、意思の疎通ができるのは母親の血だな」

あきれたように言って、男爵が説明してくれる。

ここ、大陸の西半分を占めるルーア教圏では、魔物やそれに関わる技である魔導は異端だ。が、同じルーア教圏にありながら、シルヴェス王国は位置的に異教徒が暮らす大陸東部と近いせいか、王家自ら魔導研究を庇護しているそうだ。

「シルヴェス王国であれば魔物も排斥されない。ルーア教の影響の強い街では多少は眉をひそめられるが、野の獣と変わらない扱いだ。魔導の塔に登録された使い魔なら主とともに王宮にも伺候もできるし、逆に魔物を操れることが魔導貴族の素養の一つになっている」

ところがドラコルル家ではいろいろやむを得ない出来事が重なって、現当主のレネ以外は魔物を操れる者がすべて家を出てしまったのだそうだ。

「間が悪いことに魔導貴族家の参加が義務付けられた競技の日が迫っていてな。参加資格は家名を同じくする家族のみという縛りから、急きょ〈魔物を扱える嫁〉が必要になったのだ」

「だからといって嫁というのは……。一時的な婚約や養子などでは駄目なのですか？」

「それは先人も考えた。昔はこの期間は各家の腕の立つ者の出入りが激しかったそうだ」

多額の金銭が動き、季節労働者の出稼ぎか、傭兵かというありさまだったらしい。

「これではいかんと競技の運営を任された有識者たちが話し合ったのだ。そして遡って三年以内に養子になった者は競技には出られない。婚約者は〈家族〉に含まないと規約に定めた」

さすがにまだ期間中だけ婚姻関係を結ぶ雇われ嫁や婿を試みた猛者はいないらしい。

「と、いうことで禁止事項にはない。合法だ。次の競技期間には禁止事項がもられるだろうから、最初で最後になるだろうが、お前が仮妻第一号だ。よかったな」

「あの、そんな最初で最後の第一号、嫌すぎるんですけど……」

「安心しろ、お相手のレネ殿はまだお前と同じ十六歳だ。我が国の男子の成人年齢である十八には達していないから、白い結婚が認められている。書類上は嫁だが、期間限定の助っ人と考えればいい。競技が終わればすぐ離縁する。子を生す必要もないからお前の血筋も不問だ」

魔物たちも連れてきていい、と彼は言った。

「いや、どちらかというとぜひ連れてきてもらう。あれだけ人に慣れた魔物は貴重だ。急ぐ旅になるので、体の大きなモノには後から合流してもらうことになるが……」

団の魔物には堂々たる巨木の魔物もいる。彼らは荷車で運ばなくてはならない。

「私が責任を持って手配する。いや、そのまま巡礼聖技団ごとシルヴェス王国に来てもらってもいい。お前への報酬というわけではないが、団の王国での興行に力を貸そうではないか」

それを聞いてリリベットはごくりと息をのんだ。

巡礼聖技団は〈巡礼〉が建前なので、街への出入りは自由だ。それでも心づけを払わなくてはならないし、その地の有力者に絡まれれば共有地に馬車を止めることもできない。

(貴族の後援を受けられれば、団の経営だって安定する……)

次の興行を目指して無理な旅程を組まなくていいし、断る理由がない。いや、そもそも貴族の申し出を蹴るなど、庶民である自分たちには許されない。魔物の存在が許されているのはシルヴェス王国だけだから、男爵様の機嫌を損ねて告発でもされたら皆に迷惑をかける。

それに、と、リリベットは母が残した犬笛をそっと握った。

(この申し出を受ければ、母さんの故郷へ行けるのよ、ね……?)

大陸各国を旅したリリベットだが、シルヴェス王国には行ったことがない。

(デニス団長が避けていたから。きっと知っていたからだ。母さんの国だってこと)

団長は人情家だ。実家からの追っ手に見つからないように守ってくれていたのだろう。

だから母は故郷に足を踏み入れることはなかった。リリベットを抱きしめて、「旅に出なければこんな光景、見られなかったわ。可愛い貴女を抱くこともできなかった。満足よ」そう笑って逝った。母は幸せだったと思う。それでも時折、遠い東の空を眺めていた。

(……あれは、故郷の方を見ていたの？　もう帰れない地を懐かしんで)

母の遺体は父の隣に葬った。遠い異郷の地ですでに眠りについている。だが母の過去を聞いて思う。この形見の犬笛だけでも、母が愛した故郷に連れ帰ってやれないだろうか。何より、

(魔物が排斥されない国があるのなら、見てみたい……！)

母が死んでずっと一人だと思っていた。団に迷惑をかけていると心苦しかった。

魔物を忌避しない人たちがいるなら会ってみたい。そこへ行けばリリベットはもう団の皆を異端の罪に巻き込むと怯えることはない。自分だけが〈違う〉と感じずに済む。

「どうする、リリベット」

デニス団長が顔を傾け、ささやいた。

「どうしても嫌だというなら、無理強いはしない。俺が行かさない。相手が誰だろうが守ってやる。だが、迷うようなら行ってこい」

リリベットの心を察したのだろう。団長が言った。

「団のことは心配ない。そろそろ次代の演じ手たちも育ってきたからな。興行経験を積ませたい。だから母の責任とか難しいことは考えなくていい。そうではなく、お前の母が何故そんなことをしたか、お前の力のルーツはどこか、その目で確かめてこい。それがお前の親を理解することにもなる。……ここには自分のルーツを知りたくとも無理な者もいるのだから」

赤ん坊の時に捨てられた孤児たちのことだ。死別したとはいえ父母がいて、叔父まで迎えに来てくれた自分は恵まれていると思う。それに団長はリリベットの悩みを知っていたのだ。

団長は元傭兵のうわさがあることでもわかるように腕が立つ。が、それでも貴族を相手にリリベットを守って戦うなど無謀もいいところだ。なのにこう言ってくれる。

それで完全に腹が決まった。

「行きます」

リリベットは言った。だが契約が終われば帰ってくる。ここがリリベットの家だから。


そこからはあっという間だった。競技の日が迫っているとかで、その夜のうちに皆に別れを告げて出発する。リリベットの旅暮らしで荒れた手や肌の手入れも馬車内で行う強行軍だ。

「まったく！　わがアレクサ家の血をひく者が嘆かわしい。手入れ不足にもほどがある！」

言いつつ、男爵が秘伝の魔導美容薬とやらを惜しげもなく出してくる。貴族家へ嫁として入るための淑女教育も、道中、男爵から受けることになった。

「まず、私の呼び方からだ。採点してやる。呼んでみたまえ」

「えっと、叔父様、ですか？」

「……零点。やり直し」

「すみません。では、男爵様？」

「違う、お前はもう私の娘だろうが！　爵位で呼んでどうする！」

「で、では、お義父様」

「もう一度。発音がよくない。もっと感情を込めるように」

「……お義父様」

娘っぽく親しみを込めて呼ぶと、ようやく男爵が「よろしい」とうなずいた。厳しい。

「国に着けばお前は即、ドラコルル家の嫁扱いになる。男爵家ではなくドラコルル邸で暮らすことになるから部屋の調度は仕方がないが、衣装は後で仕立てて届けさせる。あちらが用意すると言っても断るように。我が家の娘を名乗る者にそこらの服を着せるわけにはいかん」

男爵は母と同じく凝り性というか、美にうるさい人のようだった。

「それとお前の生い立ちだが、さすがに巡礼の民との素性を公にすれば侮られる。……最近は悪いうわさもあるからな」

言われてリリベットは、あ、と思う。あの事件のことだ。ここ一、二年、金髪の娘が攫われる事件が大陸各地で起こっているのだ。巡礼聖技団の主な巡業地と重なることが多く、「巡礼聖技団の中には神をも畏れぬ背徳の団がある」「行く先々で若い娘を生贄に攫い、禁忌である悪魔崇拝の儀式を催すそうだ」とうわさになっている。デニス団長も頭を抱えていた。

「根も葉もないうわさだが、この時期にお前が巡礼聖技団出身だと知れると結びつけて悪く言う者が出る。わざわざ話題を与えてやることはない」

団の皆まで貶められたようで、リリベットは顔を曇らせる。が、男爵の言い分もわかる。

「私の遠縁の娘で、領地で暮らしていたことにする。それで都に不慣れなこともごまかせる」

「……ごまかせるものなのですか？」

「無理だろうな」

あっさり言われた。

「お前は髪の色こそ違うが、姉そっくりだ。十七年前の事件は覚えている者も多い」

「では意味がないのでは」

「そこは建前だ。うわさは立つだろうが、表向きの身分さえ整えておけばドラコルル家が迎えた嫁に真っ向から文句をつけられる家はない」

ドラコルル家は位こそ伯爵だが、代々高位の使い魔を使役し、退魔能力という一族固有の異能を保持する魔導貴族界の名門で、四大魔導家の一つと言われているらしい。

「数ある魔導貴族家の中でも世襲の伯爵家というだけでも希少だが、ドラコルル家はそれだけではない。なんとレネ殿の姉君、長姉のラドミラ殿は隣国の王族に嫁いでおられる」

え。ものすごい名門ではないか。

「しかも一年前には次姉のルーリエ殿も王家に嫁がれた。現シルヴェス王国王太子妃だ」

何それ！　リリベットは思わず固まった。

「ドラコルル家は本来ならラドミラ殿が、それが無理でもルーリエ殿か長男であるリジェク殿が継ぐはずだった。が、リジェク殿も陛下直々の要請で北の名門封土貴族、マルス辺境伯家を継ぐことになってな。で、しかたなく末っ子のレネ殿が当主になってだな……」

男爵は「そんな家だから他家からの嫉妬が凄くてな」とさらに重圧をかけてくる。

「そこへお前を入れるのは確かに最終手段すぎる。が、この期間はどの家もみすみす相手に武器を譲ることになると腕の立つ者を出さん。それどころか嫁と偽り密偵に刺客、何を寄越すかわからん。何しろ競技は戦、戦とは準備段階から始まる。ドラコルル家もそれで我が家の娘なら受け入れたのだ。我が家はもう私しかいない。競技に出ること自体を放棄しているから敵にはならん。いいか。私以外の誰も信用するなよ。信じれば足をすくわれる」

真剣な顔で忠告をしてくる男爵に、リリベットは内心悲鳴を上げた。何それ。嫌すぎる。貴族家に入るとか嫁になるとかどうでもよくなるくらい、話が怖い方向に行っている。

そういえば団の皆と別れる時、都の貴族には気をつけるんだよ、と占いのリリア婆や女将のアガサにいろいろな話を聞かされた。醜聞系の話が多かったが、どれもえぐかった。

「……あの、もしや母が出奔したのもそのせいですか？　貴族界は怖いところだから？」

そっと聞いてみる。男爵が苦虫を噛みつぶしたような顔になった。

「それもあるかもしれんが。……姉は面食いだった」

母には許嫁の他にも求婚者がいたそうだ。出奔でもしなくては求婚を断れない大貴族が。

「姉の持論だ。魂の美しさは器に出る。私は美しい方としか結婚はしない、と。侯爵閣下は容姿の不自由な方ではなかったが、婚約者がいたのだ。なのに他の女に目を向けるとは何事かと、姉の美意識にかなわなかった。おかげで我が家がどれだけ迷惑したか。婚姻契約を破った許嫁の一族だけでなく、袖にされたと逆恨みした侯爵家まで敵に回して」

くっ、と、男爵が男泣きをしている。

そういえば。幼かったのでうろ覚えだが、父は精悍な美男で性格も一途だったと思う。

「我がアレクサ家は繊細な呪の調律を得意とする、調和の技に秀でた家だ。完璧な術式は美につながる。それ故か一族には美しいものに目がない者が多い。その血が濃く出たのだろう」

男爵によると名門といわれる世襲魔導貴族家は一族特有の異能を持つことが多いそうだ。

「というより、特有の能力があるから、王が臣下として従わせるために称号を与えたと言っていい。だから家名と爵位名が同じ家はたいてい異能持ちだ。……まあ、一代限りの称号を与えられた、学究の徒である魔導貴族も多いがな」

(もしかして私の予知もそれ？　だから母さんは秘密と言ったの？　身元がばれるから)

母に予知の力はなかった。が、こういった形質は隔世で伝わることもある。髪や瞳の色などその顕著たるものだ。リリベットが父母とは違う自分の髪色を不思議に思って聞いた時、母がそう教えてくれた。男爵家の先祖にこの力を持つ者がいたのかもしれない。

(とにかく男爵様と約束したもの。婚姻期間が終わったらすぐ離縁して、祖先ゆかりの地や母の両親の墓に連れて行ってくれるって。なら、この力のこともわかるはず)

貴族界の恐ろしさに耐えなくてはならないのも競技が終わるまで。それまでの我慢だ。

男爵に魔導貴族の基本知識を叩き込まれながら、馬車はリリベットを王都へと運んでいく。

約一月弱の行程を経てたどり着いたドラコルル邸は、王都の貴族街の一角にあった。

さすがに大きな邸だ。街中だというのに広い庭があり、馬車ごと門から乗り入れて、玄関に横付けできる馬車道まである。建物自体も美しい。どっしりとした石づくりで、それでいて周りを庭の緑に包まれているせいか、石の自然な色味を生かした邸は温かみを感じた。

事前に男爵が先ぶれでも出していたのか、馬車が止まると訪いを告げるまでもなく扉が開いた。髭を生やした渋い美壮年が現れる。

「よく来てくれた、アレシュ！　本当に嫁を連れてきてくれるとは」

「ベネシュ！　見捨てるわけなかろう！　我が家はもう格下げは当然の処置と受け入れているが、親友のあなたの家までは絶対、順位は下げさせない」

男爵とドラコルル家当主ベネシュは、年代を超えた友の間柄らしい。

（それでか。私に話が来たの）

友の窮地を見かねた男爵が、実は私には魔物を操れる姫がいる、と話したのだろう。

ベネシュがこちらを見て、期待に目を輝かせる。

「ではこちらの御令嬢が」

「ああ。姉の娘だ。今はもう私の養女だが。リリベット、挨拶を」

「リリベットと申します、伯爵様」

「ああ、よく来てくれた。助かったよ。それとわしは伯爵じゃないんだ。爵位はすでに息子のレネが継いどる」

　父が健在なのに、十六歳の息子が家を継いでいる？

　不思議に思ったが、ベネシュは入り婿でドラコルル家の血は流れていないらしい。一般人である封土貴族の家から婿に来たとかで、魔導の素養もないそうだ。

　女伯爵だった妻を亡くした時、子どもたちがまだ若すぎたので一時的に爵位を継いだ。が、昨年の次女ルーリエ妃の婚儀を機に、正式に息子のレネに家督を譲ったのだとか。

「王太子妃の実家当主が中継ぎの仮伯爵では格好がつかんからな。と、いうことでわしは隠居の身だが、まだレネも落ち着かんし、補佐も兼ねて領地に引きこもらずにここにいるんだ。だから君もわしのことは伯爵様ではなく、お父様と呼んでおくれ」

　そういえばシルヴェス王国に着いた以上、自分はもうこの家の嫁だった。

　緊張しつつ、「お義父様……」と呼びかけたところで、わざとらしい咳払い（せきばらい）が聞こえた。

　振り返ると、男爵がリリベットを見下ろしていた。

　この国に着くまでに覚えた。この目線は、零点、やり直し、の合図だ。

「……失礼でなければベネシュお義父様とお呼びしても？　義父では男爵様と混同しますので」

「ああ、そうだったの、今の君はアレシュの娘だったか。ではそれで頼む」

　ベネシュはあっさり受け入れてくれた。気さくな人らしい。

「娘は二人とも嫁にいったし、ちょっと寂しかったんだ。こんな可愛い娘ができて嬉しいよ」

にこにこしながらベネシュはリリベットと男爵を邸に招き入れてくれた。

「友よ、どうかあなたの家に、友たる私とあなたの家の娘となる者を招き入れてください」

「許しましょう。どうぞ、中へ」

この国独特の挨拶をして入った邸は、妙に人が少ない。ベネシュ自ら客間まで案内してくれたのだが、その間、執事はおろかメイドの姿もなかった。長い廊下の向こうを大あわてでシーツか何か布の山を抱えた人影がよぎっただけだ。

（……しかも荒れてるよね。これ、掃除もしばらくしてないんじゃ）

壁には亀裂が入っているし、えぐれた跡もある。割れたガラスを隠すためか鎧戸を閉じたままの窓まである。客間に到着しても卓には埃が積もり、花瓶の花は枯れている。

（お金に困ってるってわけじゃなさそうなんだけど……）

置かれた調度は豪華だし、ベネシュの衣装も汚れてしわになってはいるが素材はいい。

リリベットの不審顔に気づいたのだろう。あわてた様子でベネシュが手を振った。

「その、今は取り込んでいてな。最小限の者で回しているから居心地は悪いだろうが、何、すぐ改善する。じゃあ、わしはレネを呼んでくるから。ついでにお茶の用意も頼んでこよう」

そそくさと出ていく。男爵と二人になった。

いろいろ聞きたいことがある。が、招き手不在の席で尋ねるわけにはいかない。落ち着かない思いをしていると、隣に座った男爵がぼそりと言った。

「いよいよレネ殿と対面するわけだが。レネ殿は審美眼の厳しい私から見てもかなりの美形だ。幼児の頃から天使のような美貌と悪魔的な話術でご婦人方の心を鷲掴みにしてきた、まさに天使で悪魔な貴公子だ。お前は期間限定の雇われ嫁なんだ。惚れるなよ」

「言われなくても、大丈夫です」

お貴族様相手に実りのない恋をする暇はない。リリベットにはやることがたくさんある。

「やあ、やあ、待たせたな。これがわしの息子のレネだ。レネ、リリベット嬢だ。今日からお前の妻になる人だ。挨拶なさい」

しばらくしてベネシュ義父が戻ってきた。

腕を差し伸べて紹介したのは、一人のすらりとした体つきの貴公子だった。

「……お前が招かれざる嫁か。僕がレネ・マシェル・ドラコルルだ。短い間だがよろしくな」

超のつく上から目線の冷ややかな声が、形の良い唇から漏れた。

冷たいが、驚くほど美しい声だった。母の美声や他団の花姫の歌を聴き慣れているリリベットでも初めて聴くほどの、高い、澄んだボーイソプラノの声を彼は発していた。

が、その声以上にリリベットは彼の姿に息をのんだ。

(え？　この人が本当にレネ様？)

挨拶のため立ち上がったリリベットは固まった。礼儀違反とわかっても凝視してしまう。

とてもではないが、上流階級の人間には見えない〈彼〉がそこにいた。

最初に見た時は青年か少年かよくわからない体つきなので無難に、貴公子、と分類したが。しわくちゃになった服の上からでもわかる肉付きの薄い体は、華奢というよりやつれている。櫛も満足に通っていないキノコめいたぼさぼさ髪は、何故か埃まみれで元の色がわからない。ついでに伸ばしっぱなしの前髪が顔の半分を隠していて、目鼻立ちどころか表情も謎だ。

なにより目を引くのは。

（えっと、レネ様って私との縁組が初婚で、今まで独身だったはず、よね……？）

現れたレネは、子連れだった。

背中に一人、赤ん坊を背負い、胸には抱っこ紐で一人、さらには左右の腕にそれぞれ一人ずつ赤ん坊を抱えている。

（嘘っ、一、二……、え、四人も……?!）

さすがのリリベットもこれには意表を突かれた。

自分と同じ年齢の男子が赤ん坊連れというだけでも違和感があるのに、複数の子持ち。しかも自ら子守りをしているということは。

（えっと伯爵様なんだし使用人の子を預かってるとかないわよね。なら、実子？　同じ年頃の赤ん坊を一度に四人って四つ子？　じゃないなら複数の相手に同時に産ませたとか?!）

いったいこれのどこが惚れてはならない天使な悪魔だろう。まさかの期間限定雇われ結婚相手が、複数の女性を同時に相手する最低男とは。逆に惚れる要素がない気がするのだが。

リリベットは呆然と、紹介された〈夫〉を見つめた。

言葉も出ない〈嫁〉を見て、レネは、ふふん、と鼻で笑った。

(固まってる。幻滅したな)

想定通りだ。さあ、後何秒で逃げ出すか。余裕の態度で赤ん坊を床に下ろすと長椅子に座る。やっと重荷を下ろせたのだ。この隙に腹ごしらえをしなくてはと、やってきたメイドに茶だけでなく軽食も頼む。

そんなレネの隣では、父があわてたように男爵父娘に弁解をしていた。

「す、すまない、着替えさせようとしたのだが、こやつがそんな暇はないとごねてな。待たせるのもどうかと思い連れてきたが。いや、こう見えてまともな格好をすれば天使だぞ？　それと赤ん坊のことは事前に伝えなくてすまなかった。その、この子たちのことは他家には秘密でな。君にはこの子たちの世話もお願いしたいんだ。紹介するよ、我が家の使い魔だ」

「つ、使い魔……？」

「ああ、見てわかるように人の子ではない。代々ドラコルル家に仕える魔物たちでな。君は魔導貴族の血を引くとはいえ他国育ちだそうだが、使い魔を見るのは初めてか？」

彼女は、詰まったような声で「は、はい……」と言った。

　さあ、泣き出すぞ。期待してレネはその顔を注視した。美貌の夫との甘い新婚生活を夢見て来た令嬢なら、結婚は形だけ、主な仕事は魔物の世話と言われれば顔を引きつらせる。今までの娘たちは皆そうだった。彼女もまた失望のためか顔を真っ赤にした。そして頭を下げる。

「も、申し訳ありませんっ、魔物だったなんて。私、てっきりレネ様の連れ子たちかとっ」

　は？　彼女がいきなり予期せぬことを言い出して、レネはあっけにとられた。頬杖をついていた長椅子からずり落ちる。

「ち、ちょっと待て。何故そんな考えになる。僕はまだ十六だぞ？　誰が子持ちだ、誰がっ」

「や、やっぱり変ですよね。申し訳ありません。都のお貴族様は恋愛遊戯が仕事で手が早いから気をつけろと、リリアお婆……は、すみません、私の同僚の経験豊かな女性のことですけど、彼女から都へ行くなら知っておけって教えてもらったので、つい」

　魔物だったんですね、と、彼女が恥ずかしそうに身をすくめて、まずい、とレネは己の誤算を悟った。そうだった、彼女は他国の、しかも庶民育ちだった。今の自分のひどい有様を見せて、「レネ様がそんな人だったなんて」と幻滅させようにも、彼女は以前の、外面を取り繕った麗しの貴公子状態のレネを知らない。落胆のしようがないのだ。

（くそっ、てっきりアレクサ男爵からいろいろ吹き込まれていると思ったのにっ）

　そのうえ妙な誤解から、〈複数の女を相手に避妊を失敗した最低男〉とさらに底辺から夫の印象が始まったせいで、逆に、〈本当の彼は子持ちじゃなかった、最初の印象よりいい人だった〉と意識が転じている。それに肝心の忌避材料である赤ん坊姿の魔物に関しても。

「私、魔物って団にいた子たちしか知らなかったんですけど、使い魔ってこんなに可愛らしいんですね。赤ちゃんだなんて」

彼女が頬を上気させて、嬉し気に言う。こちらも彼女に使い魔に関しての知識がないせいで、これはこういうもの、と、すんなり納得してしまったらしい。

（くそっ、互いの出発点というか常識が違いすぎる！）

他国育ちを甘く見ていた。レネは自分の頭を抱えたくなった。

「いやあ、さすがは魔導貴族の血を引く娘だ。この子たちを見ても逃げ出したりしないとは、助かったよ、アレシュ」

ほっとした顔で父がよく見えるように差し出した使い魔を、彼女が目じりを下げて眺める。

「おむつ姿がとっても可愛い。それによく見ると四つ子じゃないんですね。姿が違う」

彼女が言う通り、ここにいる使い魔たちは正確には四つ子ではなく、よく似た三つ子と、彼らとは姿の違う、もう一柱の、計四柱だ。

三つ子の方はそれぞれ竜に似た可愛い頭に角と耳が二つずつ生えていて、いかにも魔物といった外見だ。背には小さな翼、丸いおむつからちょこんと突き出ているのは蠍（さそり）めいた尾。だが頭の方が体より大きい二頭身の赤ん坊は、すべてがまん丸で有能な使い魔には見えない。

「こっちの良く似た三柱は、それぞれ、フシュ、シュフ、ムシュ、というんだ。で、こいつが長男格のウシュガルルだよ。一番いたずらっ子でな。目が離せん」

もう一柱、アー、ウー、と言いつつテーブルクロスを引っ張り卓上の花瓶をひっくり返しかけていた赤ん坊を父が捕まえる。

一柱だけ姿が違うウシュガルルはまん丸おむつをつけた二頭身なのは他と一緒だが、さらさら長い髪とエキゾチックな浅黒い肌を持つ、人とそっくりな姿をしている。成長すればさぞかし美形になるなと思える大きな瞳と形のいい唇を持つが、じろりとこちらを見る目は赤ん坊のくせに三白眼の偉そうな目つきで、四柱の中で一番気かん坊そうな顔をしている。

「こいつらは今はこんな赤ん坊姿になっているが、本当は大人でな。異国では神と崇められたこともある、すごい力を持つ上位魔物なんだよ。内包した魔力もすごくてな」

片腕にウシュガルルを抱きつつ、父が少しもじっとしていない他三柱を追いかける。

「前はレネの姉のルーリエが主を務めていたのだが、他家へ嫁いだので使い魔たちはまとめてレネが引き受けることになったんだ。が、何故かいきなりこんな姿になってしまって。なんでも今は新しい主を迎え入れる過渡期で、別の人間を主と呼ぶために精神の一部を一度まっさらな状態にしたら記憶や体までもが引きずられて、幼児退行を起こしているそうだ」

「まあ、それでこんな赤ん坊姿に」

父の説明に彼女が律儀にうなずいているが、レネはそれを聞いてもいらだちしか感じない。

使い魔たちに「お前など新しい主と認めない」と言われているのと同じだからだ。

(僕の何が気に入らない。姉様が嫁ぐ前も一緒に暮らしてたけど虐めたりしなかったろう!)

一族の中でも女性にしか懐かない女好きのウシュガルルはともかく、フシュたち三柱は素直で可愛いと思っていたし、おやつだってわけてやっていた。危険に晒された時は身を挺して守ったことだってある。なのにこの有様だ。

(もう全然、可愛いなんて思えなくなったぞ。特にウシュガルル! なまじ偉そうな青年体だった元を知ってるだけに、おむつをつけてコロコロ転がってみせても全然可愛くない! だいたい三白眼の赤ん坊なんて〈可愛い〉の定義的におかしいだろうっ)

無邪気な瞳をしたフシュたちは元と変わらない姿をしている。一柱だけなら可愛いといえなくもない。それでも室内を自由にハイハイする赤ん坊が三柱もいるとのどかを通り越して壮観だ。それぞれが互い違いの方向に這っていき、花台を倒したり転んだりと大騒ぎだ。

普通、こんな大変そうな様子を見れば引くだろう。が、逆にこの男爵の姪とかいう娘は子守り心がうずくのか、手を伸ばしたそうにうずうずしている。

(この女、被虐趣味でもあるのか、それとも美意識が変なのか)

何故、赤ん坊の、しかも魔物の子育てをしたいと思える。

が、使い魔たちに忌避感がないならそれはそれで問題だ。今は競技会前の大事な時。幼児化して自分の身も守れない大切な使い魔たちに危害でも加えられてはまずい。

「……いくらこいつらが気になっても部外者は近づくなよ。一歩でも近づけば後で泣いて後悔する最低恥辱魔導をかけてやるからな」

当主権限でレネは宣告した。ついでに、メイドに運ばせた軽食に手を伸ばす。

腹が減っているうえ睡眠不足の頭では、この妙な娘を追い払う気力もわいてこない。自分の代わりに婚姻解消手続きをさせる当ては外れたが、今は父もいて赤ん坊たちも来客に気を取られて騒がずにいる貴重な時間だ。

もともと強かなレネは育児から解放されたつかの間の自由を有意義に使うことにしたのだ。

一方、書類上の夫に変認定をされたリリベットは。

(うう、こんな可愛い子たちをなでなでできないなんて。拷問だわ……)

と、身もだえしていた。

母譲りの美しいもの好き、可愛いもの好きの血が騒ぐ。夏だからか上半身裸でおむつだけをつけてコロコロしている赤ん坊たちは本当に可愛い。癒される。『アブゥ』とか言ってテーブルの脚をかじっているフシュなど興奮のあまり鼻血が出そうだ。

見るだけなら禁止されていないしと見ていると、さすがは魔物。赤ん坊でもしっかり鋭い牙(きば)

が生えていて、顎の力も強いようだ。かじりついたテーブルの脚がぼきりと折れる。

「うわあ、退避、退避っ」

皆であわてて傾いたテーブルの上にあった茶器を避難させる。

ちなみにさっきまで彼らを抱っこしていたレネは、父親が相手をしてくれる隙にと思ったのか、一人、部屋の隅にしつらえたテーブルで銀のカトラリーを操り優雅に食事中だ。

「くそっ、どうやったら幻滅するんだ。異文化育ち、手ごわすぎ」

と、意味不明のことをぶつぶつ言っているが彼の食べっぷりはすさまじい。貴族らしく気品あふれる仕草で小さく一口ごとに切り分けて食べているのに、皿に盛られた料理がみるみる消えていく様は、貪り食っているとしか言いようがない。

(いったい何日まともに食事をしてなかったの)

同情してしまうほどだ。よく見るとぼさぼさ髪の陰の目の下っぽいところにはクマもある。

(食事もだけど、きっと睡眠も満足にとれてないよね、これ……)

この様子ではベネシュ義父にも育児参加をさせないで一人で抱え込んでいるのだろう。

(レネ様ってまだ十六歳よね。子育て経験のない男の子がいきなり赤ん坊を育てるとなれば余裕もなくなるわ。しかも子育ては一人でもきついのに、いきなり四柱なんて。あー、私が平民育ちなのに助っ人に選ばれたのは、この子育てがあるからだったのね)

リリベットは正しく理解した。リリベットは母が拾った魔物や団長が連れてくる子どもで子育てにも慣れている。が、世間一般の貴族令嬢は赤ん坊の世話などしたことがないだろう。

だがレネは引き合わされた〈嫁〉がお気に召さないらしい。一通り腹が膨れると客人がいることを思い出したのか、口元をナプキンでぬぐいつつ冷ややかに言う。

「父上。前にも言いましたが、僕に嫁など必要ありません。競技会出場もフシュたちの子育ても一人でできます。だいたい我が家の使い魔がこんな姿になっているなど他家に知られてはならない秘密です。なのに部外者を家に入れるなど、何かあったらどうするんです」

「だがな、レネ、お前も限界だろう。確かに最初はフシュたちの世話は新たな主となるお前がするほうがいいと思ったが。すぐ新しい主を受け入れ元の姿に戻るかと思いきや、この子たちはもう一年もこのままだ。父はお前の体が心配だよ。いったい何日寝ていないんだ」

ドラコルル父子が二人でいろいろ言い始めたのでリリベットはそっと男爵に聞いてみた。

「あの、魔物が赤ん坊になっているのは秘密ってどういうことですか？　それにレネ様はどうして部外者を入れたがらないのです？　貴族は我が子でも乳母に任せると聞きますけど」

「今は競技会前でぴりぴりしていると話しただろう。あの使い魔たちはドラコルル家の貴重な戦力だ。それが幼児化して使い物にならない状態にある。これは他家に絶対知られてはならない弱みだ。それに乳母を雇うわけにはいかないのは、まあ、見ていればわかる」

と、男爵がささやき返した時だった。

「だから、嫁なんかいらないって言ってるだろっ」

レネが思わずといった具合に声を荒げた。それに驚いたのだろう。ベネシュが抱いたウシュガルルがびくりと体をふるわせた。顔をくしゃくしゃにする。そして大声で泣き出した。

『ビギャアアアアっ』

そうなると連鎖反応だ。あっちもこっちも。ハイハイしていた赤ん坊たちがその場に座り込み、声をあげて泣き出す。四方向から聞こえる泣き声。大音声だ。しかも。

『ビギャアアアっ』

ゴオオオオオっ。

声に合わせるように、室内に風が起こった。いや、これは風ではない。突風だ、竜巻だ。いきなり局地的嵐のただなかに突っ込んだ。部屋中の調度が宙を飛び、壁や窓にぶつかる。

リリベットは男爵とともにあわててテーブルの下に避難した。

風に負けないよう声を張り上げて尋ねる。

「な、何事ですか、これっ」

「あの使い魔たちの癇癪（かんしゃく）だっ」

「か、癇癪?!」

「あの子たちは高位の魔物だと言っただろう。外見だけでなく精神も赤ん坊化している状態だから、感情が高ぶると力を制御できず、やみくもに攻撃魔導として放出してしまうんだ」

それでこの惨事か。

（上位魔物って怖すぎるっ）

たぶん、この力の発現の仕方には、不安な心の在り方もあるのだろう。〈親〉であるドラコルル父子が口喧嘩（くちげんか）をしたから。だから怖くなって、身を守りたくて、でもどうしたらいいかわからなくて、やみくもに泣いて周囲を攻撃しているのだ。

きっと気分を落ち着かせ、なだめることができればこの嵐もやむ。だが、

（それがわかっててもすごすぎるっ。どうやってなだめればいいの、これ。私、自慢じゃないけど下位魔物しか相手したことないんですけどっ）

重そうな銀製の花瓶が飛んできて、リリベットはあわてて身を低くした。

「くそっ、このままじゃ。おい、ウシュガルル、こっちを向けっ」

嵐の中、レネが決死の覚悟でウシュガルルに近づいた。ポケットから取り出した可愛らしいピンクのおしゃぶりを、赤ん坊の大泣きしている口に突っ込む。

「くらえっ。ルーリエ姉様特製、おしゃぶり型飴（あめ）っ」

『バブ!?』

とたんに風が弱まった。

ウシュガルルは口に入れられたおしゃぶりに最初は目を白黒させていたがすぐに両手をあてて幸せそうに吸い始める。その隙をついて、レネが匍匐（ほふく）前進で他の三柱に近づき、その口に次々と先端に飴がついたおしゃぶりを突っ込んでいく。

風が、やんだ。

他の赤ん坊たちも口の中に広がる甘味に気を取られたらしい。泣くのも忘れ、満足そうな顔をして、ちゅっちゅっ、とおしゃぶりを吸い始める。その姿はとても可愛らしい。

「よ、ようやく泣きやんでくれたか……」

げっそりした顔でベネシュがテーブルの下から這い出した。そのまま床に座り込む。

レネの有様も似たようなもので、リリベットはどうしてこの邸に人がいないのか、部外者を入れてはならないのかを理解した。いつ屋内で嵐が起こるかわからないのだ。危なくて人など入れられない。使用人の数もしぼっているのだろう。

「おい、怪我はないか？」

さすがに客人の命を危険に晒してしまった負い目があるのか、レネが声をかけてきた。

「ったく。こうなるとわかっていたからさっさと帰れと言ったのに」

完全に感情の抜け落ちた疲れた声で言われて、彼が「嫁などいらない」と言ったのは、こちらの身を気遣ってのことと知った。

「……前の主の姉様に甘やかされたせいで、こいつら、菓子が好きなんだ。だから口に突っ込めば一時的に黙らせることができる。人間の赤ん坊なら飴なんか言語道断だけどこいつらは元は普通に物を食べてた成人魔物だから。そこらは体が覚えてて飴でも食べられるんだ」

一応、赤ん坊が泣きやんだ理由を説明してくれる。

ゲソッ

ベネシュ義父がよれよれの姿で立ち上がった。これまた感情の抜け落ちた声で言う。

「だがもう飴のストックがない。ルーリエも公務と追加の妃教育で忙しいんだ。そうそう作ってくれとねだりにいくわけにはいかないぞ。家のことも心配するし」

言われて、レネが唇を噛んで黙り込む。

そんな二人を見て、リリベットはおそるおそる話しかけた。

「あの、この子たちが不安定なのは、栄養が足りてないからもあるのではないですか。人間の赤ん坊だって、お腹が空いていると眠りもせずにむずかるものですし」

「は？」

レネが前髪の陰で目を瞬かせてこちらを見る。その険悪な雰囲気に心が萎えそうになった。

が、リリベットは踏ん張った。いきなり部外者が口出しするのは無作法だが、悲しそうにぴいぴい泣いている赤ん坊たちの声を聞いてしまった。放っておけない。

「その、おしゃぶりを吸っている顔を見て思ったんです。さっき泣いたのは怖かったからだけじゃないんじゃないかって……」

「わかったような口を利かないでくれないか。魔物を人間の赤ん坊と一緒にしてどうする。部外者はさっさと帰れと言っただろう」

すかさずレネが言う。ぼさぼさ髪のよれよれ服なのに毅然とした立ち姿はいかにもお貴族様で、庶民育ちのリリベットは厄介事を避けたい本能から、無条件に謝って逃げたくなる。

（だけど、ここで引き下がったら何のために来たのかわからない）

叔父が勝手に結んだ不本意なものとはいえ、リリベットは子育ても含めて嫁としてこの家に娶られた。婚姻関係とは二つの家で交わされた正式な約束。なら、破ってはならない。

約束を守ること、与えられた仕事には最後まで責任を持つこと、この二つは母や団の皆から学んだ大切なことだ。リリベットの身に沁みついている。

（なら、自分の役割を果たさないと。でないと胸を張って皆の所へ帰れない）

リリベットは弟分たちの手本とならねばならない〈姉貴〉なのだ。将を射るには先ず馬から。リリベットは夫であるレネの説得は後にして、父親の方に話しかける。

「ミルクは何を与えていらっしゃいますか？　含まれたメラムの量が足りないのかも」

レネが割り込んでくる。

「言われるまでもない。牧場直送の新鮮な最上級ジャール種牛のミルクを使っている」

「そうではなくて」

犬には犬の、猫には猫に適したミルクがある。母乳が一番だが、母というものがいない魔物はメラムを多く含むものでないと駄目だ。

「魔物はメラムにあふれた果実、獣では赤ん坊に好んで取り憑くでしょう？　それは〈実〉〈結晶〉という、精気が凝縮した状態に惹かれるからだと母に教わりました」

家畜の乳を搾るのもいいが、それはあくまで己が生んだ〈果実〉に成長を促すための栄養素で、〈果実〉そのものが持つだけのメラムは含まれていない。

「だから、果実由来のミルクをつくれば満足してもらえるのではと思うんです。厨房を見せていただけませんか？　適した物を見つけられるかもしれません」

「そう言って何を盛るつもりだ」

「何も盛りません！」

こんな可愛い赤ん坊たちに何かをするわけないではないか。

だがレネは少しもリリベットを信じてくれない。それどころかあざ笑うように言う。

「どうせ嫁になったのを幸い、身分目当てに僕に取り入ろうと適当なことを言ってるんだろ」

（ひどい、いくら私を追い返したいからでもひどすぎる……）

最低の言い方だ。だが反論できない。リリベットはレネのことは何も知らないままここへ来た。自分の意志で結んだわけではないが、確かに彼の身分ゆえに成った婚姻関係だ。

無言で唇を噛みしめていると、ベネシュ義父が間に入ってくれた。

「レネ、試しに作ってもらったら。この子たちは高位の魔物でそこらの毒は効かないのだし」

レネはここで反論するとまた喧嘩になって赤ん坊たちが泣き出すと思ったのだろう。ぐっと我慢して折れてくれた。しぶしぶ厨房まで案内してくれる。ただし。

「ここで、見張ってるからな」

四柱を抱っこし直すと、厨房の戸口に居座った。父親は温厚だが、息子は頑なだ。

気にしたら負けな気がしたので、彼の方は見ないことにする。とにかくドラコルル家当主の許可は出たのだ。赤ん坊の腹を満たす方が先だ。遠慮なく厨房奥の食料庫を漁る。

「なるべくメラムの多そうなもの。何かないかな……」

探すと、ココナッツがあった。思わず歓声を上げる。

南方大陸産の果実だが、搾るとミルクめいたまったりした果汁が採れるのだ。

前に一度、団長と南の島へ公演に渡った時に、その地の金持ちが、これは貴重な品なのだがと言って飲ませてくれた。とても甘くておいしかったのを覚えている。

(さすがシルヴェス王国！　東西貿易路の交わる地だけのことはある！)

これならメラムもたっぷりだ。味もいいから赤ん坊たちもきっと気に入ってくれる。

リリベットはさっそく一つ分けてもらうと、両端を鉈で切り落とした。

「……いったい何を始めるつもりだ」

レネはお貴族様らしく、調理済みの菓子や料理しか知らず、原料の実とその加工過程を見るのは初めてらしい。ココナッツの繊維だらけの皮を削るナイフや圧搾機などいろいろと棚から出してきたリリベットを見て、驚いている。まあ、確かに普通、想像する調理器具ではない。

だがそれがよかったのかもしれない。好奇心が警戒心に勝ったのか、最初は完全に不審者を見る態度だったレネが少し身を乗り出し、興味深げに見てくるようになった。

このまま邪魔しないでくれたらいいのだけどとリリベットは独り言めかした説明を入れる。

「こうすると、ミルクができるんです」

周囲の分厚い皮を削って落として、穴を開ける。あふれだした透明な果汁は全部、器にとって半分に割ると、硬い皮の中にある真っ白い果肉部分をそぎ出す。

削った果肉をぎゅっと搾ると、ほのかに甘い、栄養たっぷりのミルクができた。

「哺乳瓶(ほにゅうびん)はありますか？　匙(さじ)であげるにはまだ難しいお年頃のようですから」

小さなガラス瓶を四つ出してもらって、そこに搾りたてのミルクを入れる。

レネがまだ頑なに近づくことを許さないので、人肌に温めた四本の哺乳瓶を、布にくるんでレネに差し出す。

「どうぞ。毒見なら今しますから」

圧搾機に残ったミルクを匙ですくって飲んでみせる。ほら、大丈夫でしょう？　と示して見せると、ようやくレネが動いた。赤ん坊たちの口元にそっと哺乳瓶を持っていく。

『バブウっ』

甘いメラムの香りがしたからだろう。赤ん坊はおしゃぶりの飴を放り出し、すぐに吸い付いた。後は自分で瓶を持ってごくごくと飲んでいる。

他の三柱も、ちょうだい、ちょうだい、と、バブバブ言い出して、レネは椅子に座り直すと器用に四柱を抱きかかえてミルクを飲ませ始めた。

「……この匂い、姉様がよく焼いてたケーキと同じだ」

レネがミルクをやりながら小さくつぶやいた。

「たぶん、こいつらも懐かしいんだろうな。だから吸い付きがいいんだ」

言いながら、彼が、つん、と指で魔物の頬を突っつく。

優しいしぐさだ。子育てがきつくても、この子たちを愛しているのだろう。

何となく、二人で並んで哺乳瓶にしがみついている魔物たちを見ていると、レネがはっとしたように顔を上げた。リリベットの存在を思い出したらしい。

「君、まだいたのか」

さっきまでの優しい雰囲気が瞬時に消えて、彼はまたとげとげだらけになる。

「このミルクのことは助かった。これからはこれをやるよ。礼はするから帰ってもらおう」

冷ややかに言われて、リリベットは傷つくのを通り越して悲しくなってきた。

自分だって好きで来たわけではない。なのに最初から必要ないと、金目当てのお荷物のように言われて、問答無用で帰れと言われて。

(私、自分が中途半端な自覚はあるけど。だけどこのままここを出て行きたくない！)

リリベットはぎゅっと唇を噛んだ。団でもここでも、自分が何のためにいるのかわからない寂しい思いをするのはたくさんだ。せめて役に立つ嫁だったと思われて立ち去りたい。

「……ベネシュお義父様、お義父様、私は今まで義務で嫌々この家に入ることを受け入れていました。でも今、決めました。私は自分の意志でここにとどまります。この子たちの母になります。期間限定のふつつか者ですが、どうかよろしくお願いいたします！」

「「よく言った！」」

二人の義父が同時に言う。

「はあ？　どうしてそうなる！　父様、いい加減にしてくれ！」

レネが反応する。どうやら彼は余裕がない時はベネシュ義父のことを「父様」と呼ぶようだ。

「家の中を部外者に歩き回らせるなんて信じられない。しかもまさかフシュたちの世話にも関わらせる気？　何度も言うけどフシュたちの状態は他家には秘密だろう?!」

「逆に言うと彼女にはもう知られてしまった。追い返せまい？」

「それくらい、僕が記憶障害を起こす魔導術式をかければ済む話だ。今までみたいに」

「それは最終手段だ、お前はまだ学生だろう。人に術をかけるのは禁止されているだろうが」

ベネシュ義父が止めてくれたが、そこはそんな非道な真似をするなと止めてほしかった。

だがこの会話を聞くと、いろいろ言っていたが一応、リリベットの前にも嫁候補はいたらしい。というか、使ったのか。そんな非道な魔導を。他の令嬢たちに。

（ひどい。最低……）

いくら家の秘密を守るためでもやっていいことと悪いことがあると思う。

「だいたい父様は赤ん坊には父親だけでなく母親が必要だとか、それで成長しないんじゃないかとか、こいつらに甘すぎるんだよ。外には野心家で通ってるくせにどうしてそう〈家族〉には見境なくなるんだ。こいつらには僕がいれば十分だっ」

なおもレネは父親相手に反論していたが、そこまでだった。おとなしかった赤ん坊たちが、周囲の険悪な雰囲気を察したのか、またむずかりだしたのだ。

まずいことにもうミルクは切れている。哺乳瓶を吸っても出てこないことに気づいたのだろう。ウシュガルルがみるみる涙を目にためて、さっき放り投げたおしゃぶりを探し始めた。だがない。そこで彼は隣のフシュが握りしめていたおしゃぶりに目を止めた。

フシュが大事に、ミルクを飲んでいる間も握っていた特製おしゃぶり。それを奪い取る。

『ダー！』

『……バブ？』

きょとんとしたフシュが次の瞬間にビエエと泣き出して連鎖反応で他の二柱も泣き出した。

壁に、ひびが入った。

「うわああ、厨房まで壊す気かっ。父様、ウシュをお願い！　他は外に連れて行くから！」

ベネシュ義父の腕に、ドヤ顔で戦利品のおしゃぶりを咥えている赤ん坊、ウシュガルルを押し付けると、これ以上、被害を出さないようにと、レネが他三柱を抱いて庭へと駆け出す。

ただし、振り向いて一言、言うのは忘れない。

「勝手にしろ。ただし、無許可でフシュたちに近づいたら承知しないからな！」

ふん、と特大の鼻息を残して、彼は去っていった。

残された三人は、はあ、とため息をついた。やっかいだ。

が、共通の問題を前にして、残された三人の結束は固まった気がする。ベネシュ義父が片腕でウシュガルルを抱きつつ、がしっとリリベットの手を握りしめた。

「よくやってくれた！　あのレネに真っ向から言い返せた令嬢は初めてだよ。今までも何人か来てもらったが、どの令嬢もレネには軽く掌で転がされて涙ながらに帰って行ったからなあ」

何をやらかしたの、レネ様。リリベットは内心、また「最低」とつぶやく。

「とにかく。あれが何と言おうと君にはここにいてほしい。もう部屋だって用意してあるんだ。どうか帰るなどと言って無駄にしないでくれ」

ぎこちない手つきでウシュガルルをあやしながら、ベネシュ義父が部屋に案内してくれる。

〈伯爵夫人〉の部屋だそうで、淡いピンクと白で統一された南向きの部屋は、豪奢でありながらも壁にラベンダーで作ったリースが飾られて、温かな雰囲気がとても可愛らしい。

ただ、夫婦の部屋であることが前提で、隣室へ通じる扉があるのが気になる。

リリベットの目線に気づいたのだろう。ベネシュ義父が、大丈夫、と言った。

「婚姻契約の条項はちゃんと覚えているよ。そこの扉には鍵がかかってる。レネはまだ昔の自分の部屋を使っているし、最近はウシュガルルたちの所に泊まり込みだ。だからそこの当主の間に通じる扉が開くことはない。安心してくれ」

次に、抱いているウシュガルルを寝かしつけるために、魔物たちが使っている子ども部屋へと案内された。リリベットの部屋にほど近い、二階の、日当たりのよい角部屋だ。

赤ん坊たちがどこで寝落ちしてもよいようにだろう。床には柔らかな、だがしわにならない布を敷き詰めて、家具は軽い籐製の揺り籠のみ。あちらこちらに哺乳瓶やらガラガラが転がっている、いかにも乳児の部屋といった内装だ。

ただし、壁のいたるところに亀裂や、何かがぶつかった跡だろう放射線状のひびが入っているところが普通の子ども部屋と少し違う。

「とにかくもうわかってもらえただろうが、てんやわんやなんだよ、今の我が家は。修理も追いつかん。このうえ競技の準備もと考えるとぞっとする」

いい子を紹介してくれてありがとう！　と、ベネシュ義父は滂沱の涙だ。でも。

「あの、本当によろしいのです、か……？」

ここにいると啖呵を切ったものの、この家の当主は義父ではなくレネだ。今さらながらに親子喧嘩の種を作った気分になって聞くと、ベネシュ義父が胸を張って請け合ってくれた。

「父の権威にかけて黙らせる」

「ありがとうございます。でも、その、本当にそこまで私を信用してくださっていいのですか」

「もちろんだとも。親友の姪というだけではない。君はこの子たちの癇癪を見ても逃げなかった。赤ん坊の世話までできる。それだけで我が家に遣わされた女神かと叫びたいよ、わしは」

何より、と、ベネシュ義父が真面目な顔をする。

「もう限界なんだ。一人で世話をするのは。わしでは手伝ってやれんし」

ちょっと抱っこするくらいならできるが、ベネシュ義父は婿養子で魔物に対する素養がない。

それ以上のことをすると赤ん坊たちが嫌がるので、育児の手伝いができないそうだ。

「レネもわかっているはずなんだ。一人では無理だと。どうかレネと魔物たちを頼む」

そう言って、貴族であるベネシュ義父が庶民育ちのリリベットに頭を下げる。

その顔は子を思う親そのものだった。

「それと、あの子の態度もわかってやってほしい。恥ずかしい話だが、前に四柱の使い魔が健在だったにもかかわらず、家に刺客が入ったことがあってな。ルーリエとレネ、それにたまたま訪れていた客人が攫われたことがあるんだ。だからレネはぴりぴりしてるんだよ」

あの若さでいきなり当主にされたうえ、使い魔たちも役に立たない状態で競技の日まで迫っている。王主催の競技会はそれぞれの家が自身の力を示すもの。貴族の沽券に関わる会だ。

「しかも今回の競技はレネが新当主となって初めての会なんだ。皆、注目している。負けるわけにはいかないと、あの子も家族を守ろうと必死なんだよ」

聞くと彼はリリベットと同じ歳だが、二か月だけ誕生日が遅いらしい。

（え？　と、いうことは私の方がお姉さん？）

ほんの二か月だが自分の方が年上と知って、リリベットの心の天秤が、ぐぐっと傾いた。

巡礼聖技団では〈姉貴〉として弟分、妹分たちの面倒を見てきた。そのせいかリリベットは年下に弱い。無条件で、守らないとという意識が働いてしまう。

それにベネシュ義父から聞くと、レネはこの一年、好きだった魔導研究のための私塾通いもやめ、魔物たち四柱の子育てにかかりきりになっているのだとか。

(……最低な人とか思っちゃったけど、もしかして悪いこと、した？)

一年もの間、自分がやりたいことをすべてあきらめ、子育てに専念する。なかなかできることではない。相手は可愛い赤ん坊とはいえ、心の余裕がなくなれば可愛いものを可愛いとさえ感じなくなるものなのだ。

(私より年下の男の子で、子育てなんかしたことがないお貴族様なのに)

「前にも話したが、もともとこの子たちは成人済みの魔物なんだ。人の赤子とは違い実際の成長を待たずとも、ある日突然、覚醒する可能性もあるんだ」

競技会当日の助勢もだが、それまでに何とかこの使い魔たちを元の状態まで成長させられないかと、リリベットを嫁に迎えたそうだ。

「この子たちさえ元に戻れば競技にも出せて、無事レネが使い魔たちを継承したと披露できる。新当主としてふさわしい力を持つと示して、さすがは王太子妃の実家だとルーリエに箔をつけることもできるのだ。……最初はなんとタイミングがいいと歓迎していた競技会だったのが、その時はまさかこの子たちがこんなことになるとは思ってもみなかったからなあ」

ベネシュ義父が嘆く。

そこで大人たちばかり会話して無視されるのが嫌だったのかウシュガルルがむずかった。

「どうした、ウシュ？」

ウシュガルルを抱き上げて、ベネシュ義父が覗き込む。すると仕返しのつもりか、ウシュガルルが不遜（ふそん）な三白眼におしゃぶりを咥えたまま、ジャーとお漏らしをした。

「うわ、おむつがあるのにっ。ハンナ、ハンナ、替えのおむつはどこだ、すまん、アレシュ、リリベット嬢、ちょっと待っててくれ」

顔面にお漏らしをかけられたベネシュ義父が、ウシュガルルを連れていそいで出ていく。

それを見送って、男爵が言った。

「……わかっただろう。なぜ、庶民育ちのお前でも嫁に迎えるか」

はい、とリリベットは答える。レネもこの家の人たちも皆いっぱいいっぱいなのだ。

3

書類上だけとはいえ伯爵夫人になったのだ。社交もこなさなくてはならない。

翌日のこと。貴婦人らしく装ったリリベットは、王宮へと向かう馬車の中にいた。

フシュたちの親代わりとなり、競技会に出場することを決めたリリベットだが、それにはまず、ドラコルル家当主の妻になったことを王家に報告しなくてはならないからだ。

同乗しているベネシュ義父がすまなそうにリリベットを気遣う。

「君たちは未成年だから、婚姻証明書への署名はわしとアレシュが親権代理ですませて聖堂と貴族院に届けたが、王族への拝謁はさすがに本人でないといけなくてな。これを済まさないと貴族の結婚は正式には認められないんだよ」

ついでに、社交界へのお披露目もしなくてはならないらしい。

「到着したばかりで疲れているだろうに、すまないね」

と、ベネシュ義父がリリベットを気遣って、一気に双方が片づく王太子妃主催のお茶会への出席を調整してくれた。嫁の存在を無視している夫の代わりにエスコートもしてくれる。

「王太子妃(ルーリエ)の主催だから、その場で顔見せをして婚姻の報告をすればルーリエを通じて王太子殿下と陛下にも伝わるからね。いきなり王宮に伺候というのは緊張するかもしれんが、お茶会自体こぢんまりしたものだし、使い魔たちについては元の主であるルーリエから直接、話を聞いた方がいいからな。……本来ならルーリエに里帰りしてもらって実際に世話をしながら説明を受けたほうがいいのだが、なかなかそうもいかん」

王宮に到着すると、侍従の手で奥庭にある四阿(あずまや)へと案内される。

夏薔薇に囲まれた白亜の四阿にはすでにお茶会の用意がされていて、女官が数人、少し離れた茂みの前にかしこまっていた。女官といえど、王宮に勤める以上、貴族の令嬢たちだ。

「大丈夫、大丈夫、一緒にテーブルにつくのはルーリエだけだ。心配ない。お茶会が始まれば女官たちにも声が聞こえない距離にさがってもらうから」

はらはらしながら義父が見守ってくれる中、リリベットはがちがちに緊張して四阿への段を上る。手足が左右同時に出ている。舞台に上がるより怖いかもしれない。

テーブルの傍でしばらく待っていると、ふわりとした銀のドレスを纏った佳人が現れた。

「あなたがリリベット嬢？　レネのところに来てくれてありがとう」

ルーリエ妃は、美しい人だった。

深紅の薔薇の色の髪に大きな月色の瞳。雪花石膏の頬は疵一つなく美しく、柔らかそうな唇はほんのり紅に色づいている。長い髪をふわふわゆらし、銀のドレスに薄紅の陰をつけながら椅子に腰かけるさまはとても優雅で、精巧に作られたお人形のようだ。

（うわあ、なんて綺麗……）

王太子妃になる人だけのことはある。綺麗すぎて本当に息をしているのか確かめたくなる。

彼女はリリベットに席に着くよううながすと、女官たちがお茶の用意をする間に、手ずからテーブルに置かれたホールケーキを切り分けてくれた。

砕いた胡桃で飾った断面は、茶色のふわふわした生地とクリームが幾層にもなっている。

（メドヴニークだ！）

優しい甘さの蜂蜜味のケーキだ。母の好物だったと、男爵がシルヴェス王国に入るなり、ケーキを売る店に直行してごちそうしてくれた。以来、リリベットの好物でもある。

目が輝いてしまったのは、ルーリエ妃にも気づかれたらしい。優しく笑いかけられた。

「よかったわ、気に入ってもらえて。もっと洒落た宮廷菓子もあるのだけど、あなたはこの国は初めてだと聞いたから、王国に伝わる伝統菓子の方がいいと思って。それにこれはフシュたちの好物でもあるから」

できれば味を知ってほしいと、わざわざ用意してくれたそうだ。しかも妃お手製だとか。

「普通、貴族や王族の女性はお菓子なんて作らないのだけど。私は魔物たちへの供物にお菓子をよく作っていて、殿下も気に入ってくださったから。成婚祝いだと、殿下が私の居室近くに専用の厨房を造ってくださったの。それで今日も作ってみたの」

こちらの緊張をほぐすためだろう。優しく語りながらルーリエ妃が泡立てたクリームを添えた皿をリリベットの前に置いてくれる。勧められてカトラリーを手にとり、甘い香りのするケーキをひとかけら切り取って口に運ぶ。

ふわりと口の中に広がる蜂蜜と練乳の甘さ、胡桃のカリッとした触感が飽きさせない。

「おいしい……」

「そう言ってもらえると嬉しいわ」

お世辞ではなくおいしかった。材料がいいとか、腕がいいとかじゃない。ルーリエ妃の心がこもっているのがわかる、食べる人のことを優しく気遣っているのがわかる味なのだ。

(こんなお菓子をあの子たちは食べて暮らしてたの……)

なのに慕っていた〈母〉ごととりあげられてしまった。

(今はその頃の記憶はないってベネシュお義父様は言ってらしたけど……)

きっと感覚の奥底で覚えているのだろう。それは拗ねて赤ん坊に退行したくもなる。

殺伐としていたドラコルル家を思い出すと、彼らのぐずりが収まらないのは当然と思えた。

自分だけこのケーキを食べているのが後ろめたくなる。

(でも……。残りのケーキ、持って帰ってもいいですかって聞けるわけないし)

今のリリベットは伯爵夫人で、ここは王太子妃のお茶会の席だ。

フシュたちの好物ももっと知りたいが、使い魔の幼児退行はドラコルル家の秘密だ。女官たちはすでにお茶を淹れ終わり下がっているが、まだ視界の中だ。万が一を考えると話せない。

困っていると、察したのかベネシュ義父が話をふってくれた。

「ルーリエ、来た早々ですまないが、魔物たちが寂しがっていてな。今日も留守番をさせるのに大騒ぎだったんだ。すまないが例の飴をもらえないだろうか」

「ええ、用意してあるわ。誰か、お父様を私の部屋においた籠の所まで案内してあげて。いえ、軽いけれど数が多いから、皆で運ぶのを手伝ってほしいの。私は大丈夫だから」

「それは助かる。リリベット、わしは先に馬車まで運んでしまうからゆっくりしておいで」

ルーリエ妃もベネシュ義父の気遣いを察したのだろう。さりげなく乗ってくれて、女官たちを引き離してくれる。王太子妃なのにいいのかなと心配になったが、護衛なら残っているから少しくらいなら大丈夫だそうだ。

他の耳がなくなるとすぐ、ルーリエ妃がフシュたちの様子をたずねてくれた。

「……そう。相変わらずなのね」

言いつつ、手書きのメモをリリベットに渡して、彼らの好物や今までに行っていた世話の仕方などを丁寧に教えてくれる。

「ただ。これは大人だった彼らにしていたことだから。きっと今は当てはまらないと思うの」

だからあなたがよいと思うように臨機応変に世話をしてあげて、と言われた。

それから、聞かれた。

「大丈夫？　レネは優しくしてくれる？」

その口調で、妃がリリベットたちの結婚が期間限定の契約婚だと知らないことを察した。

（男爵様もベネシュ義父様もどうして……）

たぶん妃によけいな心配をかけまいとしたのだろう。が、対応に困る。妙なことを口走らないようにあわてて口をつぐんだが、内心はどきどきだ。

そんなリリベットを見てどう解釈したのだろう。妃が顔を憂いに満ちる。

「その様子だと、あの子はあなたにもまだ話してないわね。声のこと……」

声？　言われてリリベットはさらに困った。レネとはまともに話したことがない。表情に出さないつもりだったが妃は仮面の下に隠された心を読み取るのに長けているらしい。レネとは気まずい状態だということを察したのか、妃という貴い身分なのに「ごめんなさい」と謝った。

「妃としてではなく、あの子の姉として謝るわ。あの子、人懐こく見えて誰にも心を開かないというか、家族以外には警戒心が強い猫みたいな子だから」

それから、「あなたには話しておいた方がいいと思って」と言って、ドラコルル家の四姉弟が持つ特異能力について教えてくれた。この国は魔導の研究が盛んなだけでなく、大気を漂うメラムの濃い土地が多いせいか、特異能力を持つ一族が多いそうだ。

世襲の魔導貴族家であるドラコルル家もまた先祖代々、貴重な魔と対する力、退魔能力を持つ一族で、その異能を使い、王家と国に貢献してきたらしい。そして当代のドラコルル家の四人の姉弟も貴重な力を持つそうだ。

長女ラドミラはウィンク一つで魔物を魅了、その体を蕩かし溶かしてしまう。

長男リジェクは冷え冷えとした一瞥で魔物を凍らせ、砕き散らす。

次女ルーリエの退魔能力は食すること。食べることで魔物の魂核を滅する。

末弟レネはその高いボーイソプラノで子守唄を歌い、竜すら眠らせることができる。

それを聞いてリリベットは男爵が何故自分を推したのかわかった気がした。子育ての経験だけではない。レネの異能が歌なら、リリベットも音を組んだ旋律で魔物に働きかける。似た系統の力と言えなくはない。競技の際に組み合わせやすい。

「ドラコルル一族の力は女子に強く出ることが多くて、爵位の継承も女性優先なの」

ルーリエ妃が言う。女当主だった妃の母が亡くなった後は長姉ラドミラが家を継ぐ予定だったので、ルーリエ妃も最初は田舎(いなか)の領地で暮らしていたそうだ。

「その、恥ずかしいけれど私はそんなわけで都の社交界には慣れていなくて。今も人前に出るときは緊張するくらいなの。ラドミラ姉様が他国に嫁ぐなんてことがなければ、私は一族の巫(み)女(こ)としてずっとドラコルル領から出ずに過ごしたと思うわ」

ところがどんな運命のいたずらか、長姉ラドミラに続いてルーリエ妃もが他家に嫁ぐことになり、長兄リジェクも王の肝いりで辺境伯家の跡を継ぎドラコルル家を出た。

「と、いうことで。レネが残ったの。いいえ、レネに家を押し付けた形になってしまった」

王太子と正式に婚約を結ぶ前、求婚されたルーリエ妃は悩んだそうだ。

ドラコルル家の事情、自身が妃教育を受けていないこと、王家へ入ることで起こる他貴族との軋轢(あつれき)を考えて、一時は断ろうとしたのだとか。

「その時、背を押してくれたのが、まだ十四歳だったレネなの。あの子は『僕から伯爵家の当主になれる機会を奪うつもり？　あのね、これは末っ子の僕にとって絶好の機会なんだよ。邪魔しないで』と言ってくれたわ。さっさと嫁いじゃってって」

だが新当主となるレネは自身の使い魔を持っていない。

「だからウシュガルルとフシュたちをあの子に託したの。代々、ドラコルル家を守ってくれた彼らなら、まだ若いレネの補佐もしてくれると思って。でも……」

使い魔たちは新しい主が不満だとでもいうように、幼児退行を起こしてしまった。ルーリエ妃もどうすれば彼らが元の成人体に戻ってくれるかわからないそうだ。

「こんなこと、ドラコルル一族の歴史の中でも初めてで。勝手に嫁いだ私が言える立場ではないけれど、お願い。レネを助けてあげて」

美しい腕を伸ばして、ルーリエ妃がリリベットの手を取る。王太子妃なのに、平民として育ったリリベットの手を。そこまで追い詰められているのだ。

(でも私は期間限定の雇われ嫁で、レネ様だって受け入れてくれていなくて)

どう答えるべきか迷った時だった。

「ごめんなさい、急に押しかけて。私も仲間に入れてくださる?」

華やかな声とともに貴婦人が一人、薔薇の茂みの向こうから現れた。

ルーリエ妃が、「イレネ様」と呼びかけてあわてて立ち上がる。

(え、イレネ様って、まさか……?)

こちらへ来る馬車の中で男爵に教育を受けた。シルヴェス王国国王の子は王太子一人だけ。他に王族となると亡き王弟の娘イレネがいる。が、このイレネも父親の死後大公家を継ぎ女大公となったものの、政略上の都合から王位継承権を放棄し、隣国に嫁いだ。が、王太子にまだ子もなく、他に血の濃い王族がいないこともあって、婚姻時に結んだ契約で、イレネが生んだ第二子が隣国の王位継承権を放棄して大公家を継ぐことになっている。

　女大公イレネは今、妊娠六か月。大公家を継ぐためにこの国で育てられることになる第二子の、里帰り出産のための一時帰国だそうだ。

　王家を支えるため、生まれるとすぐに引き離される予定の我が子がいる腹をかばいながら、ゆっくりと椅子に腰かけるイレネを、ルーリエ妃も気遣う。

　イレネは「ドラコルル家のお嫁さんが来ると聞いて、ぜひ挨拶したくて」とほほ笑んだ。

　それから、聞いてきた。

「大丈夫？　レネは優しい？」

　ルーリエ妃にもこう聞かれた。何故ここの人たち皆こう聞くのだろう。

「親の圧力で無理やり結婚させられたとかいうなら私におっしゃい。全力で守るから」

「そんな、私などのために大公様にご面倒をおかけするわけには」

「あなたは気にしなくていいの。これは自分のためだから。私は一度、取り返しのつかないことをしてしまったのよ。政略結婚を強いられる者の苦痛に気づけなかった。だから今後は絶対に守ると誓ったの。……それで私の罪が許されるわけではないけど」

　それを聞いてルーリエ妃も氷の人形のように整った顔に憂いを見せる。

　二人の間には何かあったようだ。だが一時的な傭兵妻である自分にそれを聞く資格はない。

そして二人の高貴な女性たちもリリベットに話して巻き込んではならないと己を律している ようだった。それ以上は口をつぐんで、からりと明るい表情に戻って、三人に共通する話題で ある新妻の悩みや新婚生活のあれこれを話し始める。

「嬉しいわ、こんな話のできる女の身内がまた増えて。あなたも何か聞きたいことができたら 聞いてね。私は後一年はこの国にいる予定だから」

気さくなイレネの語り口が気持ちいい。そうしてリリベットの緊張がほぐれてきた時だった。

「やあ、楽しそうだね。私も仲間に入れてくれないか」

王太子まで現れた。

眩い銀糸の髪に、煌めく森の緑の瞳。ルーリエ妃の装いに合わせた銀糸刺繡のされた落ち着 いた臙脂色のジュストコールがよく似合う。やわらかな所作や眼差しにまで清廉な人柄と気品 がにじみ出て、これぞ一国の王太子という好ましい男性だ。

(どうしてこんなに美形ばかりなの、この国って……)

リリベットは飲みかけていたお茶のことも忘れて、似合いの二人に見惚れてしまった。

ベネシュ義父も今はやつれくたびれているが、骨格はいい。きっと若い頃は美青年だっただ ろう。あの美しいもの好きな母がよくこの国を離れられたものだなと思う。

立ち上がって礼をとろうとする妃を手で制して、代わりに、そっと身をかがめて額にキスを する王子は背景の薔薇と相まって素晴らしく甘く美しく、いつまでも見ていられそうだ。

王子の席を用意しながら、ルーリエ妃が遠慮がちに聞く。

「殿下、ご公務は」

「君と僕の新しい義妹が来てくれたんだ。片づけてきた」

それを聞いて、イレネ大公が「またそんなことを言って」と、くすくす笑う。

「だまされては駄目よ。この王子様は自分の妃が実家から来た者に会うと聞いて、里心がついて帰ってしまったらどうしようと心配になって見に来ただけだから」

「イレネ姉上……」

図星だったのだろう。王子が頬を赤く染めて困ったように目を伏せる。

ほんと、自分の妃のことになると余裕がなくなるんだから、とイレネは笑っているが、そんな理由で妃のお茶会に顔を出す王子様なんて可愛すぎる。

（もしかしてルーリエ様がなかなか里帰りできないのって、公務じゃなく殿下のせい……？）

周囲の生温かい視線を浴びて、可憐なルーリエ妃が頬を髪と同じ紅に染める。それから、

「……か、勝手に帰ったり、しません」

恥ずかしげにささやいた。そして王子を見上げると、きっぱりと言った。

「私はもうあなたに嫁ぎました。今の私の家は、ここですから」

それは里帰りのことだけをさしているのではない。これからの人生にどんな苦難があろうとあなたとともに受けます。私は王家の人間になったのですからとの覚悟を告げる声だった。

それは王太子にも伝わったのだろう。王太子が、「ルーリエ……」と、感極まったように言って抱きしめる。イレネが周囲に侍る自身の侍女とリリベットに席を外すように合図した。

王太子夫妻を二人にして、四阿から少し離れてからイレネが言った。

「ごめんなさいね。びっくりしたでしょう」

もう結婚して一年たつんだけどいまだに甘々で、とイレネがほほ笑む。

「あの二人、いろいろあって結婚も反対されて婚約時代もなかなか会えなかったの。それで今、恋人時代をやり直してるところがあるのよね。それに妃教育とかで無理をさせている自覚が彼にはあるから。彼女の芯の強さは知っていても心配で仕方がないのよ」

伯爵家、しかも魔導貴族から王族妃が出るのは初めてだそうだ。

雲の上の存在と思っていた魔導貴族だが、リリベットは雲の上にもさらに序列があることを知った。数年前、ルーリエ妃は魔導貴族の娘というだけで忌避され、王子に呪いをかけた罪をきせられ、処刑されかけたのだとか。そんな逆境の中、ルーリエ妃は王太子にかけられた呪いを解くために奮闘し、その過程で王子と思いを交わし、どうか妃にと求婚されたそうだ。

「彼女は王家を取り巻く闇のせいで殺されかけたの。だから私はてっきり彼女が求婚を断ると思っていたわ。私たち王家を許すわけがないって」

だが、ルーリエ妃は王家に嫁ぐことを決めた。王子とともに歩むことを受け入れた。

「彼女が嫁ぐと決めてくれた時は嬉しかったわ。救われた気がしたの。ありがとうと泣いて叫びたくなった。だから私はあなたの味方よ。何かあればいくらでも頼ってくれてかまわない。あなたがレネの妻で彼女の義妹だから。だけど残念ながら他の貴族はそうじゃない」

レネやルーリエ妃に面と向かって嫌味を言う者はさすがにいない。が、その分、陰に回ってリリベットに嫌がらせをしてくる勢力は必ずいる。覚悟をしておいた方がいい。

イレネ大公はそう忠告してくれた。

「家族が守るにしても限度があるわ。社交界に出るなら周りのすべてが敵、それくらいの覚悟が必要よ。これからドラコルルの家名を名乗るあなただから。どうか覚えておいて」

そう言うイレネも国境を越え、隣国の王族に嫁いだ身だ。

違う環境の家に嫁ぐことの難しさを知った気がした。

いろいろと考えさせられたお茶会だった。

つい言葉少なくなってしまったリリベットを気遣うベネシュ義父とともにドラコルル邸に戻ると、相変わらず中は嵐状態だった。

「くそっ、どうして泣きやまないっ」

赤ん坊の泣き声四重奏と、レネの舌打ちが聞こえてくる。そっと子ども部屋を覗くと、必死の形相をしたレネが四柱の相手をしていた。

（前は意地を張って一人で抱え込んでる勝手な人って目で見てたけど……）

事情を知った今では、彼が必死に家族を守ろうとしている手負いの獣に見えた。

レネは弱みを見せないのではなく、見せられないのだ。姉の背を押したのは自分だから。姉に心配をかけないためにも父にも誰にも弱みを見せられない。助けてとは言えない。

彼はたった一人で踏ん張っている。フシュたちに新しい主として認めてもらおうとしている。家族のことを思って。そしてルーリエ妃やベネシュ義父もそんなレネのことを心配している。

互いが互いを思い合っている。その優しさが切ない。

リリベットはルーリエ妃に持たされた籠から、いつものおしゃぶり型飴を取り出した。部屋に入り、レネに差し出す。

「……あの、ルーリエ様から飴を預かって来ました」

「貸してっ」

レネが手を伸ばし、奪う。すぐフシュたちに向き直り、その口に入れる。だが効果がない。飴をしゃぶりながらも、彼らは悲しそうに手足をバタバタさせて泣き叫んでいる。

（この泣き方、メラムが足りないからだけじゃない……）

優しいルーリエ妃と接したから、そう感じる。

彼らは飢えているのだ。メラムにだけでなく、彼女が与えてくれた優しさに。

巡礼聖技団にいた時、団長はよく小さな猫や犬を拾ってきていた。そんな、母親から引き離されたばかりの人に慣れていない子猫たちが、腹が満たされながらもこんな風に不安げに泣いて、母親を探していた気がする。

（恋しいのよね。ルーリエ様が。あの方が与えてくれた愛が）

リリベットはきゅっと唇を噛みしめた。いなくなった母を恋しがり、愛に飢える気持ちならリリベットにもわかる。それにイレネ大公から聞かされたこの国での魔導貴族の扱い。優しい愛とは正反対の、冷たい、ぎすぎすした関係を思い出す。

赤ん坊は敏感だ。ましてやフシュたちは高位の魔物だ。周囲を渦巻く人間たちの思惑を、幼く理解できないままでも感じ取っているのではないだろうか。

（周り中が敵、だから警戒しないといけない。レネ様の気持ちもわかる。わかるけど）

周りが敵ばかりなら、だからこそ味方を作らなければ心が持たない。体だって疲れてしまう。そしてそんなレネの心を魔物たちは感じ取っている。一番近くにいる人の抱える不安やいらだちを敏感に察して、怖くてふるえているのでは。

リリベットはそっと一歩、踏み出した。禁じられた赤ん坊たちに近寄ろうとする。

それをレネが見とがめた。鋭い声が飛んでくる。

「近寄るなと言っただろう、部外者のくせに！」

その、鋭いのにまるで傷だらけで血を流しているような声に、リリベットは泣きそうになった。身分も忘れて胸の内で乞う。

（……お願い。いい加減にして。つらいのは、もう限界なのはあなたのほうこそでしょう？）

一人で抱え込まないで。そう叫びたくなった。そして思う。何とかしたいと。自分はただの雇われ嫁だ。男爵に言われたから来ただけの部外者で、帰れと言われれば去るのが筋だ。

（でも、私はレネ様に雇われたわけじゃない）

自分に言い訳をして、リリベットは一歩、踏み出した。契約を守るのは母や皆から教わった大切なこと。でも今はそれ以上の想いがある。この家に関わってしまった。見捨てられない。

「……私は確かに部外者です。だからこそこの家の財産なんか狙ってません。だって赤の他人の私にこの家をどうこうできる権利はないし、私には他に帰る家がありますから」

ここで言い返せば険悪な雰囲気を感じてフシュたちがよけいに怖がるかもしれない。だがこのまま黙って事態が悪化していくのを見過ごす方がもっと悪い。だから必死に言った。

「婚姻契約書にだって書いてあるはずです。期間限定だと。競技が終わればすぐ離縁すると。私はあなたに、この家に協力するために来ただけなんです。お願いです。どうか受け入れて。だってこんなに泣いてるもの……！」

言葉の最後は敬語も忘れて、リリベットはフシュたちに向き直った。

室内を吹き荒れる風が昨日より強くなっている。警戒心を募らせたレネが限界だからだ。だからフシュたちは怯えている。目の前にいる〈親〉が怖くて、どうしたらいいかわからなくて。

幼児退行し、記憶や精神までが真っ白になったということは、この子たちは何故、魔物の自分がここにいるかもわかっていない。ルーリエ妃のことも覚えていないなら、自分が何を求めて寂しがっているのか、どうして今のこの家を怖いと感じるのかもわかっていない。

周りには人がたくさんいるのに何故こんなにも不安なのか、何が自分を泣かせるのかもわからず、やみくもに怯えて、必死に救いの手を探している。だから。

「……大丈夫、私がいるから。ルーリエ様の代わりにはなれなくても、それでもあなたたちの傍にいる。愛して、守ってあげるから」

リリベットの唇から、自然に言葉が出ていた。

風が調度を飛ばし、壁にぶつかる。割れた窓ガラスの破片が風に乗って舞い、リリベットの頬をかすめる。鮮血が散った。背に飛んできた籠がぶつかってよろめく。痛い。だけど。

(あなたたちはもっと痛いのよね。心がしくしく痛んで怖いのよね)

リリベットは風に逆らい、必死に歩を進める。次々飛んでくる玩具の破片を腕で防ぎながら、防ぎ切れない分で肌を傷つけながら、それでも近寄る。

また、割れたガラスの破片が飛んできた。その時だった。

「ああ、くそっ、なんでこんな他人を。使い魔もいない僕じゃすべてを守り切るなんて無理だってのにっ」

レネの舌打ちが聞こえて、リリベットの周囲に淡い光が現れた。破片をはじき返す。

(え、これって魔導?)

変わらず風は吹き荒れている。なのにリリベットの周囲だけ何もない。振り返ると、リリベットに守りの魔導陣をかけたせいで自分の防御が手薄になったのだろう。レネが毛布を拾って自分と、抱きかかえたムシュの体ごと守っていた。

そういえば泣きじゃくる赤ん坊たちやベネシュ義父など、自分の身を守れないはずの人たちは嵐の中にいても一度も傷を負っていない。邸はぼろぼろなのに。

(彼が、守ってたんだ)

出ていけ、嫁なんか必要ない。レネがいつも言っている言葉。ああ、そうか。この人は他家の刺客と疑ってリリベットを拒絶していたわけではなかったのだ。

もちろんそんな理由もあるだろう。だが何割かは、巻き込んでしまう無関係の人たちのことを気遣って「帰れ」と言っていたのだ。これ以上はこの手で守り切れない。だから来るなと。

(……ルーリエ様が気になさるはずだ)

レネは口も悪いハリネズミのような人だが、家族には優しい。悪態はついても、自分の身を挺しても守ろうとする。

(なら、私だって頑張らないと)

レネには認められていなくとも、リリベットはもうこの子たちの親になると決めたのだ。ここで体を張らなくてどうする。

リリベットはさらに近づいた。とうとう赤ん坊のもとまでたどり着くと、床に膝をつき、その小さな体に手を伸ばす。泣きじゃくる赤ん坊を抱きあげて、もう怖くないよ、とその小さな耳にささやく。

「大丈夫。私がいるから。ずっと抱っこしててあげる。だから泣かなくていいの」

それで鎮まるとは思わない。これくらいレネが何度もやっただろう。だが彼らの不安は収まらなかった。でもこれ以上このか弱い存在を泣かせたくなくて必死に言う。

「もう怖くない、泣かなくていいの。そんなに泣いたら目がつぶれちゃうよ」

背をなでる。抱く手に力を込めて小さな魔物に語りかける。

その時だった。

抱いていたフシュがリリベットの胸に顔をすりつけた。何か匂いをかぐように鼻を動かす。

あ、と、リリベットは思わず声を上げた。

（もしかして、私にルーリエ様の匂いがついてる？）

魔物は感覚が鋭い。匂いや気配にも敏感だ。リリベットのドレスについた前の主の匂いをかぎ取って、鼻を動かしているのではないだろうか。

（もう記憶も真っ白にされて、前のことなんか覚えていないはずなのに……）

それでも必死に〈母〉を求める赤ん坊たち。

（やだ、どうしよう。私まで泣けてきた）

彼らが不憫で、不憫で。

リリベットは腕を伸ばすと、近くにいたもう一柱の魔物、ウシュガルルを抱っこした。

「おい、何を勝手に……！」

レネが怒って奪い返そうとするのを無視して抱きしめる。そして母が拾った魔物たちに聴かせていた歌を歌う。

ぼろぼろに傷つき、もう誰も信じないと牙をむいていた魔物たちの心を癒す歌を。

どうか、どうか、心を落ち着けて。ここにはあなたを傷つけるものなんていないから。私が守ってあげる。温かな寝床とミルクを与えてあげるから。

どれくらいそうしていただろう。いつの間にか風がやんでいた。残っていたシュフもムシュもレネの腕から逃げ出して、床に座り込んだリリベットの膝にすがってよじ登ってくる。

リリベットはその子たちをも腕を広げて受け入れた。

リリベットの歌を聴きながら、膝でコロコロ転がる魔物たちはもう泣いていない。

しばらく甘えるようにリリベットに顔をすりつけていた赤ん坊たちだが、すでにレネにたっぷりメラムの入ったミルクを飲ませてもらっていたのだろう。お腹もいっぱいで、温かな安心できる寝床もあって。フシュがリリベットの膝にころんと転がって寝息を立て始めた。

一柱が寝始めると他も次々にならう。

あっという間に四柱ともがリリベットの腕や膝でまん丸いお腹を見せて安らかな寝息を立て始めた。

「ね、寝た……？」

レネが驚いたように言った。

レネは驚いて彼女の腕で眠る使い魔たちを見た。皆、満ち足りた、安心しきって弛緩した顔をしていた。姉が嫁ぐのを見送ってから一度も見ることのなかった顔だ。でも何故。

「……こいつら、もう三か月も起きっぱなしだったのに」

思わず言うと彼女がフシュたちを起こさないようにだろう。小さな心地よい声で言った。

「レネ様がメラムたっぷりのミルクを与えてくださったからだと思います。お腹がいっぱいで、だから次に眠くなったのだと。安心したから」

「安心？」

「赤ん坊は周りの人たちの不安やいらだちを敏感に感じ取るものだと聞きます」

それから、その、と言いにくそうに彼女が言った。「子育てを一人でしようとする方が無理なんですよ」と。

「うまいとか下手とか関係ないんです。物理的にきついんです。しんどくて当たり前なんです、子育てなんて」

だから頼れる先があるなら頼るべきです。それが子どもたちのためにもなるんです、と言う。

「おじいさんやおばあさん、近所の人たち。いろいろな人たちに見守られて育った子どもは多くを愛せる子になります。それに周りの人だって。あやした子のことは大きくなっても覚えています。それはいずれ独り立ちしていく子どもたちの強い後ろ盾になると思います」

そういえば。一応、彼女が到着する前に父が経歴を話すのを聞いた。

(幼い頃に父母を亡くして、他人の巡礼聖技団の者に育てられたのだったか)

彼女は遠い〈家族〉を思い出しているのだろう。幸せそうな表情で言うと説得力があった。

「周りにも赤ん坊を愛でる権利を与えてください。子どもが可愛いと思えなければ子育てなんて苦痛なだけです。心の余裕がないと可愛さも感じない。それでは皆が不幸です」

心の余裕？　そんなこと考えたこともなかった。レネは改めて周りを見る。相変わらずの荒れた室内だ。だが赤ん坊たちがたてる安らかな寝息で心が落ち着いたからだろうか。急につきものが落ちたように心が澄み渡るのを感じた。

前まで聞こえなかったいろいろな音が聞こえてくる。次々と視界が明確になる。そんな新しく開けた世界の中心に、優しく語る彼女がいる。

四柱の魔物たちを抱いてほほ笑む少女。聖堂にある聖女像を思い出した。

「安心、か……。こいつらの精神を逆なでしてたのは、僕か」

手を伸ばして、そっとフシュに触れる。ムシュにも、シュフにも、ウシュガルルにも。

まん丸いお腹を上にして寝ている魔物たちは、当分起きそうにない。

「こいつらがこんなに熟睡したのを見たの、初めてだ。そもそもこいつらはドラコルル家と契約している魔物なんだ。ドラコルル家の者以外には懐かないはずなのに」

そこまで考えて、ああ、と思った。

「……そういえば、嫁、だっけ」

最初にこの少女の作ったミルクを赤ん坊たちがおとなしく飲んだ時に気づけばよかった。

赤ん坊の姿をしていても、ここにいる四柱は高位の魔物だ。自分へ向けられる感情などすぐに読み取る。害意を持つ者は傍に近づけない。

なのに、ミルクを飲んだ。そして彼女の腕に抱かれて熟睡している。

(つまり、とっくに認めてるんだ、こいつらは)

この少女に害意はないと。そして自分たちを世話しても大丈夫な、ドラコルル家の者としての資格を持つと、無垢な幼い心で感じ取っている。気づいていなかったのは自分だけだ。

レネはその場にくたくたと頽れた。乾いた自嘲の笑みが唇に上る。

ずっと気を張り詰めていた。早くこいつらに主と認めさせないとと、元の成人の姿に戻して他家に当主交代はうまくいったのだと見せつけなければとそればかりを考えていた。

他貴族になめられるわけにはいかない。王家に嫁いだ姉を心配させるわけにはいかないから。

この小さな存在たちを慈しむことなどせず、立ち向かわなくてはならない貴族社会のことばかり考えていた。

（こいつらは敏感だ。相手の心なんか簡単に感じ取ってしまう。なのにあんなドロドロした世界のことばかり考えていたら、こいつらが怖がるにきまってるじゃないか）

やっと気づいた事実に愕然とする。フシュたちが成長しないはずだ。いつまでも家の中で守られる赤ん坊でいたいと、外の世界に立ち向かうなんて怖いと殻にこもってしまうはずだ。

目の前にいる彼女を見る。頬に血がついていた。

いや、彼女ではない。確かリリベットという名だった。母親が平民の男と駆け落ちしてできた娘。今までずっと旅をしながら暮らしていたという庶民育ちの少女だ。

（この子だって災難なんだ。いきなり連れてこられて、貴族家に入れと言われて）

なのに前向きに協力すると言った。言葉だけでなく、嵐の中を進んで体で示してくれた。

彼女は今までに来た他の嫁候補とは違う。素直にそう信じられた。

他の娘は〈戦力〉となるために来たはずなのに甘えてばかりだった。しなだれかかれば男は喜んで守ってくれると考えていた。だから冷たくあしらえばすぐに逃げ帰った。なのに。

（そういえばこいつ、冷たくしたら逆に『引き受けます』って言いきったんだっけ）

まだ完全に彼女のことを信用したわけではない。自分はそんなにちょろくはない。

だがこの目の前にいる少女を使える相手だと認めてもいいと思った。彼女は夫に守られたくて嫁いで来たのではない。彼女が言う通り、一緒に戦うためにここに残ったのだ。

なら、少し優しくしてもいいと思った。

この子をより深くつなぎ止め、味方にするために。そのために自分に好意をもたせるよう、その頬に手を伸ばすくらいなら。

どちらにしろ、もう限界なのだ。頭が回らない。だから言った。

「血が出てる」

リリベットの頬に手を伸ばし、指でぬぐう。柔らかかった。久しぶりに感じた感覚だ。

彼女が、え、と言って顔に手をやる。痛んでいただろうに、忘れていたらしい。

その間の抜け具合がおかしくて、レネはぷっと噴き出した。

「女の子の顔に傷を作ったんだ。死んだ母様に知られたら、天上の苑から叱られるな」

「……こ、これくらい。団の弟分たちと遊んだり稽古してたらもっと傷だらけでしたから」

袖でこすろうとするリリベットを制して、レネは言った。

「違う。悪いのは僕だ。責任は取る。後で薬を届けるよ。絶対、跡なんか残さない強力なのを」

レネが突然、素直に言って、リリベットは驚いた。そんなリリベットに彼が言う。

「僕は今まで一人で何とかしないとと、考えてばかりだった。そんな空気をこいつらも感じ取ってたんだな。君に指摘されるまで気づかなかった」

主失格だ、と彼がつぶやいて、それから言った。

「こんなことを言ったら今さらって怒られるかもしれないけど、協力してほしい」

「え」

「僕とこの子たちを育ててほしい。ミルクを作って、歌を歌って、この子たちを抱いて安心させてほしいんだ。……僕一人では、無理だから」

ぼさぼさの髪の間から、思っていた以上に強い光を宿す目が見えて、リリベットは圧された。

フシュたちが膝で寝ているので体は動かせないが、できるだけ顔をずらして距離をとる。

(……あんなにつんけんしてたのに、いきなり素直になるなんて何か企んでるんだろうけど)

それでもここに来たのは彼に協力するためなのだ。

「わ、わかってます。そのために私はここに来たんです。契約したから。だから」

逃げたりしない、と言うと、レネがほっとしたように顔を離した。

「話が早い子で助かった。僕も契約は守る。だから競技が終わるまでは頼む」

それから、独り言のように彼がつぶやいた。

「やっと、重荷を降ろせた……」

それがレネの最後の言葉になった。彼は言い終えるなり、その場に崩れ落ちた。リリベットの膝にのしかかるようにして、フシュたちに負けない深い寝息を立て始める。

寝不足と気力の限界が来て、寝落ちしたらしい。

(いきなり寝落ちするなんて、子どもなの!?)

思わず突っ込んでしまう。もしやさっきの素直な態度も半分寝ぼけていたからなのか。

が、このひねた口を利くレネがそこまで追い詰められていたのだ。一体どれくらいの間、満足に眠っていなかったのかと思うとかわいそうで彼を起こせなくなった。

四人の赤ん坊と、自分より背の高い少年の上半身の重量が膝にのしかかってきて、リリベットはうめいた。だが耐える。やっと眠りについたこの子たちを起こしてなるものか。

「よかった、やっと他の手を受け入れてくれたんだね、レネは」

いつからいたのか、扉の外から様子をうかがっていたらしきベネシュ義父が忍び足で入ってくる。声は出さず、口の動きだけで「ありがとう」と伝えるとレネの体に手をかける。

「重いだろう、すまないね。すぐ寝室に運ぶよ」

「……いえ、このままで。赤ん坊たちだけ、そこにある揺り籠までお願いできますか?」

小声でリリベットは制した。

フシュたちは満ち足りた顔で爆睡している。少し動かしたくらいでは起きそうにない。

寝相も悪そうだし、小さな体が四柱も膝のあちこちにいると転がり落ちないか心配だ。同じ部屋にいるならすぐ声もかけられるし、安定のいい揺り籠に運んだ方がいいだろう。

だが、神経質なレネは動かしたら起きてしまうかもしれない。

「私は大丈夫ですから、毛布だけいただけますか」

ベネシュ義父に乞う。最初は魔物が忌避されない国を見たいから。母の遺品を帰したいから。

そんな理由でここへ来た。夫婦契約は渋々受けただけだった。

だがここにきて事情を知って、リリベットの心は変わった。

魔物たちが気になったから、レネの冷たさが寂しかったから。それでとどまることを決めた。

それから家族思いの父親たちやルーリエ妃の心を知った。彼らの憂いを軽くしたいと思った。

そして、今は。契約期間中くらいはこの人のために頑張ってもいい。そう思えた。彼が何を
企もうと自分がしっかりしていればいいだけの話なのだから。

「わかったよ、ありがとう」

と言って、ベネシュ義父が出ていく。残されたリリベットはそっとレネの寝顔を見おろした。

相変わらずぼさぼさの髪が半ば隠している。が、その顔は年相応の少年めいて見えた。

(頭の固い、冷たいお貴族様、そう思ってたけど)

実は家族思いで、他人を拒否していたのは皆を守るためで。だから義父やルーリエ妃、皆が
彼を心配している。仮とはいえこの人の妻だからリリベットのことも気遣ってくれる。

　この国に来て会った人たちのことを考えると胸がぽかぽかしてきた。ここはレネ込みで温か
なところだと思えた。

そんなリリベットと、その膝で眠るレネの様子を、扉の陰から見つめる二人の父親たちがいる。彼らは無言で顔を見合わせると、満足そうにこぶしを打ち付け合う。

そんな二人の主たちを、さらに遠く、廊下の端から見守る使用人たちがいて。

その日のドラコルル邸は久しぶりに優しい満ち足りた空気に満ちていた。


そしてそんな和やかな空気がドラコルル邸に流れた数刻後。一台の馬車がとある邸に到着する。馬車から降り立った男は珍しく上機嫌な顔で、留守を任せていた執事に外套を預けた。寝室に入り、一人になってから深い息を吐く。

貴族院に戻り、確認してきた。婚姻届けには王家が承認した証である王印が押されていた。

「ふっ、これで囲い込めたわけだ、あの娘を。この王国に」

魔導貴族家同士の競争心を煽ったかいがあった。すべて計画通りだ。男は、くくっ、と笑うと壁に掛けられた肖像画を見上げた。置かれていた葡萄酒をグラスに注ぎ、掲げてみせる。

「さあ、君の忘れ形見はどうなるかな。これは君への罰だよ、アドリアナ」

お楽しみは、これからだ。

第二章　契約夫婦という名の劇中共闘、始めます

1

眩（まばゆ）い陽光が大気に満ちた、気持ちのよい夏の昼下がりのことだった。

シルヴェスス王国王都にあるドラコルル伯爵邸の奥庭では、賑（にぎ）やかな声がはじけていた。

『ザ、ザワッワ、ザワワ――！』

『キャン、キャン、バウバウッ』

緑の芝に群れるのは、おどろおどろしい巨木の姿をした魔物が五体に、頭に角の生えたアフガンハウンドにプードルといった十数匹の犬型魔物たちだ。

男爵が隣国で公演中だったリリベットを迎えに来た際に、別行動でシルヴェスス王国を目指した魔物たち一行が到着したのだ。

「皆、来てくれたのね！」

執事から知らせを聞いたリリベットは邸から飛び出した。テラスの階段を庭へと駆け下りて、キュイっ、と鳴きつつ宙を滑空してきたモモンガ魔物を両腕を広げて迎え入れる。

「長旅お疲れ様。皆、無事に到着できてよかった」

生まれた時からずっと一緒だった魔物たちだ。こんなに長い間、離れていたのは初めてで、リリベットは万感の思いで久しぶりの愛らしいふわふわ毛玉に頬を摺り寄せる。

「悪い、姉ちゃん、遅くなっちまって。姉ちゃんが乗っていったお貴族様の馬車と違って荷車も交じったうちのキャラバンじゃ移動速度も遅いし、ほら、乗客が乗客だろ？　人目につかないように大回りしたからさ。予定より進めなくて」

団の人間を代表して同行した少年、ティルトが幌馬車の御者台から降りて、自力では段差がありすぎて降りてこれないキノコ魔物や毬栗魔物の入った籠を下ろし始める。

「でもすげえな、シルヴェス王国って。この国に入ってからは正規の街道進んでても、だーれも馬車を止めなくてさ。荷台から魔物の頭が突き出したりしてるのに、こっちに石投げたりとかもしねえの。男爵様の許可証も使わずじまいだよ」

だから国境越えてからは行程がはかどってさ、とティルトは言うが、さすがに魔物に寛容なシルヴェス王国といえど、貴族の邸街に大型テントを積んだ荷車や〈占いの館〉などと派手に描かれた巡礼聖技団の馬車は入れない。

魔物を積んだ幌付き馬車だけ都入りして、他のメンバーは男爵の口利きで取れた興行許可を使い、ゆっくり王都周辺の街を巡る予定だそうだ。

「て、ことで団長はこっちには来れないけど、何かあったらすぐ知らせろって。俺とビビはその時の連絡要員もかねてこっちに来たんだ」

「そうなの。まだぶたいにでれない小さなわたしたちだけべつこうどうなの。こちらのおやしきにとめてもらえるかしら？　かわりに魔物のせわはてつだうから」

おしゃまな団の女の子ビビが、男爵が手配してくれた護衛兼御者の男の手を借りて、馬車から地面に飛び下りる。

いつ査察が入ってもいいように檻に入って移動してもらった大型犬の姿をした魔物たちも狭い檻から出て体を伸ばし、道中ただの丸太のふりをして荷台に横たわっていた樹木の魔物も、のっそりと起き上がり、緑の葉の間を通る風を楽しんでいる。

「ごめんね、窮屈な思いをさせて」

魔物は異端。一緒にいるところを見られるわけにはいかない。そんな理由で彼らには不自由をかけていた。だがここでは公然と魔物たちを陽の下で駆け回らせてもいい。そして彼らがここにいる間は団の皆も聖堂に告発されるのではと怯えなくていい。

（そういう意味では、この花嫁役は期間限定でもいい仕事だったかも）

リリベットが目を細め、芝の上を跳ね回る魔物たちを見ていると、長毛種の犬型魔物が数匹、ブラシを咥えて駆け寄ってきた。

「ああ、ブラッシングね」

ワフワフとじゃれてくる犬型魔物から、ブラシを受け取る。長毛種の彼らは日頃のブラッシングが欠かせない。放っておくと毛が絡まり埃までたまって皮膚病を発生させてしまう。

「人ってどうしてこんな姿に犬を品種改良したのかしら。これじゃ山なんか歩けない」

久しぶりにふれあって、改めて思う。彼らは弱い魔物だ。野では生きられないほどの。

（泣き声一つで邸を崩壊させかねない、ドラコルル家の使い魔たちとは全然違う……）

リリベットは顔を曇らせた。魔物たちと再会できたのは嬉しいが、気になることがあるのだ。

（男爵様は最初に会った時、この子たちを〈使える〉と言ったわ。あれはどういう意味？）

あの時は使い魔やこの国のことをよく知らなかった。だから男爵の言葉も、巡礼聖技団での時と同じく、魔物たちに演技をさせたり雑用の手伝いをさせる気かなと考えた。

が、フシュたち使い魔のすごさと一月後に迫った競技の内容を聞いた今は不安になる。

（男爵様は何を考えて、この子たちを連れてくるようにと私に言ったの……？）

リリベットは暗い顔になって、競技について聞かされた時のことを思い出した——。


——リリベットがレネにも認められ、正式にドラコルル家の戦力となると決まった翌日のことだった。改めて彼から競技について詳しく聞かされたのだ。

「競技に参加するのはシルヴェス王国に住む貴族の義務で、臣下として日頃の精進努力の成果を王に示すって意味が込められてる。だから魔導貴族だけじゃなく封土貴族も含め、全貴族が参加する大掛かりなものになるんだ」

それだけの人数が参加する競技を一度にやるわけにはいかず、武門の競技や文官対象、魔導技能の回など内容によって分け、三年に一度ずつに分散して開かれるのだとか。

今年行われるのは、魔導貴族が腕を競う会だそうだ。

「出るのは魔導の素養のある者だけ。無難に筆記試験のこともあれば、夕日が沈むまでにと森に放たれて現地調達で薬を作るってこともある。問題は実戦形式の時もあることなんだ」

魔物と戦うこともある魔導貴族たちなのだからと、定められたらしい。

「結構な頻度でこいつが来るんだ。今年もたぶんそうなる。王が郊外にある円形闘技場を関係者以外立ち入り禁止にして整備してるし、他家が一族内で腕のたつ者を選抜してるから」

その形式の場合は闘技場内に作った迷路を抜け、途中で出会った魔物を封じたり、罠の解呪や薬の調合などでポイントを稼ぎながらゴールを目指すことが多いそうだ。

「ゴールまでにかかった時間も加点されるから、どの程度で魔物を倒すのをやめるか、時間配分も考えなければならない。頭も使う」

そしてどの競技も向上心鼓舞のために民の見学が認められているそうだ。

「見てるだけの奴(やつ)らからすればお祭り騒ぎだよ。特に郊外の円形闘技場でやる会は見やすいから人気なんだ。貴族や金持ちは場所が開示されるなりいい席を取るために使用人を競技場前に並ばせるし、一般の民も当日は夜明け前から観覧席に入って待ち構えてるよ」

出場者は迷路の壁より上に出ては失格となる。もちろん客席と連絡を取り合うのも禁止で、魔導の塔の魔導士たちが監視しているそうだ。

「ただ面倒くさいのは、実戦形式ということで競技中は他家への妨害も認められてるってことなんだ。さすがに人死にが出るような派手な魔導は人間相手に放ってはならないことになってるけど、毎回、怪我(けが)人が出る過酷な競技になるんだ――」

――うんざりした顔でレネが教えてくれた時のことを思い出すと、リリベットは巡礼聖技団の魔物たちを呼び寄せたことを後悔する。リリベットが受けた雇われ嫁契約の第一の目的は、競技に参加すること。フシュたちの子守りは二次的なものだ。

あの気さくで優しいベネシュ義父が非道なことを強いるとは思えないが、またこの子たちを自分の都合に巻き込むのではないかと思うと不安が去らない。

リリベットの心を感じ取ったのか犬型魔物が『キュウン』と鳴いて鼻をこすりつけてきた。

「あ、ごめんね、他のこと考えてて」

いけないいけない。ブラッシングはただの整毛作業ではなく大事なふれあいの時間でもあるのだ。リリベットが暗い心でいたら彼らまで不安にしてしまう。

「お詫びに歌を歌おうか、久しぶりに。何の曲がいいかな」

魔物たちが好きな癒しの歌だ。母から教わった旋律をくちずさみながら彼らの長い毛を艶々になるまで根気よく梳かしていると、声がした。

「へえ、本当にいろんな魔物がいるんだ。これ、皆、君の母君が拾ったっていう子たち？」

振り返ると、邸の窓から飴色のヴァイオリンを手にしたレネが顔を出していた。

琥珀の瞳を悪戯っぽく輝かせると、よいしょ、と勢いをつけて窓を乗り越え庭に出てくる。

レネの深紅の髪が陽光に透けて、ティルトとビビが目を丸くした。

「わあ、おにいちゃん、きれい……」

「この兄ちゃんが姉ちゃんの結婚相手？　リリベット姉ちゃん、結局、思い出話で聞くアドリアナ母ちゃんと一緒で面食いじゃんか。俺、こんな綺麗な兄ちゃん初めて見た」

そうなのだ。「キノコ？」と思ったレネだがぐっすり眠って身だしなみを整えたら見違えた。

リリベットの膝でレネが寝落ちした熟睡事件の翌日、リリベットはそのことを思い知った。

フシュたちの相手をしていたリリベットの前に、髪を梳かし、純白の絹のシャツに薔薇水晶のタイピン、それに銀糸刺繍のベストという貴族らしい格好をしたレネが手製の傷薬を手に現れたのだ。最初は彼とはわからず、リリベットは目を瞬かせた。

「誰……？」

開口一番、そう言ってしまったのも無理はないと思う。色の判別もできなかった漆喰の粉まみれの髪の下からは名工の手による美神の彫刻めいた美貌と、甘い輝きを放つ琥珀の瞳が現れた。艶を取り戻した髪も紅水晶のように煌めいて、あまりの別人ぶりに固まってしまったリリベットに、レネが跪いて言ったのだ。

「リリベット嬢、改めて君に乞う。どうか僕の妻としてこの子たちの育児に協力してほしい」

長い睫毛が影を落とす大きな瞳で上目遣いに顔を覗き込まれて、優雅なしぐさで手を取られて薬を渡されて、リリベットは声も出せず、こくこくとうなずいてしまった。

（……つくづくあれはずるかったと思うの。驚きから立ち直れずにいたところを確信犯で突いてきたんだから）

しかも彼は一連のやり取りでリリベットが綺麗なものに弱いと見抜いてしまった。

「ふーん、君もこの顔、好きなんだ」

実に魅力的な意地悪顔で笑うと、一気に距離をつめてきたのだ。

壁際に追いつめられて、どん、と腕を頭上につかれて囲われて。なぶるようにささやかれた。

「じゃあ、契約通り、全面的に僕に協力してくれるよね？　ここで誓って」

「ち、誓う、誓います、だからそれ以上近づかないでくださいっ」

「近づかないでって、夫婦になったわりにずいぶんな言い様じゃないか。それにその敬語。家族なのに他人行儀だよね。もっと仲良しな感じで話してほしいな。でないとフシュたちが君のことを親じゃなく、新しい使用人かと間違えたりするかもしれないよ」

「わ、わかりました、だから顔を寄せてこないでくださいっ」

「敬語。後、態度」

「わ……、わ、わかったから。ちゃんと家族らしくするから、だから離れて、お願いっ」

髪が触れるほど近く顔を寄せられて、耳に息を吹きかけられて、リリベットはもう涙目だ。

（絶対、嫁入り許可問題でもめた最初の時の仕返しだ）

夫婦間の今後の序列を決めるためにマウントを取ってきている。わかっていても同年代の男性に免疫のないリリベットは対抗しきれない。彼がにやりと笑った。

「泣きそうになるくらい僕に迫られるの嫌なんだ。ぼさぼさ髪の時は近づいても平気で優しく膝枕（ひざまくら）までしてくれたのに普通、逆じゃない？」

「……わ、悪いですか？」

もうやけだ。リリベットは開き直った。ぼろぼろ涙がこぼれる直前の目で彼を見上げる。

「き、綺麗なものに圧倒されない人なんていないでしょう。だいたいあなたは〈期間限定の相手で恋愛遊戯をする関係ではない〉わけだけど、それでも間近で見るには刺激が強すぎるもの。観賞用の美形なら少し離れたところから見惚（みと）れるくらいがちょうどよくて」

「観賞用って。それに〈期間限定の相手で恋愛遊戯をする関係ではない〉なんて、そんなの面と向かって言われたの初めてだ」

　レネが壁に腕をついたまま、ぶふっと笑って身を折った。ツボに入ったらしい。

「僕に見惚れる子って一目惚れ状態になることが多くてさ、まともに話もできないどころか目も合わせられないいんだよね。これから一緒に暮らすことになるから君がその手の人種じゃなくてよかったよ。ここまで近づいても気絶せずに感想を言えるなんてね」

　根性あるじゃないか、と、以来、リリベットは〈見惚れられても恋愛感情は持たれない安心の家族枠〉と分類されたらしく、何かとふれてからかってくるのだが、なれなれしすぎて不愉快と思わせてしまう手前でやめるところが彼の距離の取り方のうまさだろう。

（ほんと、お貴族様って怖い）

　占いのリリア婆に教わった通りだ。人扱いが上手というか、社交慣れしすぎている。

　しかもリリベットの存在を受け入れると決めた後の彼は強かというか実に合理的だった。

「敬語はなし。遠慮した態度もなし」との宣言を実行して、他家から探りを入れられる隙を作らないためにも、外でも邸内でも夫婦らしい仕草を心がけることになった。

　子育てのほうも一人では無理とさっさと頭を切り替えて、リリベットの育児参加を許しただけでなく、素直にベネシュ義父やメイドのハンナなど使用人の力を借りるようになったのだ。

　だからもう彼は埃まみれで一日を過ごしたりしない。「赤ん坊の世話をするのにお洒落なんかできるか」と、伯爵様らしからぬシャツと細身のスラックスといった砕けた姿で邸内をうろついているが、それさえもが着崩し具合が完璧で、毎日が麗しい。目の保養だ。

しかも彼は音楽を奏でる時間までひねり出した。

彼が楽器を扱うことは知らなかったので、「ヴァイオリンを弾くの？」と聞いたら、

「僕の特異能力は姉様か男爵あたりから聞いたんじゃないの？」

と、逆に問い返された。ついでにリリベットがどれだけレネについて他の人たちから聞かされたかもすべて告白させられて、「ふーん、天使な悪魔って言われたんだ、僕のこと。惚れるなよって？」にやにや笑いながら言われたのがたとえようもないほど恥ずかしい。

幸い新しい雇われ嫁から答えを得て知識欲が満たされたレネは、それ以上の追及はやめてくれた。そして共闘すると契約したんだからと、改めて楽器をさわる理由を教えてくれた。

「僕は魔導士として正式に魔導の塔に籍を置いてるし、競技は他の魔導術で十分補えるからこの力を使うつもりもなかったんだけど、君が来てくれただろ？　どうせなら君の歌の補助もできたほうがいいし、いろいろ模索したいから、この一年でどれくらい音感がさび付いたかきちんと確認したいんだ」

フシュたちに翻弄されて発声練習どころか楽器にふれることすらできなかったそうだ。勘を取り戻さないとと、彼はさっきまで音楽室でヴァイオリンを弾いていた。

背を軽くそらし、優美な角度で弓に手を添え、演奏するレネは一服の絵のようだった。奏でる音色も長い間、楽器にふれていなかった者の出す音ではなく、熟練の楽師と比べても遜色な

い。耳の保養だ。

（もともと毎日のように音楽に囲まれて暮らしてた人だってわかる音なのよね、聴いてると）

リリベットは自分が魔物に意思を伝える旋律を操るからというのもあるが、美しい音も好きだ。心地よい楽曲を聴いてフシュたちもお昼寝してしまったので、後の見守りはベネシュ義父に頼み、赤ん坊たちのおむつを畳みながら聴き惚れていたが、団の皆が到着してつい庭に飛び出し声をあげてしまった。邪魔をしてしまっただろうか。

「ごめんなさい、うるさかった？」

「そうでもない。もう切り上げるつもりだったから」

観客がいないとつまらないし、と言われて、こっそり聴いていたのがばれていたとリリベットは知った。真っ赤になっているとレネが笑いながら頬を突ついてきたので、照れ隠しにぽかぽかとその肩を叩いて反撃していると、ビビが首をかしげて覗き込んできた。

「けんかしてるの？　だめよ、そんなことしちゃ」

膝小僧が見えるお子様服を着たビビが、偉そうに指を立ててお説教をする。

「ふうふは家族よ。家族はけんかしちゃだめってリリベット姉ちゃんもいってたじゃない」

思わず息をつめた。ベネシュ義父といい、ドラコルル家は気さくな人ばかりだ。だがそれでも貴族なのだ。リリベットの無礼は嫁だからと許してもらえたが、ビビはどうだろう。が、

「そうだね、ごめん」

身をかがめて、ビビと同じ目線になったレネが謝った。

「喧嘩(けんか)してたわけじゃないけど、女性の頬をつついたりなんて品のないことをしてはいけなかったね。ご忠告ありがとう、小さなお嬢さん」

恭しくビビの手を取る。ビビが、ぼっ、と赤くなった。それからもじもじしながら言う。

「……わたしね、おおきくなったらお兄ちゃんのおよめさんになってあげてもいいわ」

「それは光栄だな」

「ほんと!?　わーい、ティルト兄ちゃんきいて、きいて、ビビ、こんやくしちゃったー」

レネの甘い笑みにビビが大喜びして去っていく。レネがかがめていた背を伸ばした。

「いくら君の家族でも、なんでこの僕があんな幼女相手に愛想笑いしないといけないんだ？」

とか言っているが、幼女相手でも言質は与えずさらっと喜ばせてしまうお貴族が怖い。

男爵が言っていた『惚れるなよ』とはこのことだろう。この麗しい姿でこんな甘い言葉を吐かれたら、耐性のない者にはたまらない。

（しかも私、ティルトに言われるまでもなく綺麗なものに弱い、母さん似の面食いだし）

目の前にいるレネは演奏に集中したくて釦(ボタン)を外したのか、シャツの襟もとが少しはだけて鎖骨が見えているのがまた艶っぽくて、認めるのも悔しいが目のやり場に困る。夏の夜の王国の妖精(ようせい)王か、お伽(とぎ)の国の夢の王子様かという有様で、美しすぎて現実味がない。

そんなリリベットに気づいているだろうに、レネは余裕の態度だ。

「本館は危険だから近づくのは許可できないけど、離れなら自由に使ってくれていいよ。あの子たちが滞在するなら世話役に何人かメイドをまわすし、魔物たちも敷地内なら自由にしてくれていい。夜風を防ぎたいなら温室もあるし、駆け回りたいなら庭もある」

と、太っ腹なことを言ってくれた。

「でもいいの？　そこまで自由にさせてもらって。騒がしくなるし、この子たちは魔物だし」

「何を今さら」

レネがヴァイオリンを傍らの小卓に置くと、いつの間にかリリベットの頭によじ登っていたキノコ魔物を、ひょい、と手に取った。傘の下をくすぐって喜ばせる。

「ここは魔導貴族の邸だよ？　異音、騒音はいつものことだし、魔物たちが飛び回るのも普通。使用人も隣人たちももう慣れてるさ」

一応、隣近所には断りを入れておくし、と言ってくれた。頼もしい。が、距離が近い。キノコ魔物をリリベットの肩に戻すだけなのに、なぜ、息がかかるほど顔を近づけてこなければならない。せめてシャツの釦をきっちり留めてほしい。

「ふーん、ほんとうに君に懐いてるんだな。男爵からは独特な旋律を奏でて魔物を操るって聞いたけど、音を奏でなくても仲良しなんだ」

彼はリリベットにまとわりついている小型魔物たちが珍しくて観察しているだけだ。が、レネの視線が恥ずかしいのか、魔物たちがリリベットの髪やドレスの襞（ひだ）の陰に隠れるのを追いかけて手を伸ばしてくるのは、リリベット自身が追われているようで気になる。

「あ、もしかして意識してるんだ？　僕のこと」

頬の上気を見抜かれた。こうなるとレネは意地悪だ。にやりと笑うとますます顔を近づける。

「君って僕に見惚れるわりに庶民育ちの現実感覚からかな、それとも美を愛するアレクサ家の血を引いてるから絵画でも見る感覚でいるのかな。きちんと意識上の線を引いてくるよね。安心して話せて嬉しいけど、たまには別の反応も欲しくなるな。せっかくの機会だから君に可愛く『旦那様、お願い。皆を邸に滞在させて』とかおねだりしてもらおうかな」

「そ、そんなことしないもの。それにあなたでなくてもこんなに人に近づかれたら恥ずかしいし、昼間からそんな顔を見せないで。小さな子どもだっているんだから」

二人でごちゃごちゃ言っているのを、卓の横でビビがじーっと見ている。二人だけの時は慣れて適度にあしらうこともできてきたが、さすがに他の目があると恥ずかしい。

「僕の顔は教育上よろしくない部類か」

リリベットがビビの目を手で覆って保護すると、彼がぷっと噴き出した。そのままリリベットの肩に手を置き、身を折って笑い出す。またツボに入ったらしい。

（笑うのはいいけど、だから離れてってば。睫毛がふれる、髪がくすぐったいっ）

これだから恋愛遊戯慣れしすぎたお貴族様は。その気もないのに息をするように迫ってこないでほしい。リリベットはますます上気して真っ赤になった顔で目を泳がした。

（やっぱり、おもしろいな。というか気が楽だ）

真っ赤になって横を向いているリリベットを見て、レネは思った。普通ここまで近づけば相手は落ちる。うっとうしい崇拝者に早変わりしてしまう。

が、彼女は見惚れることはあっても迫ってはこない。おかげで遠慮なくふざけられる。

（それに旅育ちで逞しいわりにすれてないんだよな。そこが新鮮っていうか）

素直というか発想の仕方からして貴族的ではない。ただの契約嫁なのに、毎夜、育児後に、姉ルーリエの菓子のレシピを手に厨房にこもっている。赤の他人のためにどうしてそこまでできるのかとあきれた。体を壊されるのだけはまずいから、朝は彼女が起きてくるまで起こさないようにとメイドに伝えておいたが、赤ん坊たちはすでに彼女が作る菓子に胃袋をつかまれている。彼女が来てまだひと月もたっていないというのにだ。それにさっき魔物たちの滞在を許した時もそうだ。彼らが人質にされるかもとは一切考えず、純粋に感謝していた。

（根っからのお人よしなんだよな。僕と違って。警戒の必要もないというか、行動の裏を深読みするのも馬鹿馬鹿しくなるっていうか）

勝手に婚姻関係を結ばれた時は怒りもしたが、案外、掘り出し物だったかもしれない。

レネがそう考えつつ彼女の髪を弄(もてあそ)んでいると、その手から逃れたくてか、彼女が言った。

「あの、ね。魔物たちも到着したし、さっそく私の犬笛、聴いてみる？」

望むところだ。

試しにと彼女が数音、聴かせてくれたので、さっそくヴァイオリンを取り上げ再現してみる。

彼女が驚いて、目を見開いた。

「え、さっき聴いただけなのにもう音階がわかるの？　というか犬笛の音が聞こえるの？」

「もちろん。魔物にも通じる歌を歌うのに、僕がどんな音を出してると思ってるの。当然、耳も発達してる」

言うと、彼女が「すごい。さすがは四大魔導家の当主ね」と感心した。一切のおもねりのない憧憬(どうけい)の眼差(まなざ)しに、あきれるのを通り越して、少しとまどう。彼女が満足げに言った。

「私、この国に来てよかった」

「え？」

「今まで誰もこの旋律をわかってくれなかったから。あなたなら母さんの他は誰も奏でられなかった魔物への歌も再現できるかもしれない」

「……当たり前だよ。だから早く続きを教えてくれないか。どうやって魔物を操るんだ？」

「操るって皆は言うけど。本当は少し違うの。どちらかというと『こうしてほしい』というのを音にして、皆が従ってくれているだけっていうか」

「ふーん。強制力はないってことか。僕の歌は強制力があるから、君の旋律はどちらかというと、魔物の言語を音階化したものという感じかな。……おもしろい」

　レネはリリベットが持つ犬笛をしげしげと見た。自分の知らないことがあって、それを探求する道が開けている。打算もあるが魔導士として純粋に興味もわいて、彼女に問いかける。

「音符はわかる？」

「ええ。母に教わったから」

「旋律を意味も添えて書き出してくれる？　もしかしたら魔物の言葉を解析できるかもしれない。いや、それじゃあ時間がかかるな。これって犬笛でないと駄目なのか？」

「犬笛でなくてもいいわ。ヴァイオリンでもなんでも。他の人に聞かれるわけにはいかないから、この笛を使っていただけで」

「なら、歌でもいいわけか」

　それなら話が早い。分担すればいい。レネは言った。

「歌って。僕が紙に書き留める。君も手を動かす手間が省けるだろう？」

「え、歌うの？　ここで⁇」

「ここには魔物に語りかける歌が聞こえても聞きとがめる聖職者はいない。それに音だけの問題なのか、人の喉と笛と、媒体が違ってもいけるのか、そこも知りたい」

　歌って、ともう一度乞う。メイドを呼んでペンと五線の書かれた紙束を持ってこさせる。

彼女はとまどった顔をしている。それはそうだろう。さっきのようにブラッシングをしながらなど日常的に口ずさむのはほぼ無意識の場合が多い。改めて人前で歌えと言われれば誰でもしり込みをする。が、彼女は〈花姫〉だ。舞台慣れしている。こういう時は少し背を押して思い出させてやるだけでいい。聴衆を前に歌う度胸はあるはずだ、と。

「歌えないのか？」

彼女を発奮させるため、レネは挑発的に言う。

「自信がないんだ。音階も書けない田舎の観客相手にしか歌ったことないから」

「……！　歌えるもの！」

案の定、彼女はすぐにのってきた。少し緊張しつつも口を開く。

ラ、ララ、ラララ……。

昼下がりの庭に清らかな歌声が響いた。レネはまた彼女に気づかれないように笑う。

（単純）

彼女は自分の価値をわかっていない。魔物と意思の疎通ができる歌など、魔導貴族からすれば門外不出にしたくなるほどの貴重な技だ。

（なのに気づかず、惜しげもなく披露するんだから）

父の思惑にのせられるのは悔しいが確かに彼女は使える嫁だ。幸い彼女を囲い込むための人質も手に入った。ドラコルル邸には結界を張っているから団との連絡役という子どもたちだけは外と行き来できるよう結界無効の術を施さなくてはならないが面倒でもやる価値がある。

(競技まで一月弱、彼女には悪いが貴重な戦力として、知るだけの旋律を絞り取らないと)

優しい姉のルーリエが知れば顔を曇らせるだろうが、自分には時間がない。

レネは少し眉をひそめると、さっきの笑いなど嘘のように真剣な顔でペンを走らせ始めた。

(のせられたな……)

リリベットは歌いながらレネを見た。完全に掌で転がされている。ちょっと悔しい。

(でも……悔しいけど、わくわくする)

彼は真摯な目をしていた。カリカリと紙を滑るペンの音が優しい伴奏のようだ。

今までこの旋律を理解してくれる人などいなかった。それがこうして堂々と歌えて、真剣に耳を傾けてくれる人がいる。一つのことを誰かと共有できる。それが新鮮でとても楽しい。

いつしかリリベットは肩の力も抜き、思うままに歌っていた。

どれくらい声を響かせていただろう。気がつくとリリベットの歌にヴァイオリンの音色が重なっていた。レネが旋律を書き終え、楽器で同時再現しだしたのだ。

歌は音があったほうが大きく広がる。それに大勢で合わせる方が楽しい。

リリベットの顔には自然と笑みが浮かんでいた。

弾ける音、分かたれていた貝が次々と片割れを見つけるように、音と音が重なっていく。それが心地いい。自分の声にぴったり寄り添ってくれる音を背に、リリベットは歌う。魔物たちに、踊って、笑って、と語りかける。

楽しい気分はすぐに伝染する。

魔物たちが踊りだし、それを見たビビとティルトも芝生の上で飛び跳ねる。

そこへ賑やかな声に惹かれて目を覚ましたのか、フシュたち赤ん坊魔物がベネシュ義父やメイドのハンナの手に抱かれてやってくる。あっちに行きたいと駄々をこねたらしい。

『バブバブウっ』

彼らは庭に到着するとさっそく地面に下ろせと訴えて、ハイハイしながら踊る巡礼聖技団の魔物たちに近づいていった。ベネシュ義父があわてる。

「お、おい、止めないと、この子たちは赤ん坊になってから他の魔物と接したことがない」

「大丈夫ですよ。団の魔物たちは皆、子どもや赤ん坊の相手をするのに慣れていますから」

何しろ回転木馬になって相手したりするほどだ。

それでも念のため見守っていると、皆それぞれお気に入りのお守り相手を見つけたようだ。

ムシュは犬型魔物にモフモフされてクフクフ笑っているし、シュフは毬栗魔物やキノコ魔物たちがくるくる動いて見せるのに大喜びだ。少しわんぱくなウシュガルルは樹木魔物の枝を捕まえようとして逆に捕まり、高く抱き上げられて、キャッキャッと笑い出す。

　ベネシュ義父が目を丸くした。

「……ムシュたちが喜んでる？　あのウシュガルルまで？」

「巡礼聖技団の公演には小さなお客様も来てくれますし、うちは大所帯で常に子どもがいる状態でしたから。どうすれば小さな子が喜んでくれるか、皆よく知ってるんです」

　団での毎日を懐かしく思い出しつつ説明する。

「団の魔物たちもしばらく滞在させてもらえることになりましたから、フシュたちがぐずれば連れてきていただければ。気もまぎれますし、遊んで疲れたらきっと寝つきもよくなります」

　これでまた育児の手が増えた。それにころころ転がる毬栗魔物やキノコ魔物を捕まえようと手を伸ばす赤ん坊たちがまた可愛い。リリベットは悶えた。

「うう、なんて可愛いの、もう皆、可愛すぎて罪！」

「フシュたちが可愛いのは認めるけど、ウシュガルルはな……」

　レネは複雑な顔だ。

「前にも言ったと思うけど、こいつは前は大人の姿をとっていたんだ。三白眼の偉そうな奴で、今さらバブウなんて赤ん坊の真似をされてもうすら寒いだけだよ」

　姉様の結婚が決まった時もすごかったんだ、とレネが言う。

「その時はまだ赤ん坊姿に退行してない青年体だったんだけど。自分もついていくつもりでいたのに王家に使い魔は連れていけないって置いてかれたから、拗ねて、でかい図体をして床だけならまだしも空中をごろごろ転がって暴れて。そこの傷、その時のだよ」

レネが邸の外壁に走るひときわ大きな亀裂を指さした。すごい駄々だ。

（もしかしてイレネ様のおっしゃってた、お二人の結婚への妨害って）

この魔物たちが起こした騒動だったのかもしれない。

そんな中、仲間たちが遊んでいるのに独りだけ遊ばず、じっと見ていたフシュだが、樹木魔物に高い高いをされているウシュガルルを見て興味がわいたのか、そちらに手を伸ばした。

そして、背の小さな羽を広げる。

「……！」

「飛んだ⁉」

数度の羽ばたきですぐ地面に降りてしまったが、フシュは確かに自分の意志で空を飛んだ。

幼児退行を起こす前は普通に飛んでいたと聞くが、こうなってからは初めてのことだ。

自力で飛べたことに驚いたのか、フシュがきょとんとした顔で地面に座り込んでいる。

あきらかに成長している。

リリベットは喜びのあまり両手を組み合わせた。その場で飛び跳ねる。あまりの慶事に普段のひねた態度も吹き飛んだのか、レネも大興奮でリリベットの手を取った。

「飛んだ、飛んだわ、見た？」

「もちろん！　やったな、フシュ！」

二人でくるくる回って、それからレネが自分がしたことに驚いたようにつぶやく。

「……何をやってるんだ、僕は。君は期間限定の雇われ嫁なのに」

それを聞いて、リリベットもとまどった。取り合っていた手をそっと離す。

自分たちは家族ではない。競技が終わるまでの間だけの妻で用が済めば赤の他人に戻る予定だ。なのにさっきは確かに互いの手を取り、心の底から喜びを分かち合っていた。

（……それだけ、彼も私も嬉しかったってこと？）

なら、それでいい。それでいいじゃないかとリリベットは頭の中を切り替える。期間限定の関係とはいえフシュは可愛いし、その成長を喜ぶのは悪いことではないはずだ。それにレネだって。あれだけ喜んだということは、それだけこの子たちを愛しているということだ。

「ルーリエ様やお義父様にも知らせなきゃ。あ、お祝いのケーキも焼こうね」

リリベットはいそいで笑顔を作った。心から言う。〈ケーキ〉という大好きな言葉が出てきたからだろう。赤ん坊たちが嬉しそうに地面に座り込み、バブアブと体を揺らせて意味不明の歌を歌い始める。賑やかな声を聞きつけて、邸中の使用人たちも集まってきた。

「なんだ、なんだ、なんのお祭りで」

「おや、音楽会ですか。え？　フシュが飛んだんですか!?」

朗報を聞いた彼らが、「おめでとうございます！」「やりましたね、レネ様、リリベット様」

と、赤ん坊たちの成長を祝う。その時だった。

「え？　嘘、ウシュガルルがたっちしてる⁉」

驚いたメイドの声がして振り返る。そこにあるものを見て、リリベットは目を見張った。

ウシュガルルがプルプル震える二本の足を踏ん張って、その場に立っていた。

赤ん坊姿でハイハイしながらも不遜な態度は崩さず、成長しようというそぶりさえ見せなかったウシュガルルが「俺も褒めろ！」といわんばかりに短い脚で大地を踏みしめている。

ベネシュ義父が顔をくしゃくしゃにして泣き笑いを始めた。

「ウシュガルル、お前もか。立ったんだな、立ってくれたんだな。偉いぞ、お前たち……」

「これでルーリエ様も安心なさいますよ、大旦那様。よかった、本当によかった……」

わっと邸の皆が声を上げて、祝い気分が盛り上がる。いつの間にかリリベットもその中心に引き入れられていた。皆で笑い合っていると、ふと、レネの声が背後から聞こえた。

「……リリベット、君が来てくれて本当によかった。君のおかげだ。ありがとう」

「え？」

リリベットは振り返った。

（今、レネ様、「リリベット」って呼んだ？　ありがとう、って）

リリベット嬢、などと呼称もつけずに、親し気に。さっき手を取り合って喜んだ時のように、思わずこぼれた、といった温かい声だった。確かめたくて、「あの」と声をかける。

が、レネはリリベットのことなど見ていなかった。背を向け、フシュを抱き上げている。

(……私の聞き違い、だったのかな)

そうに違いない。だってあのレネがそんなぬるいことを言うわけがない。

リリベットは顔を振るとらちもない考えを振りはらった。皆が笑いざわめく祝宴の輪に戻る。

レネがヴァイオリンを手に陽気な祝曲を弾き始め、ベネシュ義父も体を振り手を叩く。

明るい笑顔と声が辺りに広がって。

リリベットはここに来てよかったと、ドラコルル邸で過ごす時間を心底楽しいと思った。

それで気づかなかったのだ。明るい無礼講の場なのに、〈歌〉が特技のはずのレネが奏でるのはヴァイオリンばかり。リリベットに合わせて口を開きかけながらも、結局一音も出さず唇を閉じてしまったことに、気づくことができなかったのだ――。

2

王家への挨拶は済ませた。社交界デビューのお茶会も。次は魔導貴族たちへのお披露目をしないといけないらしい。

フシュが飛んで見せた日から三日後のこと。リリベットは薄青のシフォンを重ねた可憐なブルーベルの花のようなドレスを纏い馬車の中にいた。

今日はきちんと正装してエスコートしてくれるレネと一緒だ。

リリベットの装いに合わせてくれたのだろう。濃い青紫のジュストコールと銀糸刺繍を施した純白のベストを身に着けた彼は夏の美神のようで、今日も素晴らしく麗しい。悔しいが本当に外見だけは完璧な人だ。

ちなみに、リリベットの今日のドレスは「ふふふ、ようやく仕上がったぞ。旅先で採寸して早馬に私作成の意匠画とともに託したかいがあった」と満足顔の男爵が持参したものだ。

リリベットは旅の当初から男爵が用意したドレスを「淑女教育のため」と着せられていたが、それらは出来合いのドレスをサイズ直ししただけ。リリベットの目からは十分豪華だったが、男爵は気に入らなかったらしい。「美を司るアレクサ家の娘にこんなものを着せるしかないとは」と、煩悶していたのだが、やっと自分好みのドレスが出来上がってご機嫌だ。

「これからのドレスはすべて私自らデザインしたものだからな。安心しろ」

そう胸を張る男爵は美しいものしか許せないアレクサ家の美学を追求しているというより、新しくできた養女に構いたいだけに見えてしかたがない。

(だって男爵様って『我が家の娘を名乗る者が美しくないことをしていないか見張る義務が私にはある』とか言って毎日のようにドラコルル邸に来て、『腕の角度が甘い』『赤ん坊の抱き方が美しくない』とか、ねちねちケチをつけて朝から晩まで入り浸るんだもの)

実は今日もドレスのチェックがあると口実をつけてついてきたがった。そこはレネが「どうか男爵は私とリリベットの留守中、父と一緒にフシュたちの世話を頼みます。彼女がフシュたちといて映える子守り服をイメージしていただくためにも」と、丁重に辞退してくれた。

（過保護？　男爵邸に一人でいるのは寂しいのかな。面倒をかけた姉の子を憎んでる人かと思ってたけど、単に愛情表現がねじ曲がってるだけの人に思えてきたのだけど）

　レネもこの件については同感なのだろう。

「どうしてこう僕たちの周囲の大人はうっとうしいおせっかいが多いんだ？」

と、ぶつぶつ言っている。が、過保護は彼も同じのようだ。社交界に不慣れなリリベットがドラコルル家の名に泥を塗ってはまずいと心配なのか、口調こそいつもの調子だが、これから行く邸について話してくれる。

「今日、僕たちを招待してくれたのはイグナーツ侯爵。封土貴族だが代々魔導貴族と封土貴族の橋渡し役というか、魔導貴族家のとりまとめみたいなことをやっている家なんだ」

　侯爵の先祖が、魔導士を貴族にとりたてると決めた王の腹心だったそうだ。

「彼は王の意を汲んで魔導貴族を王国に定着させるため、自ら魔導士を娘婿に迎えて庇護する姿勢を示したんだ。以後、侯爵家は王より魔導貴族家を統率する家職を与えられた。だから新たに魔導貴族家に入った者は挨拶に行く義務がある。でも今日の侯爵への挨拶は僕だけでするよ。侯爵には妻は慣れない席で気分を悪くしたと説明しておくから」

「え？　あの、私は披露のために連れてこられたのでしょう？　それでいいの？」

「連れてきたという事実があれば、後は僕がなんとかできる。……というか、会わせるわけにはいかないだろう。イグナーツ侯爵は十七年前に君の母君がふった相手なんだから」

「え⁉」

「魔導貴族のまとめ役の家だから、君の母君も行儀見習いに上がったんだと思う」

では、今から向かう侯爵家は母の昔の奉公先？　侯爵は母が駆け落ちした後、婚約者とよりを戻して結婚したそうだ。嫡男ももうけたが二年前に妻が亡くなり、今は独身に戻っているらしい。「もう昔のことではあるんだけど」と、複雑な顔でレネがリリベットを見る。

「僕は知らないけど君は母君とそっくりなんだろう？　男爵からも会わせるなとくどいほど言われてる」

「……隅でおとなしくしてます」

「うん、そうして。その代わり、他への挨拶は僕と一緒にしてもらうから。なるべく君が話さなくていいように僕が相手するつもりだけど」

ルーリエ妃主催のお茶会とは違い、今日の集まりには客人が大勢いるそうだ。

「ほとんどが競技に出る魔導貴族だ。貴族界は情報が伝わるのが早い。僕が招待に応じたことは皆もう知ってるから、君を同伴すると思って待ち構えてると思う。なるべく傍にいるつもりだけど気をつけて。皆、君のことを探ってくるから」

いよいよ社交界の洗礼を受けることになるのか。侯爵のこととといい前途多難だ。

リリベットはごくりと息をのむ。窓の外に侯爵邸が見えてきた。

　侯爵邸での社交の集まりは園遊会形式だった。ずっと座りっぱなしで一挙一動を見張られる、席が決まったお茶会よりはましかと思う。

「あら、レネ様だわ、珍しい。最近はこういった場には顔を出されなかったのに」

「まあ、今日もなんて麗しい。では、連れの御令嬢が例のアレクサ家の？」

　馬車を降り、会場となる庭園に足を踏み入れるなり、人々の目がリリベットとレネに集中した。レネが人目を引く容姿をしているのもあるが、やはりあからさまに競技会の助っ人待遇で嫁入りしたリリベットを見極めようとする競争相手の目が多いようだ。

　探りを入れたくとも姉が王太子妃というレネにいきなりぶつかるのは敷居が高いのか、皆がけん制し合って踏み出せずにいる中、一人の勇者が声を上げた。

「これはドラコルル伯爵ではないですか、ご成婚されたと聞きましたが、もしやこちらが？」

　恰幅（かっぷく）のいいおじさん貴族が話しかけてくる。彼はレネとは旧知の間柄らしく、挨拶もそこそこにリリベットへの紹介を求めてきた。

　一度、紹介されて自由に話せるようになれば、どこで上げ足を取られるかわからない。緊張して身構えると、レネがさりげなく間に入った。

「え……」

すらりとした体躯に似合わない、頼もしい背がかばうように目の前に立ちふさがって、リリベットはどきりとした。そういえば馬車の中で「僕が相手する」と彼は言っていた。

事前に知らされていたのに、いざ、かばわれるとなんだか落ち着かない。

（あ、そうか。いつだって私〈守る〉側だったから……）

旅の暮らしでは新たな地に着くと地元の子どもたちに絡まれることがよくある。団の大人たちはテントの設営で忙しかったから、そういう時はリリベットが駆けつけた。弟分たちを背にかばって、自分より大きな子たちにも立ち向かった。

なのに今は自分がレネの背に守られている。不思議な感じだ。

レネがにこやかに社交の笑みを浮かべて、話しかけてきた貴族の相手をしてくれる。

「妻はまだ社交に慣れていませんから、私が代わりに」

「はは、急な結婚だったと聞きましたが、どうしてどうしてなかなかお熱い。泣いて悔しがるご婦人が大勢いますよ。お嬢さん、女性の嫉妬にはお気をつけなさい」

しばらくレネが相手をすると、年配貴族はリリベットに片目をつむって去っていった。

ほっとしていると、レネがするりとリリベットの手に自分の手を絡めてきた。いきなりの感触に、リリベットは変な声を出してしまう。

「え、きゃっ」

「……手をつないだくらいで跳び上がらないでくれないか。こっちが恥ずかしい」

レネが顔をしかめて言う。

「夫婦の演技だよ。くっついてたらさすがに話しかけてくる馬鹿も減る。いちいち相手をするのは面倒だから、今日はこれで行く」

あっさり言ってくれるが、恋愛遊戯に慣れたお貴族様とは違いリリベットはこの歳になっても恋愛経験のない初心者だ。

それにウシュガルルが立っちした日の後からはレネもリリベットを認めてくれたのか、前のようにふざけてふれたりしてこなくなっている。だから久しぶりの接触は落ち着かない。

(こ、断りたいのだけど……)

リリベットは緊張してもじもじと足先を動かした。が、

「君、契約したよね？　外では探りを入れられないようにきちんと夫婦を演じるって」

レネに機先を制された。しかたがない。これは演技、ここは舞台なのと自分に言い聞かせて我慢する。が、やはり二人で歩いていると間が持たない。沈黙が嫌でそっと聞いてみる。

「そ、その、さっきの人が言ってたけど、泣いて悔しがるご婦人がいる、の……？」

「子どもの頃の話だよ。誘えば簡単に乗ってくるのがおもしろくて、あの頃は遊んでたな」

「遊んでたって……。どんな子どもなの」

「言っておくけど実用も兼ねてたんだ。うちは何かと悪目立ちする家だったし、おば様方を味

方にしておいて損はないから」

　政略結婚した上位貴族には恐妻家が多いそうだ。

「家のために結婚したってことは妻の実家を侮れないってことだろ。妻の機嫌を損ねるわけにはいかないいんだ。夫が愛人と遊べるのも妻が寛大にも許してくれてるからだしね」

「爛れてる……。私、契約が終わったら絶対、愛のある結婚をする。貴族には近づかない」

「……それを期間限定とはいえ、愛のない政略結婚相手である僕に言うかな。安心して、僕だってもうそういうのは卒業した。今はちやほやされる暇があれば家でゆっくりしたい」

　そう言うレネの目下にはクマがあった。昨夜ウシュガルルがむずかったからだ。

（そうよね。時間があればのびのび手足を伸ばして朝まで一人でゆっくり眠りたいよね）

　まだ十六歳なのに枯れたことを言う彼が気の毒になった。そっと袖をつまんで注意を引く。

「その、私も協力するから。あなたが一人で朝まで眠れるように」

「……当然だろ。君は僕の嫁なんだから」

　同情目線で言うと、彼が驚いたように目を見開き、それからきゅっと鼻をつまんできた。

　ひさしぶりのふざけた接触に、さっきは手をつながれたのが落ち着かなかったくせに、前に戻ったような気がして嬉しくなる。

「で、僕は君の夫だから。約束する。君もちゃんと眠らせてあげる。頑張って交代で睡眠時間を確保するぞ」

「うん！」

新婚夫婦の会話ではないが、子持ち契約婚だからしかたがない。変な協定を結ぶことになった。そうして当たり障りなく挨拶回りをしていると、レネが周りを見回して言った。

「顔合わせしないといけない相手との接触はだいたい終わったから。後は主催者に挨拶してさっさと帰りたいけど、侯爵の姿が見当たらないな。屋内か？　ちょっと探してくるよ」

「……なら、私、ここの隅にいてもいい？」

頑張って社交をこなそうと思うが、侯爵が相手では一緒に行くのは敷居が高い。

レネは離れるのはどうかと思ったのだろう。迷うそぶりを見せた。が、侯爵に会わせるのもまずいと判断したらしい。

「すぐ戻るから、どこへも行かないように。絶対、ここで待ってて」

子どもに言うようなことを言ってレネが去って行く。でもこれで侯爵に会わずにすむ。

(よかった、彼が挨拶してくれたら、後はすぐ帰れるのね)

何とか園遊会も乗り越えられそうだ。リリベットはほっとした。

が、その考えは甘かった。

「あら、ドラコルル夫人。こんなところで一人でどうなさったの？　レネ様はどちらへ？」

「戻られるまで、既婚夫人同士、お話ししません？」

レネが離れるのを待っていたように、海千山千っぽいご婦人方に絡まれたのだ。

もう挨拶を済ませた人ばかりだ。社交上、彼女たちの誘いを断れない。ご婦人方に周りを囲まれて、さらに隅の人目のつかないところへ連行されながら、リリベットは唇を噛んだ。

リリベットを連行した貴婦人たちは、封土貴族ではなく、魔導貴族の女性たちだった。

「この時期にわざわざ迎えられた方ですもの。リリベット様はよほどの力をお持ちなのでしょうねえ。もう〈魔導大全〉に書かれた技はおできになるの？」

「は、はい。なんとか」

さっそく探りが入ってくる。そんな書物は知らないが必死に合わせると、失笑がわいた。

「あら、何？〈魔導大全〉って」

「それっぽい書名だけど、そんな書物、私、知りませんわ。異国の書なのかしら？」

やられた！　かまをかけられたのだ。リリベットが魔導の初心者であることがばれた。

これは互いの戦力を測る情報戦だ。そして最初の一手でリリベットは押し負けてしまった。

「そんな有様でよくここへこれたものね。しかも今日の主催者は侯爵様なのに」

「そのうえ侯爵様がおられるのに競技に出るつもりなんて。なんて厚かましい人かしら」

くすくす笑いながら言われる。リリベットが侯爵に恥をかかせたアドリアナの娘だと知っているのだ。それに何？「侯爵様がおられるのに競技に出るつもりなんて」とは。

（母さんとイグナーツ侯爵が、競技に何の関係があるの？）

気になる。だが聞けない。自分の無知を晒すことになる。さらに皆が追及してくる。

「そもそもあなたどういう力をお持ちなの。レネ様を補佐できるだけの力がおありなの？」

「レネ様なら魔物を眠らせることができるからすべて任せて大丈夫と甘えているのではないでしょうね。あなた、レネ様が力を使ってらっしゃるのを一度でも見たことがあるの？」

そういえばない。それどころか魔物を眠らせる力を持つというのに、一度もフシュたちに使わず、寝不足になってる。

（でもそれは彼の力が退魔能力だから、フシュたちに使ったら害があるからじゃないの？）

が、違うらしい。ご婦人方があきれたように、そんなことも知らないなんてと言った。

「こんな子が伴侶だなんてあまりにレネ様がお気の毒だわ。教えてあげる。レネ様の退魔能力はもうすぐ消えるのよ。お姉様方とは違って」

「少年期にしか出せない高い声で奏でる歌がレネ様の武器だったのだもの。当たり前だけど、あの声はいつまでも出せるわけじゃないわ」

あ、と言いそうになった。

声変わり、だ。

レネはもう十六歳。まだ高い声が出せているのは奇跡といっていい。

（もしかして、ルーリエ妃がお茶会で言葉を濁しておられたのはこれ？）

思わず顔を強張(こわば)らせたリリベットの様子から、本当に知らなかったとばれてしまったらしい。

これもまたかまかけだったのだ。リリベットは見事に引っかかってしまった。

(どうしよう。ドラコルル家の足を引っ張ってばかりいる……！)

「本当に何も知らないのね、あなた。いくら旅育ちだった方でも」

「あら、無知はお育ちではなくお父様の血かもしれませんわよ。何しろお母様はどこの誰とも知れぬ相手と駆け落ちなさったそうですもの」

レネがいた時には言われなかった言葉がぶつけられる。それは彼女たちが家としては敵対していてもレネ個人には好意をもつからだ。彼の妻の座が空席のままならここまでの敵対行為はなかったかもしれない。リリベットはもう自分が何のためにここにいるのかわからなくなる。

さらにはご婦人の一人がわざとらしく額に手をあてた。

「あら、失礼。私、貴族育ちですからこんなに長時間屋外にいますとめまいがしますわ」

よろめいたふりをして傍らの茂みに突き飛ばされた。リリベットのドレスの薄く脆(もろ)いシフォンの生地が夏薔薇の棘(とげ)に絡まり裂けてしまう。

男爵がわざわざ作ってくれたドレスなのに。リリベットは蒼白(そうはく)になった。

「あら、ごめんあそばせ」

「でもリリベット様は魔導が使えるのですよね？　ならこれくらいすぐ修復できますわね」

そんなこと、できない。そもそもそんなことが可能なのかもわからない。

（悔しい。言い返したくても私、何も知らない……）

リリベットが負ければ男爵家やドラコルル家まで侮られる。自分は二つの家を背負ってここにいる。せめてもと、負けない、と意思を込めて顔をあげる。が、それすらもあざ笑われる。

「まあ、怖い目だこと。まるで飢えた下品な野良犬ね。お里が知れるわ」

どう返せばアレクサ家とドラコルル家の面目が立つのかわからない。

リリベットが歯を噛みしめた時だった。周囲を覆っていた女性たちの垣根が崩れた。

「まあ、閣下」

ご婦人方が向き直った先には、美しい銀色の髪をした身なりのよい壮年の貴族が立っていた。息子だろうか。同色の髪色の凛々（りり）しい少年を一人、従者のように連れている。

彼は不穏な空気を感じ取ったのか、如才なくご婦人方に話しかけた。

「おや、こんなところに名花が集まっておられたとは。どうりであちらが寂しいはずですな」

「こんな年増を捕まえて名花だなんて。相変わらずお口がお上手ですこと」

「はは、私は嘘をつくなど器用なことはできませんよ。ましてやここには美しいご婦人方しかおられない。それよりあちらのテーブルに女性の好みそうな新しい菓子が出ていますよ。ぜひ感想をお聞かせ願いたい。また皆様をおもてなしする時の参考にしたいですからな」

誘導されて、ご婦人方が恥ずかしそうに扇や手巾（ハンカチ）で顔を隠して去っていく。彼はそれを見送ってから「大丈夫かな、お嬢さん」とリリベットに声をかけた。

そして……目を丸くする。

「君は……。そんな、その髪色、まさか」

彼の唇は、声にならない声で、「アドリアナ」とつづっていた。

動揺したのはわずかで、彼は貴族らしくすぐ、失礼、と言って気を取り直した。

「あまりに知人と似ておられたので驚きました。紹介もなしだが、会話を申し込んでも？」

礼儀正しく言うと、彼がそっと聞いてきた。

「もしや、アドリアナ嬢の」

母は社交界での評判がよくない。それに建前上は親子ではないとしている。無言で答える。

「でしょうな、その顔立ち。あの頃の彼女に瓜二つだ。髪色が違うのでとまどったが……」

いかにも身分の高そうな彼は、すぐ察してくれたようだ。深くは聞かなかった。それにリリベットが隠したドレスにも気づいたようだ。優雅に淑女に対する礼をとると腕を差し出した。

「お困りのようだ。馬車までお送りしよう。私に手を貸す栄誉を与えてくださいますかな。幸い破損は片側だけだ。私の体で隠れると思いますよ」

「あ、なら、俺が、いや、僕が行きます。あなたはまだ他との挨拶がおありですし」

年長者である壮年貴族を気遣ってか、連れの少年が申し出た。一歩、前に出る。壮年貴族が少したためらった。

「それは……。だが確かに私が同行しては悪目立ちするな。ご令嬢がよけいに困られる。しかたがない、ミハイル、きちんと送って差し上げるように」

　では、また、と、ほほ笑んで名も告げず去っていくおじ様貴族はとてもかっこよかった。

（父さんが生きてたらあんな感じかな。もちろん父さんはただの楽師だったけど）

　見送っていると、一人残った少年がこほんと咳払いをしてリリベットの注意を引いた。

　精悍な日に焼けた顔をした彼はリリベットと同年の十六、七歳くらいか。短く刈った銀髪のこめかみの一房だけを伸ばして金属の飾り輪をつけるという、珍しいいでたちをしている。リリベットと同じく社交慣れしていないのか、話しかけてくる顔が真っ赤だ。

「あ、あの、俺の名はミハイル・マシェル・ヴァスィル。よかったら、あなたの名を……」

　と、そこでリリベットの視界に、こちらを探しているらしきレネの姿が入った。

「あっ」

「そこにいた！　動くなよ！」

　レネ、と呼びかけようとすると彼がリリベットを見つけて駆け寄ってきた。ミハイルもレネに気づいて振り返る。二人は知り合いらしい。レネを見るなりミハイルの態度が変わった。ふん、と胸をそらし、やたらと挑発的な口調になる。

「これはレネ殿ではないか、こんなところで会うとは珍しい」

　いつものことなのか、またか、という顔で、レネが大仰にため息をつく。

「競技に出るために嫁を迎えたんだって。ま、お前だけじゃ俺様にかなうわけがないから助っ人に頼るのは当然だが、いったいどんな魔導自慢のごつい娘を娶ったんだ？」

「そこにいる」

「え？」

「だから。お前が手を差し伸べて真っ赤になっていたのが、僕の妻のリリベットだ」

「はあああああああ！」

何がそこまで衝撃だったのか、完全に固まってしまった彼に、リリベットは一応、腰を下げて挨拶する。その際に破れたドレスがレネの目に入ったのだろう。小さく舌打ちしたレネがリリベットの腕を取った。ミハイルを無視してさっさとその場を離れようとする。

「え、あの、あの人のお相手はいいの？」

「いい。うるさい馬鹿犬は無視して躾けるものだから」

いくら同年代でも貴族らしき相手をそんなぞんざいに扱っていいのかなと思ったが、ミハイルという少年は怒ってはこなかった。呆然とこちらを見送っている。

「嘘だろおおお、あの子があいつの嫁っ――――?!」

かなり離れてから、間の抜けた叫びが後から聞こえてきた。

けっこう子どもっぽい少年らしかった。

「僕がいない間に何があったんだ」

　会場を後にし、馬車に乗り込むなりレネが聞いてきた。怪我はないかと全身をくまなく見られたが、相手が自分より美形な人だけに恥ずかしい。

「だ、大丈夫、すぐ通りかかったおじ様に助けてもらったから」

　情けないから話したくなかったが、レネの追及は巧だった。すぐに掌で転がされて暴露させられてしまう。見知らぬおじ様貴族に助けられたことを話すとレネが目を丸くした。

「それ、イグナーツ侯爵だ。僕が挨拶した後、場内を回るって言ってたけど」

「え？　でもさっきの男の子、ヴァスィルって名乗ってたわ。親子なのに家名が違うの？」

「親子じゃないよ。あいつは侯爵の所で行儀見習い中のヴァスィル一族の五男だよ」

　ドラコルル家と同じく四大魔導貴族家の一つヴァスィル家の出で、レネとは腐れ縁の幼馴染だそうだ。「暑苦しいというか、うっとうしい奴だから関わらない方がいい」と言われたが、髪色が同じだし一緒にいたし、年頃もそれくらいだから、てっきり親子だと思っていた。言われてみれば顔立ちや雰囲気は違っていたような気もする。

（私、そんなことも知らなかった）

　魔導のことも侯爵の顔も知らなかった。ヴァスィルという家名だって初めて聞いた。

「それより侯爵だ。どうだった？　……君のこと、根に持ってる感じだった？」

「それが……、全然。逆に優しくて」

リリベットはとまどいつつ言った。彼はこちらの正体を知った後も気遣ってくれた。

「だからあの方が侯爵様とは気がつかなくて。すごく大人な態度だったの。騎士的っていうか……」

だからわからない。因縁のある相手だ。「あの女の娘か」と罵倒されるならともかく、丁重に扱われるいわれがない。レネも「どういうつもりだろう？」と侯爵の心を推し量っている。

「……その、今さらだけど、本当に私でよかったの？　もっと他にドラコルル家にふさわしい人はいなかったの？」

さっき会ったご婦人方の言葉で実感した。リリベットはあの母の娘なのだ。それに、

「……さっき『侯爵様がおられるのに競技に出るつもりなんて』って言われたの」

リリベットは迷った。侯爵のこともだが、園遊会でのあれこれが気になって仕方がない。

「あなたなら意味がわかるのね。お願い、教えて。侯爵様と競技に何の関係があるの？」

「……それは」

「私、ドラコルル家の、戦力、なんでしょう？」

なら、知るべきだ。重ねて言うと、レネが渋々といった顔で教えてくれた。

「……侯爵は魔導貴族をまとめる封土貴族で魔導部門の競技には出ないけど。魔導貴族家の筆頭だから、毎回、競技の際の判定役をしてるんだ」

息をのんだ。聞いてみると、公平を期すために他にも判定役はいるが、侯爵が最上位格で今

準備中の競技会の実務も王より一任されているそうだ。

（そんな因縁ある人が判定役なのに、男爵様は私をドラコルル家に推したの?!）

母親憎しでリリベットがいるドラコルル家に不利な判定を下されたらどうするのか。

判定に手心を加えたりしない高潔な侯爵だと思いたい。が、それでも圧を感じる。リリベットは真っ青になった。うめくように言う。

「……やっぱり、離縁して」

そんなことをすればリリベットは家族でなくなる。が、フシュたちの子守りだけなら乳母として契約し直してもいいのだ。

競技はもう半月後だ。今さら共闘できる嫁を探すのは無理かもしれない。それでも魔導のことは何も知らず、判定役ににらまれているかもしれない娘を投入するのは危険すぎる。

「ごめんなさい。急だけど無理よ。他の人と再婚して、お願い」

レネの顔をまっすぐに見上げて願う。

しばらくリリベットの顔を見つめると、レネがぷいと顔をそらせて言った。

「……あのさ、君がそう言うの、こんな問題だらけのドラコルル家についていても無駄だから？　それとも自分の存在が重荷になってるとか馬鹿なことを考えてるから？」

「え……？」

「君、もっと自分の価値を知ったほうがいいよ。言っただろう、君の前にも何人か嫁候補が来たって。それぞれ名のある魔導貴族家の令嬢だった。だけど君しか残らなかった」

それに、とレネが言う。

「その顔じゃ、もう聞いたんだろう？　僕の声のこと」

「あ……」

リリベットは白を切ることができず、つい目をそらす。

「ったく。つくづく単純だよね、君」

と言ってから、彼は秘密でもなんでもないんだけど、と肩をすくめた。

「ただ、そういうわけだから。僕には……君が必要なんだ」

いつもの軽い、何でもないような口調で、それでもはっきりとレネが言った。

君が必要だ、と。

「はっきり言って僕の声は限界なんだ。せめてフシュたちが元に戻るまで、それが無理でも競技まで持てばと思ってたけど、最近じゃ一小節を歌うのもきつい」

声が割れるそうだ。そして歌が途切れると、能力を発揮できない。

「こうなるとわかってたから早めに領地を出て、王都で学んでたんだけど」

彼曰く、通常、先祖由来の領地と特異能力を持つ家では、子どもは幼いうちは精気の濃い領地で育てられるのが一般的だそうだ。が、レネの力はいずれ消えるものとわかっていた。

「その頃はまさか僕が当主になるなんて誰も思わなかったし。技術と知識で補って将来は魔導士としてやってけばいいってことで、幼いうちから王都に出て私塾に通ってたんだ」

今でもレネは魔導士としては一流で、四大魔導家以外の魔導貴族家を継ぐには何ら問題のないだけの力を持つらしい。

「だけどやっぱりドラコルル家の当主としてはもう一歩なんだ。……だから姉様も使い魔を四柱とも置いていったんだ。王家に入った姉様こそ使い魔が必要だったのに」

ルーリエ妃は成婚時、使い魔を連れていこうと思えばできたらしい。王太子が妃の身を案じて勧めてくれていたとか。でも、彼女はフシュたちを置いていくことを選んだ。

「姉様は優しい人だし、フシュたちも懐いてた。手放すのはつらかったと思う。それに王族は危険が付きまとう。身を守るためにも、慣れない王宮で心の支えにするためにも姉様こそがフシュたちを連れていくべきだった。でも力を失う僕のために譲ってくれたんだ」

そんな事情だから、レネは絶対に競技で勝たなくてはいけないのだという。ルーリエ妃にこれ以上、実家のことで心配をかけないために。それに……、と彼はつなげる。

「君は侯爵の心証を心配してくれてるけど、うちの場合は今さらなんだよ」

そして彼は教えてくれた。ルーリエ妃の婚姻にまつわる侯爵家とのあれこれを。

「ルーリエ姉様は個人的に大公家の知己を得ていたから、王家に嫁ぐ際に大公家の養女になったんだ。姉様に肩身の狭い思いをさせたくない、後ろ盾になるっていうイレネ大公の好意だったけど、普通、魔導貴族が格上の家や封土貴族に嫁ぐ時はイグナーツ侯爵を頼るんだ。侯爵家の養女格になって嫁ぐ。……うちはそれをすっとばす形になったんだ」

イレネ大公に悪気はなかったが、侯爵は顔に泥を塗られた形になった。

「そのうえ娘が王家に嫁いだことでドラコルル家の格が上がっただろう？　貴族序列が変わるかもって他の魔導貴族家もぴりぴりしてるし、それをなだめるべき侯爵自身も魔導貴族のとりまとめって家職から追い落とされるんじゃやって警戒してるんだよ。王が姉様に箔をつけようとして、ドラコルル家に肩入れするんじゃないかって」

何、それ。

リリベットは思った。

「姉様が苦労してるのは事実なんだ。下級の伯爵家から嫁いだから、他貴族からの風当たりがきつくて。義兄様がかばってくれてるけど、やっぱり格下の妃と見る目はやまない」

ルーリエ妃を守るためには、実家の格を上げるしかないそうだ。長兄リジェクが家を出て辺境伯家を継ぐ決意をしたのも、妃の後ろ盾になる考えがあったからだと思うと彼は言った。

「そんなうちの事情は王も察してる。だから今年の競技が実戦形式になったっぽいのも、姉様への援助のつもりなんだよ。今年は姉様が王族入りして初めての魔導競技だから。派手にフシュたちの力を見せてドラコルル家はすごい、あの使い魔の元の主はルーリエ妃だったんだって皆に示して、姉様の立場を強化したかったんだと思う。……見事に裏目に出てるけど」

王は悪気はないが、よかれと思ってしたことがすべて迷惑な結果にしかならない、困った才能の持ち主だそうだ。

「一応、それを自覚してるから王も自制したんだと思う。人目を引かない範囲で嫁の実家を援助したつもりでいるんだ。フシュたちが赤ん坊に戻ってることを王は知らないから」

妃の実家に肩入れするのは簡単だ。が、なにげない援助がさらなる嫉妬を呼ぶこともある。王はさすがにそのことは知っている。だからぎりぎりのところで援助したつもりらしい。

そんな王の心は競技会の実務を任された侯爵にも当然、伝わっている。

「だから侯爵は警戒してる。それがわかっていても僕は競技で負けるわけにはいかない」

敵意はないと態度で見せたいけど、それとこれとは別なんだとレネが話を締めくくる。

(ドラコルル家にそんな事情があったなんて……)

リリベットはごくりと息をのんだ。聞かされたことを懸命に頭の中で咀嚼する。

四大魔導貴族家の一つ、娘二人が王族に嫁いだ華々しい家系。雲の上の存在。そう思っていた。が、その地位は常に努力して保持しなければ崩れてしまう、脆いものだったのだ。

そしてそんな厄介なものを抱えた家をレネはわずか十六歳で背負わなくてはならない。

(……私、甘えてた)

魔導のことを知らないから。育ちが異なるから。それだけで離縁して逃げようとした。

レネの方が過酷な中にいる。重いものを背負っていて、逃げようにも逃げられない。

それなのにリリベットを気遣い、弱みになることまで話してくれた。

もしかしたらリリベットが敵対して、誰かに情報を流すかもしれないのに。それに矜持の高そうな彼のことだ。自分の弱みを話すなどかなりの気力がいっただろう。

(それでも話してくれた)

弱気になったリリベットを慰め、必要だと言って引き留めるために。

リリベットの胸がきゅっと痛んだ。応えたい、と思った。彼が必要だと言うのなら。

旅をしていればいろいろな人に会う。温かく受け入れてくれる人もいれば、流れの民だと心ない言葉をぶつける人もいる。貴族も同じだ。いろいろな人がいるのだろう。

だが今までドラコルル家の皆やルーリエ妃はじめ優しい人ばかりを見て、心が緩んでいた。さっきの貴婦人たちの言葉はただの中傷なのに思った以上に心に響いた。

(それは私が言われたことが的を射ていた自覚があるからだ)

リリベットは心底、知識が欲しいと思った。ドラコルル家の皆のために。

花姫として場数は踏んだと思っていた。弟分たちを守っての喧嘩にだって慣れている。だがここではリリベットの知識と経験は通じない。淑女教育はしてもらったが、積み重ねた〈常識〉の方向が全然違う。負けん気だけでは乗り切れない。

それでもリリベットは勝ちたいと、ドラコルル家を守りたいと思った。

ふと、母の言葉を思い出した。

『理屈じゃないわ。あなたには私が必要で、私にはあなたが必要なの。だから家族なの』

母が魔物たちを拾った時や、孤児たちが拾われてきた時によく言っていた言葉だ。何故か思い出した。胸に沁みる。

（……私も。契約したからだけじゃなく、力になりたい。自分がそう願うから。ドラコルル家の皆のためにも競技会で勝ちたい。だって〈家族〉だもの）

リリベットは初めてはっきりと自分がドラコルル家の一員だと自覚した。

レネは社交辞令が得意なお貴族様だ。君が必要と言ってくれたけど、それが真実か否か、本心ではどう思っているかはわからない。でも期間限定でもリリベットは彼の妻で共闘者なのだ。

（大切なのは、今、私自身がどう思っているか）

だから言った。

「……今からでも、学ぶの間に合う？」

「え」

「詳しく教えてほしいの。魔導のこと」

3

「今、解明されてる魔導の力には、大まかに言って三種ある」

邸に戻ると、さっそくレネが魔導について講義をしてくれた。

一つは魔物を介する力。

高位の魔物などと契約し、その魔力を使う。フシュたち使い魔を扱うのはここに属する。うまく高位魔物を呼び出し契約できればそれが持つ膨大な魔力を利用できる。瞬時に場所を移動したり天候をも操ったり。お伽話に出てくる魔法のような力を人も使えるようになる。今のところ、一番、破壊力がある力だ。

もう一つは一族、もしくは個人に固有の特異能力。

ドラコルル家の退魔能力など生まれつき持つ力のことで、何故そんな力があるのか、何故その一族にしか力を持つ者が生まれないのかなど未知の部分が多く、いまだ研究途中にある力だ。

そして最後の一つは、人工的な魔導の技だ。

天文学や錬金術、薬学などを含む人の手で再現可能な力を指す。一見、お伽話のように見える現象でも観察し、法則を解き明かすことで人の技術として再現する。異能を持たない人間でも使える力で、こつこつと探求と実践を繰り返す根気のいる、だがやりがいのある分野だ。

「いくつかの術式と薬品を付加することで一見、何もないところに炎を生じさせたりするんだ。今では普通になされている技も昔はお伽話でしかなかった。この分野は僕が得意だよ。家を継ぐことになる前は、魔導士として身を立てるつもりで知識をため込んでたから」

レネが言う。リリベットの母が使っていた魔物と意思の疎通のできる旋律も一族固有の特異能力かと思っていたら、レネ曰く、これにあたるらしい。

「旋律は僕でも再現できそうだから。僕にはアレクサ家の血は入ってないだろう？　再現できる奴が今までいなかったのは芸術的感性に左右されるからじゃないかな。先天的な才能（センス）も必要だろうけど、特異能力には含まれないと思う」

教わった魔導の力を紙に書き留め、リリベットは眉間（みけん）にしわを寄せる。こうしてみると園遊会で絡まれた時の自分の受け答えがいかに稚拙だったかがよくわかる。

（ドレスの修復なんて、高位魔物の力を借りないとできないってことじゃない。あの時にこのことを知っていたら、あの人たちに対抗できたのに）

悔しい。それ以上に無知で学ぼうとしなかった以前の自分が情けなくてしかたがない。

「いいんじゃないか、君が魔導の技を何も知らないって思わせといたほうが相手の油断を誘えて。下手（へた）に手の内をさらして対応策を立てられるよりいいよ」

レネはそう言ってくれるが、悔しいものは悔しいのだ。

「そんなに悔しいなら競技本番で堂々と魔導を使ってぎゃふんといわせてやれば？」

「そうしたいけど今から学んで実践的な魔導の技を身に着けられる？　そもそも私って競技で戦力になれるの？　魔物を操れるといっても私の旋律には強制力もないし」

言うことを聞いてくれる団の魔物を使い魔名目で連れていくしかないが、それは無理だ。

「男爵様がどう伝えたかわからないけど、団の魔物たちは戦ったりするのに向いてないの。樹木の魔物たちなんか十メルトル歩くのに半刻くらいかかるのよ。攻撃されても避けられない。

他の子たちも小さいし魔力もないし怪我しちゃう。連れていけない」

「そのことなんだけど。実はリジェク兄様のとこのミア義姉様っておもしろい力を使えるんだ」

これは秘密なんだけどと、レネが教えてくれた。ミア夫人は元聖域育ちの聖女候補様で、特異能力持ちの女性なのだとか。魔導貴族でもないのに、なんと〈魔物の器〉を作れるそうだ。

「もともと魔物ってのは人にとっては魂にあたる〈魂核〉だけの存在で宙を漂ってるんだ。それだけだと脆くてすぐ砕けてしまうから周りに己を守る肉体としてのメラムを纏う。で、自力でメラムを纏えない魔物がメラムの豊富な果実とかに取り憑くんだ」

レネが紙に簡単な図を描いて説明してくれる。彼は絵もうまかった。

「で、おもしろいのはミア義姉様が好きな形に魔物の器を作れるってことなんだ。そしてそれを動かすために一つの器に複数の魂核を宿らせることもできる」

「それって……」

「そう。君と親しい魔物の魂核に一時的に今の器から出てもらって、ミア義姉様の作った器に宿り、動かしてもらうこともできるんだ。戦わせるのが嫌っていうならそれでもいい。炎を使うとか攻撃系の魔導なら僕が使えるし、君の魔物たちには移動用の足になってもらえたらすごく助かる。僕の注意をすべて防御と攻撃に向けられるわけだから」

ミア夫人の器に取り憑いた魂核は、用が済めばまた元の器に戻ることができるらしい。

「じゃあ、男爵様が『連れてこい』って言ったのは、このためだったの？」

魔物たちに非道なことを強いるためではなかったのだ。

野ですら生きられない魔物たちでも、力強く動ける器を作ってもらえば戦力になる。競技が終われば元の器に戻れるなら、彼らが傷つく悲劇だって避けられる。

「それ、すごくいい！　それなら私でも皆に手伝ってってお願いできる！」

「だろう？」

レネがリリベットの両肩に手を置き、じっと目を覗き込んでくる。

「自分の価値が、わかった？」

「……はい」

「もう僕と離縁したいなんて言わない？」

「はい」

答えると、よし、というようにレネが目を細めて笑った。

その笑顔に、どきりとした。ふざけて甘く笑いかけてくる時より眩しく感じて、同じ歳なのに頼もしく見える。

丁寧に丁寧にリリベットの不安を解きほぐして励ましてくれた彼。お礼を言いたい。そういえば園遊会でかばってくれたことにもまだ何も言っていない。

「……あの、ありがとう」

「は？　何、いきなり」

「助けてもらったのに、お礼言ってなかったから。今、励ましてくれたのと、魔導について教えてくれたことも。それに園遊会でかばってくれたこともありがとう。すごく嬉しかった」

「な、ここでそんなこと言う!?」

リリベットが礼を言うとは思っていなかったのか、いつも余裕のレネが珍しく虚を突かれたような顔をする。そしてあわてたように言った。

「あ、あんなの助けた内に入らない、というより君はドラコルル家のために頑張ってくれてて、だから僕があああするのは当たり前で、だからいちいち礼なんか言わなくていいんだよ。あれは僕がやって当然のことで、君は当たり前って顔してればいいだけなんだから」

言っていて恥ずかしくなったのか、レネはそのままぷいと顔を横に向けてしまった。

口ではいろいろ言うが目の前の弱者を本能的に守ってしまう人なのだろう。姉のルーリエ妃も実家のことを気遣っていたし、義父のベネシュもよく心配げに柱の陰から覗いている。優しい血筋なのかもしれない。

自然に人をかばえる彼。その肩は男の子らしく広く、頼もしくて、リリベットは彼の美貌部分以外にも見惚れた。彼の傍にいることが誇らしくて、その姿をずっと見ていたくなる。

「……私、あなたの顔以外も好きかも」

「…………今さら言う？　しかも本人に向かって直接」

レネに思い切りあきれられた。だがあきれつつも、やはり彼は優しく合理的だった。

その夜、リリベットの部屋に魔導の入門書と言うべき本の差し入れがあった。「きちんと勉強して戦力になること」とカードまで添えられている。

それだけではない。彼は育児で忙しい間を縫って、毎日、リリベットに魔導の基礎の個人授業をしてくれるようになったのだ。


そうして、赤ん坊たちの世話以外でもレネとの距離が縮まった、ある日のことだった。

リリベットがレネに呼ばれて玄関ホールまで下りていくと、扉の脇（わき）の、訪れた客人の名刺や届けられた手紙などを一時的に置く卓に大きな箱が置かれていた。

美しくリボンがかけられた有名仕立て店の紙箱だ。開けると一着のドレスが入っていた。傍らには紫の薔薇の花束と、瀟洒（しょうしゃ）な金枠のついたカードが添えられている。

〈どうか社交界を嫌いにならないで。そしてまたその美しい姿を見せてほしい。

――可憐な銀髪のお嬢さんへ――〉

送り主の名前は書かれていない。だが侯爵からだとすぐにわかった。

淡い銀に輝くサテンのドレスは小さな真珠の粒と薔薇の蕾の造花がついているのが愛らしい。サイズ直しが必要ならこの店へ、と人気店だという仕立て屋の連絡先まで書かれている。

「……どうして私にドレスが贈られてくるの？」

思わず声に出す。レネが渋い顔になった。

「主催者だったから私が絡まれたことを気にしてくれたのかしら。返した方がいいよね」

「……いや、せっかくの贈り物だ。つき返すなんて失礼をしない方がいい。あちらにすればこれくらいたいした出費じゃない。それよりどう返礼するかだ」

令状だけにするか、改めて二人で挨拶しに行った方がいいか。

「侯爵の腹が読めないから、どちらもリスクがあるな」

リスクと聞いて、リリベットはうめいた。また弱気の虫が騒ぎ出す。

レネに聞いてドラコルル家も侯爵とは気まずい間柄だということはわかった。が、リリベットが侯爵に恨まれているかもしれない事実も消えてはいないのだ。

(対応を失敗して、今より侯爵様の心証が悪くなったらどうしよう。やっぱり私のせい？)

大好きな母だが、今だけはその奔放さに苦言を呈したい。

「……また、自分のせいでとか考えてるんだろ。離婚した方がいいんじゃないかって」

図星だ。勇気づけられたばかりなのに自分が情けなくて彼を正視できない。

ため息をついたレネに前と同じに肩に手を置かれて顔を覗き込まれた。あわててそらせる。

「リリベット、こっちを見て」

「……ごめんなさい。今は無理なの。大丈夫、時間をもらえれば自力で立ち直れるから」

「駄目。今、僕を見て。でないと悲鳴を上げるまで君のことからかうぞ」

それは嫌だ。それでもためらっていると、ほら、と頬に手を添えて彼のほうへと顔の向きを変えられた。彼の白いシャツで覆われた胸が目の前にあって、彼がリリベットの顔を覗き込んでいるのがわかる。同じ歳でも彼の方が男の子だから背が高い。

ぼんやりそんなことを考えていた時だった。髪に熱を感じた。

それから、額に何か温かなものがふれる。

「え……?」

やわらかな、温かなもの。レネの唇だ。

それはすごく自然なしぐさで。レネも意識していなかったのだろう。顔を離してから、はっとしたように言った。

「ふ、夫婦の演技だから。君を励ましてさっさと落ち込みから浮上させないと、フシュたちの情操教育上よくないだろ。一応、僕たちはあいつらの親なんだから」

「そ、そうか、フシュたちのため、ね」

夫婦でなくとも、落ち込んでいる相手の額に口づけるくらい親しい間柄なら普通にすることだ。ましてや恋愛遊戯慣れしたレネからすればこれくらいの接触は日常茶飯事だろう。

だが、彼の顔を見ることができない。レネも何故か動かない。何も言わない。

気まずくて、でもどうしたらいいかわからなくて困っていると、ある物が目に入った。

「あ」

「え？」

傍らの花台に置かれた花瓶の陰から、キノコ魔物が一体、真っ赤な傘をのぞかせていた。水気と日陰を求めて邸に入り込んでいたらしい。

じーっとリリベットたちを見つめている。

（い、嫌っ、さっきの、見られたの?!）

は、恥ずかしすぎる。真っ赤になったリリベットはあわててレネから離れた。意味もなくキノコ魔物に手を振って弁明する。

「な、何でもないの、えっと、彼が言った通り、ただの夫婦の演技だからっ」

「その通り。さあ、僕はフシュたちのところに行くかな。子守りを父様と交代しなきゃ」

レネも何故か屈伸体操をしながら背を向ける。

「私もえっと、何か仕事を……。あ、このドレス片づけないと。じゃあ、これは保管ということでいい？　あ、他にも招待状がいっぱい来てるのね。手伝えたらいいんだけど」

ドレスが置かれていた卓は、執事が受け取った書状や贈り物を並べて主の裁可を待つ、玄関ホール脇の受付テーブルだ。ドレスの他にもたくさん手紙が置いてある。

手紙の仕分けや返事書きはレネの仕事だ。貴族社会に疎いリリベットはまだ手伝えない。

手紙をチェックするのに邪魔なドレスの箱を片づけようとして、リリベットは積まれた手紙の束を崩さないようにと、何気なく手を伸ばした。その時だった。

レネが振り返って、「触るなっ」と止めた。

「え？」

その声とほぼ同時だった。中の一通が、ぼっと炎を上げた。金色の蛇のように、炎がリリベットの腕を這い上ってくる。

「き、きゃああっ」

「ちっ、炎の魔導陣を仕込んであったかっ」

レネが簡易の魔導陣を空間に描き、傍らの花瓶をつかむ。

「リリベット、目、つむっててっ」

レネが水を宙に撒いた。彼が宙に描いた術式に反応して、水が網のように動いてリリベットに絡みつく。腕にまとわりついた炎を包み込み、宙へ消える。

「リリベット、火傷した？」

「だ、大丈夫。ドレスの袖が駄目になっただけ……」

ごめん、とレネがリリベットの手を取った。

「うちは使い魔が敷地内にいるから、他家に比べて邸内の魔導を抑制する陣の力は弱いんだ。

なるべく排除するようにしてたけど、この手の手紙にはお祝いの守護魔導陣をしこんであるのもあって、どうしてもすり抜けるものが出てくる」

あ、と思った。団の魔物たちがドラコルル家に到着した時、「本館は危険だから」とレネが言ったのは、フシュたちの癇癪を警戒したからだけでなく、こういう手紙が届くからだったのか。レネは不安を与えないように黙っていたのだろうが、また一つ、自分の無知が露わになる。

「……こういうことってよくあるの？」

「まあね。命を奪おうとまでは思っていないただの嫌がらせなら」

「このレベルで嫌がらせ？　レネが防いでくれなかったら火事になってたかも」

「でも、防げるレベルだっただろ？　簡易の魔導陣で消せる炎だった。……本番じゃこれくらいですまない」

そんな危険な競技にレネは特異能力も使い魔もないままで挑まなくてはならないのか。

(もしかして、だから？　あんなに真剣に私の旋律を書き留めてたのは)

フシュたち使い魔に頼らなくてすむ対抗策としてリリベットの旋律を使えるかもと思ったからでは。残念ながらあの旋律に強制力はない。

(だけど、もしかしたら、あそこへ行けば)

思いついたことがある。いや、もともと契約期間が終われば行こうと思っていた場所だ。

リリベットは花台から転がり落ちたキノコ魔物を手に乗せつつ、言ってみた。

「あのね、一緒に来てほしいところがあるの」

もしかしたら、何か打開策が見つかるかもしれない。

4

母の実家、アレクサ男爵邸はドラコルル邸から二区画ばかり離れた、同じ貴族街にあった。

ドラコルル家より規模は小さいが美を重視するアレクサ家の館だけあって、薔薇蔓（つる）意匠の門扉といい、飾り枠がついた窓といい、美しくも品のよい邸だ。

リリベットはレネとともに男爵邸を訪問していた。目的は母が娘時代に書いていたとリリベットに語ったことのある日記を見ることだ。

リリベットはレネに自分の推論を語って聞かせた。

「私が吹いた犬笛の旋律に魔物たちが従ってくれるのは仲がいいからだけど、もしかしたら強制的に魔物を従える歌もあるかもしれないの」

旅をしていると、時には危険な魔物と遭遇することもあった。そんな時は団長と母が前に立ってくれた。団長が剣で牽制（けんせい）している間に母が歌と竪琴（たてごと）の音色で魔物を鎮め、追い払う。そんな場面が何度かあった。

「あの時は単純に、母は音曲の演奏に優れていたから、魔物も感じ入って去ったんだと思ってたの。だけど本当は違うのかもしれない。そう、この国に来て思ったの」

美に特化した感性を魔導に生かしているアレクサ家。男爵は知らないようだが、母は独自に歌を使って魔物を操る方法を研究していたのかもしれない。

「それがわかれば、使えるかもしれない。あなたなら」

レネの場合、声の質が変わるだけで、歌唱技術が失われるわけではない。聴くだけで魔物に語りかける旋律を再現して見せた彼だ。新しい声に合う何かを見つけられるかもしれない。

男爵に相談してみると、幸いなことに母がつけていた研究日誌などは知らないが、娘時代の日記は残してあるそうだ。母子なのだから見る資格があると、閲覧も許可してくれた。

「当時、姉に仕えていた者がまだ何人か残っている。後でよこそう」

レネの声変わりの部分だけぼかして事情を話すと、男爵は母が使っていたという部屋に案内してくれた。驚いた。当時のまま綺麗に掃除もされて残されている。

「日記の類はたぶん、この棚にあるものだと思う。私は他にも何かないか書庫の方を調べてこよう。姉はよく書庫にもこもっていたから」

自分がいると探しにくいと気を使ったのか、男爵はレネと二人にしてくれた。

リリベットはそっと棚に手を伸ばした。娘時代の母の香りが残っている気がする。一冊、抜いて広げてみる。母の日記は少し色あせていた。表紙には飾り文字で年号が描かれている。

綺麗な字が並んだ紙面を見て、レネがためらう。

「さすがに家族でもない僕が女性のプライベートを見るのはよくないな」

「でもこれ、魔導の研究経過らしいことも書いてある。私じゃよくわからない」

日記には母の字で、甘酸っぱい恋のポエムから小難しい化学式に薬品名、ふと思いついた旋律に、もらった小遣いの使用予定までがごちゃまぜに書いてある。レネが突っ込んだ。

「……非効率すぎるだろう」

「うちの母、感性で生きてる人だったから」

これは恥ずかしいがすべて読むしかない。春は庭いじり、夏はピクニック、秋には郊外の森へ行ってキノコ狩り。冬は領地に戻って大きな四角い暖炉のカムナの上に寝そべり栗を焼く。

日記の字をたどると、幼い、貴族令嬢としての母が生き生きと動き出す。

〈領地から持ち帰った毬栗を書斎の暖炉に放り込んで本を読んでたら弾けて火を噴いて、お父様がコレクションしてるリュートが焦げちゃった。内緒にしとかなきゃ。てへ〉

（母様、自由すぎ！）

母はこんな風にこの邸で子ども時代と娘時代を過ごしたのだ。そして恋に落ちた。家を捨て、駆け落ちを決意するほどの恋を。

だが不思議なのだ。母の日記兼研究日誌には許嫁だったという少年のことは出てきても、どこにも父の記述がない。『弟の友達が遊びに来た。巻き毛の美少年ベネシュ君。年の差を超えた友情も素敵』と、若かりし頃のベネシュ義父まで出てくるのに。

レネがつぶやいた。

「うわ、雇い主の家庭も遠慮なしか。侯爵の記述まであるな」

〈今日もまた婚約者のエリザベータ様と喧嘩したらしい。またうっかり礼儀知らずなことをして、しっかり者のエリザベータ様にたしなめられたのが原因っぽい。それならいつものことだけど、そのあと反論してコテンパンに論破されて、捨て台詞(ぜりふ)を残して酒場へ直行、意識がなくなるまで飲むのは美しくないと思う。今日は寝ずの番で残っていた侍女が私だけだったから家令さんと二人で酔いつぶれた彼を寝台まで運ぶ羽目になったわ。侯爵家の皆は早く結婚してエリザベータ様が坊ちゃんを躾け直してくれることを期待してるけど私もそうしてほしい。こんな力仕事ばかりさせられたら腕に変な筋肉がついてしまうわ。美しくないったら！〉

今の侯爵からは想像できない、若かりし〈お坊ちゃま〉のエピソードだ。

「……わからないな、女心って」

レネがぽつりと言った。

「表紙の年号を見ると、侯爵のもとへ侍女として上がった最後の一年のものはないみたいだから、そのころに君の父君と出会ったのかもしれないけど。ここにあるのを読んでるだけだと君の母君は許嫁だった彼と相思相愛だったみたいに見える」

「うん、私もそう思う」

どういう縁か、母の許嫁はヴァスィル家の少年だった。ドラコルル家と同じく四大魔導貴族家の一つで、侯爵の園遊会で会ったレネの幼馴染ミハイルと同じ一族だ。

すでに家族ぐるみのお付き合いで、二人でいると家族が目のやり場に困るほど熱々だった様子が日記の端々からうかがえる。これで何故婚約破棄になるのかとレネも首をかしげる。

「ヴァスィル家の男は脳筋馬鹿が多いのが欠点だが、一途だ。心変わりや浮気はあり得ない。ただ、あの家の男は野生の本能で生きてるところがあるから、アレクサ家の家風とは真逆だ。そこらがひっかかって破局でもしたのかな」

ヴァスィル一族は東の高原に住む戦闘馬鹿の戦闘民族、もとい、騎馬民族らしい。

うーん、と頭を抱えていると、老執事が炭酸水にラズベリーを漬けた冷たい飲料、マリノフカを持ってきてくれた。すっきりした酸味と甘みが疲れた頭をシャキリさせてくれる。

話しかけると昔からいる執事だというので、聞いてみる。

「侯爵邸に上がってからの最後の一年の母の日記はないの？」

「お嬢様はこの国を去られる直前の日まで日記をつけておられたようですが、出奔前に侯爵家に置かれていた物はすべて破棄されたとお聞きしました。……駆け落ち先を特定されないようにでしょう」

恋に落ちたであろう侍女時代の最後の一年間。そこにはきっと父のことも書かれていた。

父は流れの楽師兼ナイフ投げの名人だった。男爵令嬢の母とは接点がない。美しいもの好きの母はどこかの劇場に音楽でも聴きに行って、そこで父と会ったのだろう。なら、日記から劇場名が知られれば、音楽の同業者つながりでヴァルキリー巡礼聖技団までたどり着いてしまうかもしれない。だから母は処分したのか。父との思い出の詰まった日記を。

（あれ？　なら、どうして男爵様は私を探し当てることができたの？）

ふと思う。母が手紙でも出したのか。いや、それならもっと早くに男爵が迎えに来ただろう。

謎だ。だが困った。ここにある日記には肝心の、母が魔物に歌って聴かせた強制力のある歌に関する記述が一つもない。


成果が出ないまま夜も更けた。もう遅いから泊まっていけと男爵に言われる。

「でもフシュたちが」

「さっき使いを送った。ベネシュ殿が今夜くらいは面倒は見ると言ってくださった。君が預けた子守り魔物たちもいるしルーリエ妃の飴もある」

疲れている若夫婦に一日くらいは休みをと、二人の父親が気遣ってくれたのだろう。

（だからって。一緒の寝室に案内されるのはちょっと……）

男爵が用意した客室は、続き間の前室があるとはいえ寝台は一つの夫婦で使う部屋だった。

「……偽装の契約夫婦だっていうこと、男爵様は知ってるはずなのに」

「いいよ。寝室は君が使ったら。僕はここで寝るから」

続き間になった前室の暖炉の前ではレネがすでにくつろいでいる。

「あー、フシュたちのことは気になるけど、一晩だけでも子どもがいない邸に泊まれるなんて、独身時代に戻れた気がする。贅沢だ。大人の休日って感じだな」

大陸北方に近いシルヴェス王国では、夏でも炎が恋しくなることがある。明かり代わりにか、暖かな火を入れられた暖炉の前で、レネはごろごろと敷物の上を転がっている。

部屋の割り当てに文句はないようだ。なので、リリベットも、まあ、いいか、と受け入れることにした。一人だけ意識するのも馬鹿馬鹿しい。

落ち着いてみると、気持ちのよい部屋だった。近くの邸で夜会を開いているのか、風とともにつかの間の夏を楽しむ人たちのざわめきが流れてくる。この国に来て赤ん坊たちのいない夜など初めてだ。レネと二人だけだと間がもたないかなと思ったが、執事が気を利かせてくれたのか、前室のローテーブルには飲み物とつまみが置いてあった。

丸いゆでパンに砂糖がかかった見慣れないつまみがあったので食べてみると、中にはイチゴが丸ごと入っていた。甘酸っぱくておいしい。レネに聞くとオヴォツネークネドリーキというらしい。燻製肉を入れたクネドリーキスマセムというものもあるそうだ。

「あー、昼間、感性使いすぎたからお腹がすいた」

レネもやってきてつまみをつまむ。頭や体ではなく、感性、というところが気まぐれな芸術家肌のレネらしい。さすがは成長期の男の子、夕食を食べたばかりだというのに、甘い物よりがっつり食べたいのか、酢漬けのチーズやニシンにスライスした玉ねぎと大きな真っ赤な唐辛子をのせた物を食べている。

「辛くないの？　その唐辛子」

「全然。食べてみる？　ほら」

差し出されたので一口かじってみる。うん。全然辛くない。さっぱりしていておいしい。

彼の食べかけを食べてしまったことに気がついたのは、咀嚼して飲み込んでからだった。思わず、ぐっ、と妙な声が出る。ぷっとレネが笑った。

「タラッラ、って？」

喉を詰まらせた音を、音階にしてからかってくる。

「違うわ、タラーラ、よ」

負けじとアレンジして見せると、レネが調子にのった。残りのオヴォツネークネドリーキを口に放り込むと、傍らに置かれていたヴァイオリンを手に取る。

二人で食器の音や即興で作ったチーズの歌を奏でる。思い切り笑って歌って、息の弾んだ体で床に大の字になる。本当だ。感性を使うとお腹がすく。

くすくす笑いながらレネが差し出したオヴォツネークネドリーキをパクリと一口で食べる。

「不思議ね。旅の途中で食べた唐辛子は小さなかけらでもすごく辛かったのに」

「土地柄かな。僕は料理はしないけど、ルーリエ姉様は林檎(りんご)でも産地や品種にこだわってた。

ミア義姉様に言わせると同じ薬草でも生えてる土地によって効能が違うって」

「そうなんだ。私、いろんな土地を巡ったけど、その土地のものをその土地の料理法でいただくだけで、深く考えたことなかった」

レネの言うミア義姉様とは、ドラコルル家長兄リジェクの妻で、遠い西方にある聖域から嫁いできた人だそうだ。薬師でもあるとかで、薬草にも詳しいらしい。

(やっぱり、ドラコルル家ってすごい人ばかりよね)

圧倒される。競技会の日は近づいている。雇われ嫁として彼女たちの穴を埋めなくてはならないのだ。役目を果たせるか不安になってくる。

「また、暗い顔になってる」

ぽん、とレネが頭に手を置いた。

「ま、気持ちはわかるけどさ」

そう言うと彼は置かれていたデカンタから酒を注いだ。スリヴォヴィッツというこの国のお酒で、スモモから作られているらしい。スモモなら甘いのかなと思って味見させてというと、蒸留酒できついから駄目と言われた。レネは酒には強いらしい。

彼が飲んでいる間、暇なので起き上がって部屋の中を歩いていると、母の肖像画があった。

「ふ、ん。確かに似てるな、君と」

眺めていると、レネもやって来た。一緒に絵を見上げる。空色のドレスを着て笑っている母は元気いっぱいで幸せそうだった。

「日記や部屋もそのままだったけど、絵も捨てなかったんだな、この家の人は」

レネがそっと絵に触れて言った。

「いい家族だったんだ」

すべてをそのままに。大事な家族がいつ帰ってきてもいいように。あんな醜聞を犯したが母は実家の皆に恨まれてはいなかったのだ。それどころか会いたいと思われていたのではないか。

そして日記を読んだ後だからわかる。母も男爵を、叔父を愛していた。そして叔父も母のことを慕っていた。仲のよい家族だったのだ。なのに離れ離れになってしまった。

(母さんは男爵家から迎えが来て、和解できる日がくるのを待ってたのかな……)

だがリリベットはそんな男爵家の人たちのことを、迎えに来てくれるまで考えもしなかった。団の皆だけが家族だと思っていた。なんと薄情だったのだろう。

「私、もっと早くに母さんのことを知りたいって思わないといけなかったのかもしれない」

自分のルーツを探して、せめて母が病で亡くなる前に祖母たちに会わせられなかったのか。自分は馬鹿だ。母がいなくなった後も独りぼっちだと自分を憐れむだけで、母の過去を知ろうとすらしなかった。

男爵邸に漂う空気が心に沁みて目を伏せると、レネが背後からそっと抱きしめてくれた。

「……恥ずかしいから、慰めてくれなくてもいいから」

「慰めてるんじゃない。ただの夫婦の演技の練習。仲良しの真似。それならいいだろう」

「…………酔ってるの？」

「かもね」

だから、とレネが言った。

「多分一眠りして明日の朝になれば。君が何を言ったかなんて覚えてない」

それはつまり、忘れるから吐き出したいことがあれば吐き出しておけということで。

それでもためらうリリベットに、レネが言った。

「家族のことであすればよかったとか悩むのなら、僕だってそうだよ」と。

◇◆◇　◇◆◇　◇◆◇

ためらうそぶりを見せるリリベットに胸が騒いで、レネは言った。

僕もそうだよ、と。

彼女の能力を最大限に引き出すには、彼女の心をいつもの前向きな状態に戻さなくてはいけない。彼女は楽しんで歌っている時が一番輝いているから。

そんな都合が脳裏に浮かんだからだろうか。柄にもなくレネは彼女を慰めたいと思った。

昨夜、フシュたちを寝かしつけている僕に彼女が交代に来た時のことを思い出す。二人で並んで、眠る赤ん坊たちを見た。そのまま自分だけ他の部屋へ移動するのがおっくうになって、彼女が勧めるのにも抗って同じ寝台で寝た。瞼が限界になるまで彼女と赤ん坊たちを眺めた。

あの時の和やかな時間、彼女のことを金目当てで来たと思った自分が恥ずかしくなった。

「その、ごめん。君に最初、きついことばかり言って」

償いをしなくてはと自然に思えた。

「君にだって事情があるのに知ろうともしなかった。そのうえで誤解したままきつくあたった。公平じゃなかった。ごめん」

優しすぎる家族の中で一人、言いたいことも言えず悩んでいる、それならレネにもわかるから。

姉の嫁入りのことだ。賛成していたわけじゃない。

姉が苦労をするのが目に見えていたし、何より姉がいなくなれば自分がこの家を継ぐことになる。兄弟の中でただ一人、使い魔を持たず、いずれは特異能力も消えるとわかっている自分がだ。代々続くドラコルル家をつぶしてしまうかもしれないと思った。

だが嫌だとは言えなかった。引っ込み思案だった姉がやっとつかんだ幸せだ。

すると姉は大切な使い魔を四柱とも自分に託した。ウシュガルルなど、生まれた時から姉と一緒だった魔物なのだ。ただ一人、味方のいない王家へ嫁ぐことになった姉がウシュガルルだけでも連れていきたいと思っていたことを知っている。

なのに残してくれた。だからよけいに何も言えなくなった。そうしている間にいつの間にか魔導貴族家同士の足の引っ張り合いどころか侯爵家から勢力争いまでふっかけられていた。

背おえるかと怒鳴りたくなる時もある。が、それができる性格でもない。ついでに、少し頑張れば背負えてしまえるだろうなという自信もあった。

(だから……この子の気持ちが完全にわかるわけじゃないけど)

それでも彼女が元気がないのは嫌だった。できる手段なら何でも使いたいと思った。

レネは温もりを分け与えようとリリベットの手を取る。重なった二つの手はままごとの夫婦のものそのものだった。なんだか不満で、顔を上げると近いところに彼女の顔があった。

夏の薄闇の中にぽっと灯った道しるべのような唇が目について。

気がつくと、口づけていた。

前にしたように額へではなく、唇に。

ふれたと気づいた時にはもう離れている、軽い接触だったけど。

「え……」

彼女が目を見開いて見返して、レネはやっと自分が何をしたかに気がついた。

(なんだ、これっ?!)

はっとして自分の口を両手で押さえる。誰かと口づけるのは初めてではない。こんな唇をつけるだけの軽いふれあいなど、家族や友人でもあたりまえにするもので、口づけのうちにも入らない。だが自覚もなく、気がついたらしていた口づけなど初めてだ。

頬が火照る。頭の中が混乱する。いや、そもそも何故、自分は彼女にふれたのだ。フシュが飛んだのを二人で見て手を取り合った時以来、自分の彼女への感覚がよくわからなくなっている。だから必要以上に近づかないように気を使っていた。なのに侯爵邸の園遊会で離れた隙に彼女が危害を加えられてから、どうにも自分の言動に制御がきかなくなっている。

「だ、大丈夫、〈家族〉の口づけだから。恋人同士のには換算されないから」

柄にもなくあわてながらそれらしい答えを探して口にする。だがそれは彼女を〈家族〉と認めたという言葉でもあって。

余計に混乱したレネはリリベットの肩を持ち、くるりと反転させた。今の自分の顔を見られないように強引に寝室との境の扉まで押していく。

「さ、寝よ」

リリベットを寝室まで送ると、暖炉の前に戻って置かれていた長椅子に寝転がる。彼女に背を向けて言う。

「君も早く寝なよ。明日からはまた子育てという名の戦場が待ってるんだから」

おやすみ、と声をかけてから頭から毛布をかぶった。が、レネの混乱は収まらないままだった。隣室の甘く、優しい気配がどうしても気になってしまう。

レネは胸が空になるほど深いため息をついた。

（本当、なんだよ、これ……）

父親たちがゆっくり休めるようにと気遣ってくれたお泊まりだ。が、今夜はいつも以上に眠れない夜になるだろうと。レネは思った。

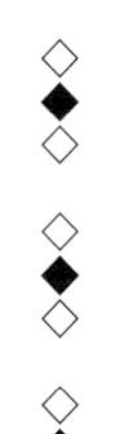

レネに寝室に追いやられて、リリベットはしばらくその場に立ち尽くした。それから、くてくてと床に座り込む。

（キス、しちゃった）

期間限定の雇われ嫁なのに。

レネは落ち込んだリリベットを慰めようとしただけだ。だから彼が言う通り、これはいわゆる恋人の口づけには加算されない。家族のふれあいだ。

（だけど……）

同年代の異性と触れたのはこれが初めてだ。体中が熱い。

夜着の襟元をパタパタ動かして風を入れたが、ほてりが去らない。彼からやっと〈家族〉と認められて大きく前進したのは喜んでいいのに、うまく心がまとまらない。

（風にあたりたい）

が、レネのいる前室からしか廊下には出られない。振り返って見ると、寝室にはテラスがついていた。そっと化粧着を羽織って外に出る。

テラスに立つと夜風が気持ちよかった。それでも心が乱れたままで、どう鎮めればいいかわからず深呼吸をしていると、自然と口が動いて、母に教わった曲をくちずさんでいた。

リリベットが寝つけない時によく歌ってくれた、子守歌だ。

どれくらい小さな声で歌っていただろう。声をかけられた。

「……懐かしい歌だな」

「男爵、あ、いえ、お義父様……」

隣のテラスに、男爵がいた。リリベットの歌を聴いて、出てきたらしい。

「一応、お前は私の娘、つまり後継ぎだからな。当主の間の隣に部屋を用意してやったんだ。だから当然、私の部屋と隣り合わせということになる。別にお前たちを泊めるのが嬉しかったから近くにいたいとか、心配だったからというわけではない」

聞きもしないのに偉そうに男爵が言って、「寝つけないのか」と聞いてきた。黙ってうなずくと、「自分用に作ったものだが」と手にしていたゴブレットを渡してくれた。中身は意外なことに温かなミルクだった。おそるおそる口に含むと、甘い蜂蜜(はちみつ)の味がした。

男爵邸は邸裏に広がる奥庭に面した窓にはすべて独立し、手すりで隔てられたテラスがついている。その手すり越しに彼と夜の庭園を眺める。ぽつりと男爵が言った。

「……それは姉の好物だった。寝る前のミルクは体を温め、美容にもいいそうだ。小腹がすいたけれど夜に間食をすると太るからと、よく作らされたものだ」

「自分では作らなかったのですか、母は」

「夜中に火を熾したりしたら髪や肌に臭いがつくと言っていたが。本当のところは昼になかなか時間が取れずにいた弟との対話の時間を持とうとしていたのだと思う。……私たち姉弟も早くに母を亡くしたから」

　二人でミルクが温まる間、話をして、そのまま厨房で飲んだそうだ。

「姉は母を亡くした空白を埋めるためか、幼い頃より魔物を友として暮らしていた。その歌も確か、魔物を寝かしつけるために作ったんだ。使い魔として使役するためではなく。姉は美しいものに目がなかったが、同時に〈家族〉にもあふれんばかりの愛を注ぐ人だった」

　男爵が手すりに寄りかかり、ぽつりぽつりと語る。

「……十七年前の件では我が家も大変な目にあったが。姉も恨んでいたろうな。好きな男との結婚を許すわけにはいかなかった私たち一族のことを」

　いつも嫌味な言い方ばかりする人なのに、その時だけは妙に頼りなく、心細げだった。

　母は故郷のことは何も言わずに死んだ。だから何を望んでいたか、実家のことをどう思っていたのかリリベットにはわからない。だがこれだけは言える。

「あの、母は私に実家の悪口を言ったことは一度もありませんでした」

　叔父が顔を上げ。こちらを見る。鋭い眼光にひるみそうになりながらもすべて言い切る。

「母は、恨んではいなかったと思います。あなたたちのことを」

それどころか懐かしげな、切ない目で故郷の空を眺めていた。

　叔父が聞いた。

「……姉は、幸せだったか？」

　はい、と答える。

「母は旅をするのが好きだと言っていました。いろいろな美しい景色が見られるからと」

「……自由奔放だった姉らしいな」

　と叔父が笑った。その顔を見て、リリベットは彼が〈身内〉なのだと、この人は母の弟なのだと心の底から実感した。

「普通、貴族令嬢として育った者が野に下ればその暮らしの過酷さに早々に根を上げるものだ。が、姉は人生を楽しむことを知っていた。いや、もともと巡礼聖技団に興味を持っていた。だから本望だったのかもしれないな。……君は巡礼聖技団の元となった聖女マグダレナはこの地の出身だとする説があるのを知っているか？」

　叔父が目じりのしわを深めて言った。

「聖女は歌を歌いつつ巡礼の旅に出た。その癒しの歌は神への崇拝の念に満ち、魔物すらもが頭（こうべ）を垂れて改悛（かいしゅん）したという」

だから無力なただの娘が今より野蛮で危険だった旅路をまっとうできた。

「姉は聖女の歌が魔物をなだめる韻を含んでいたのでは、彼女もまたこの地の流れを受けた魔導の力を持つ娘だったからではないかとよく言っていた。言うだけでなく研究していたよ。その過程で魔物に働きかける歌を見つけたのかもしれない」

「あの、私たちには今それが必要なんです。他に母が遺した物はありませんか？」

「そのことだが。君が探す前に私もベネシュ殿の力になりたくてな。姉の言葉を思い出して、書庫を調べたことがある」

だが、と男爵が言った。

「何もなかった。あそこには先祖たちが遺した書付がたくさんあるが、歌に関して研究していたのは姉だけで、姉は書庫には自分が記したものは遺していなかった」

「そう、ですか……」

ではやはり手がかりはあの日記しかないのか。

（でも、それならもう一つの、予知の力の方は？）

母の遺言があるからまだレネには打ち明けていない。が、彼から受けた魔導の講義からすると、あの力は誰からも教えられることなくリリベットの身の奥にあったものだ。血筋による一族由来の特異能力になるだろう。なら、書庫にあるというアレクサ家の先祖の書き残したものを見れば、誰かその力を磨く方法を研究した人の記述が見つかるかもしれない。

そっと男爵に聞いてみる。

「書庫を探されたのなら、アレクサ家にある力について書かれたものなどはありませんでしたか？　ドラコルル家の退魔能力のような、たとえば……未来が見える力があったとか」

「それはないいな」

が、あっさり否定される。

「我が家に四大魔導貴族家が持つような異能はない。魔導技の研究で爵位を得た家だからな」

え？　アレクサ家に、母の血筋に特異能力を持つ者はいない？

（そんな馬鹿な。じゃあ、あの予知の力は何……？）

あの力がリリベットに現れた時、母は息はのんだがそこまで驚いたそぶりを見せなかった。

冷静に力について語ってリリベットを落ち着かせ、誰にも教えるなと言った。

母はリリベットに力が現れるかもしれないことを知っていたのだ。

なのにアレクサ家の力ではないという。

（じゃあ、私の力はどこから来たの？）

――己のルーツを探しに来た国で、リリベットは新たな壁にぶつかった。

第三章　私は、誰……？

1

「私の力って、どこから来たの……？」

その問いは力が血筋由来であるならば、自分はどこの誰か、というものになる。

リリベットはぼんやりと、ペンを持つ自分の手を見つめていた。

母と瓜二つの手だ。爪の形まで似ているとよく言われた。リリベットが母の子であることは間違いない。姿だけでなく声までそっくりで、あの旋律だって再現できたのだから。

だがアレクサ家に特異能力はないという。

（じゃあ、私の力って、父さんから受け継いだの……？）

父は楽師で、勘のいい人だった。幼い頃のうろ覚えだが、器用に空中ブランコやナイフ投げの芸までこなして、素人ながら次に綱がどこに来るか、的がどこに移動するかわかっているような動きを見せた。が、魔導貴族ではない。何の力もない庶民だった。

（あの後、男爵様に聞いた時、こういう特異能力は特定の一族に出やすいけれど、突然、血筋に関係なく現れたりすることもあるとは聞いたけど……）

　錬金術系の魔導用語で、突然変異と呼ばれる現象だそうだ。

「稀にしか起きない現象だが、聖域に集められている〈聖女〉がいい例だな。神の声が聞こえる特異能力で、輩出しやすい血筋もあるが係累に能力者がいなくとも力を得る者もいる」

　と、叔父は言っていた。現にドラコルル家長兄の妻で、魔物の器を作れるという特異能力を持つミア夫人は元聖女候補だが、一族に他にそういう力を持つ人はいなかったそうだ。

（なら、私の予知の力も突然変異？）

　だが、ひっかかる。その言葉では納得しきれない。何故なら母はリリベットのこの力について思い当たる節があるようだった。

　初めてこの力が発現した時、はっとした顔をして、それから怖いくらい真剣な顔になって、

「絶対、誰にも言っては駄目」とリリベットに約束させたのだ。

（あれはどうして？）

　最初、母が沈黙を強いたのは、力のことが知れれば実家に居場所がばれるからかと思った。

（でも同じ不思議な力でも、母さんは魔物と意思の疎通ができることは隠していなかった）

皆の前で歌って魔物を鎮めたりしていた。リリベットにも使うなとは言わなかった。

つまり魔物を操る旋律の力は、ルーア教の教義があるから大っぴらにはできないが、事情があるなら使ってもいいと判断していたのだ。

たぶん、実家の皆を愛していたから。

実家の皆からも愛されていると確信していたから、最悪、魔物のことで素性がばれて実家から迎えが来たとしても受け入れよう、そう考えていたのだと思う。

（なのにどうして予知の力だけは、あんなに真剣な顔で隠せと言ったの？）

血筋によらない突然変異の力なら、知られてもアレクサ家と結びつけられたりしないのに。

わからない。

リリベットはぎゅっと手にしたペンを握りしめた。

と、コツン、と頭に何かがぶつかった。

「君、集中力がなさすぎ。競技はもう十日後に迫ってるんだけど。なめてる？」

レネだ。

ヴァイオリンを構えた格好で、弓でリリベットの頭をぺしぺしと軽く叩（たた）いている。

リリベットの膝（ひざ）ではいつの間によじ登ったのか、フシュとムシュが、頭上をゆらゆら揺れる弓に興味を引かれて『アー』『ブ？』といいつつ手を伸ばしていた。そんな赤ん坊たちを抱き上げて揺り籠（かご）に戻しながら、レネが言った。

「やる気がないなら出て行ってくれないかな。そんな顔で居座られたら僕まで集中できない」

はっとした。そうだった。今は子守りをしつつ、男爵家で得た母が遺した旋律を、何か使えるものがないかと楽器で再現しつつ整理しているところだった。

フシュたちも最近では少し大人になった……というのは言いすぎでまだ赤ん坊のままだが、家の中が落ち着いたことで安心したのか、夜泣きも減り、昼も機嫌よく一人遊びができるようになった。それで一番活動的なウシュガルルだけ団の魔物たちに相手を頼んで、おとなしいフシュたちはそれぞれ隣に置き、あやしながら競技に向けてのおさらいをしていたのだ。

なのに考え事をして聞いていなかった。曲を一小節飛ばしていた。

「あ。ご、ごめんなさい……！」

リリベットはあわてて譜面に向かった。レネのあきれた目が痛い。

◇◆◇　◇◆◇　◇◆◇

レネはため息をついた。さっきから一音も進んでいない。

（もともと何かあると、すぐ一人で抱え込んで落ち込んだりする子だけど）

男爵邸のお泊まりから戻ってからはさらにぎこちない。

（……僕が、キスしたから？）

あのまま一人で寝室に送り出したら、一晩中、眠らずにうずくまっていそうで。ほうっておけなくて、気になって。いつもの明るい顔を見せてほしくて。

　契約が終われば別れる相手だから、必要以上に近づくべきではないとわかっていたのに、気がつくとふれていた。

（……もしかして、嫌だった？）

　あわてて家族のキスだとごまかしたが、さすがに白紙結婚が約束の相手だ。あんな恋人めいたことをしたら、恋愛経験の少なそうな彼女のことだから気にして当たり前かもしれない。

（ああ、もう、どうしてあんなことをしたんだ、僕は！）

　猛烈に後悔する。そして、そんな自分にとまどう。

（何をやってるんだ、僕は。たかがキス一つしただけのことでこんなに気にして）

　幼い頃から周りにちやほやされてきた。皆がレネとのふれあいを求めてきた。だから……こんな風に自分がしたことを後であれこれと考えるなど初めてだ。

　そっと彼女を見る。

　今、目の前にいる彼女は、放っていたフシュたちに、ごめんなさい、と謝りながらあやしている。揺り籠の方に身をかがめた彼女の肩から、さらりと一筋、煌めく髪がこぼれて。目じりを下げてほほ笑む顔はいかにも家庭的な新妻でこの家にもなじんでいる。期間限定の赤の他人とはとても思えない。

いや、どちらかというと彼女の存在が自然すぎて、この光景から彼女がいなくなることのほうがおかしいことだと思えてくる。

(……おかしい、ってなんだよ。ついひと月前までは彼女がここにいないことのほうが普通だったじゃないか)

つい、妙なことを考えてしまい、レネはため息をついた。くしゃりと自分の髪をかき回す。

(ったく、何なんだよ。いったい)

自分はおかしい。意識を向けるといらつくのに、気がつくと彼女のことばかり考えている。

(他とは違うちょっと変わった子だから?)

その内面が読めそうで読めなくて、気になるのだろうか。

(それとも、この子は全然、僕を頼ってこないから?)

彼女とは競技が済めば円満離婚の予定だ。お互いそのことはよく理解している。だから彼女は決してこちらに寄りかかってこない。一線を引く。

最初はそれが楽で、共闘相手として受け入れた。役割を分担すればきちんと果たしてくれる責任感の強いところも気に入ったし、対等な立場で話せる相手は初めてで、いつの間にか一緒にいる時間が増えていた。

フシュたちのことや旋律のことで知識や思い出を共有するのが楽しくて、世界が広がったような気がした。彼女とどんどん距離が近づいていくのが心地よくなっていた。

彼女もそうだと思っていた。なのに彼女はまた殻に閉じこもってしまった。だから気になって仕方がない。原因は何だと考えてしまう。

（……キスが原因じゃないよな？　あれで僕を警戒するようになったのなら、こんな風に部屋で二人きりになるのは避けるはずだから。やっぱり別に悩みがあるはずだ）

彼女に聞けば済む話なのに一人で延々と考えてしまう。最近の彼女の外出には必ず付き添っている。彼女を一人にしてしまったのは例の園遊会の時だけだ。

（くそっ、てことは、やっぱりあの時絡まれたのが原因か。貴族社会は怖いって。……ちっ、あの時、傍を離れるんじゃなかった！）

あの時、彼女に絡んだ貴族夫人たちの特定は済んでいる。後で絶対、後悔させてやる。

そう、自身の予定に優先事項として書き込みつつ、レネはどうすれば彼女が元の前向きな彼女に戻ってくれるかを考える。頼って来てくれたなら慰めるのは簡単だ。が、彼女は最初に自分が塩対応をしたというのもあって、ゆっくり話し込むなら父や男爵を選ぶ傾向がある。

男爵邸でのお泊まりの夜もそうだった。テラスで男爵と話しているらしき気配がしていた。彼女のプライバシーを気遣って耳をふさいでいたが、何故、あの時、相談なら僕にしろと割り込まなかったのかと、今、猛烈に後悔している。

（一応、夫婦だろう？　それがどうしてあんなおじさんばかり頼るんだ。侯爵のことだって渋くて素敵だったって初めて会った時は褒めてたし。もしかして年上好きなのか？）

夫婦といっても書類上だけだ。競技に出るための肩書で恋愛感情はない。だから彼女が誰に好意をもとうが、離縁後どんな大人の男と再婚しようが関係ない。なのにふと自分の大人というにはまだ細い腕が目に入って、置いてきぼりにされたようで不愉快になる。

そんなレネの心中には気づかず、彼女はさっきまでの深刻な顔が嘘のように、ぷにぷにとフシュの頰をつついて笑っている。

「ごめんね、放っておいて。ふふ、本当に可愛い」

ブー、アブー、と手を伸ばす赤ん坊を相手に「ばあ」とあやしてみせる彼女は本当に愛らしい。彼女の方こそぎゅっと抱きしめて頰をぷにぷにしてやりたくなるほどで、表面上だけでも明るい顔を見せてくれたことにほっとした。いつまでも見ていたくなる。

それでいて、彼女の笑顔を取り戻させたのが自分ではないことに無性にいらだって。

(ああ、もう、だからなんだってんだよ!)

くそっ、と、また髪をかき回したくなった時だった。

執事がやってきて、レネに耳打ちをした。「またか」と顔をしかめる。

イグナーツ侯爵から、リリベットに贈り物が届いたのだ。

「……今日はドレスか。しかも午後のくつろいだ時間に着る、邸内用の」

有名仕立て店の紋が入った大きな紙箱に、レネが氷点下の声で言った。

リリベットは困惑した顔で、その声を聞く。

音楽室まで執事が呼びに来て、侯爵からの届け物がある玄関ホールまで移動してきたところだ。卓に置かれた箱を見たレネが顔をしかめて、リリベットは思わず身をすくめた。

「侯爵は何を考えてこんなものを毎日、送ってくるんだ？　プライベート用のドレスなんて身内か情人でもない限り贈らないものじゃないか。まさか君が昔の恋人とそっくりなのを見て、やけぼっくりに火が付いたんじゃないだろうな。今の侯爵は独身だし、君と歳は離れてるけど貴族ならそれくらいの年の差夫婦は山ほどいるし」

レネの声がどんどん不機嫌になる。無理もない。リリベットも気になって仕方がない。

あの園遊会で出会った時から、侯爵は何かにつけ手紙や花束などを送ってくるようになった。最初は当たり障りなく返事をしていたが、今ではエスカレートして、毎日のようにリリベットの瞳の色に合わせた見事なドレスや宝飾品など、気軽に受け取るのははばかられる高価な贈り物をしてくるようになっている。

「昨日は銀水晶の首飾りで、一昨日は絹と真珠の手袋だっけ？　ああ、もう。フシュたちや競技のことだけで頭が痛いってのに、なんでこんなことまで気にしなくちゃいけないんだよ」

つい、と言うような彼の言葉を聞いて、リリベットはますます顔を上げられなくなる。

侯爵は気まずい関係にあるのに怒らせるわけにはいかないという、ドラコルル家にとって気を使う立ち位置にいる人だ。なのに自分はこの家にいることでさらに関係を複雑にしている。

（なのに私、自分の血筋のことばかり考えて……）

あまりの申し訳のなさに唇を噛みしめたリリベットを見て、レネが言った。

「あ、またそんな顔をして。違うから。別に君に怒ってるわけじゃないから。どちらかと言うとはっきりしない自分に怒ってるっていうか……。いや、やっぱり怒ってるのかな、君に」

「え」

「女の子を相手に強く言う気はないけど、そんな顔を見たら限界だ。悩みがあるんだろう？」

なら、言いなよ、と彼が言う。リリベットの内心などお見通しだったらしい。

くい、と顎を上げて促されてそれでもためらうと、レネが眉間にしわを寄せた。

「言っとくけど、これは別に狭量な男の独占欲とかじゃないから。妻に対する正当な要求だから。僕たち夫婦の連携が乱れれば、フシュたちの成長にも影響が出るし、この後の競技にも支障をきたす。だから僕が説明を求めるのは立場から逸脱した行為じゃないはずだ」

頼るのではなく、情報を共有するだけ。対等な共闘者なんだから。そう言ってくれる彼がありがたい。だがリリベットは言えなかった。怖かったのだ。

（期間限定の嫁だから。戦力にさえなれば私の血筋は関係ないって言ってくれてるけど、それは私がアレクサ家の血を引く母と平民だけど身元がはっきりしてる父の子だからでしょう？）

自分で自分のルーツがわからない。

こんな不安要素を持つ娘だと知れたら、さすがに離縁されるかもしれない。

最初は渋々結んだ婚姻関係だったし、その後は侯爵とのことがあるから離縁してもらえた方がありがたい、そう思っていた。

なのに改めて本当に離縁されるかもしれないとなると、心細くて体がふるえてくる。

(どうして？　だって私、ただの雇われ嫁で)

確かにここは居心地がよかった。誰も魔物を排斥しないし、赤ん坊たちも可愛い。家の人たちは皆、優しくて。

だからなのか？　いつの間にか自分はここにいたいと、せめて競技が終わるまでの契約期間中は、皆と家族でいたいと願うようになっている。

胸が痛くて、切なくて。

耐えきれずに目を背けたリリベットに、レネが言った。

「侯爵のことを気にしてるの？　憎まれて当然なのに、こうして花や贈り物が届くから？」

それもある。だから小さくうなずいた。

レネがため息をついた。くしゃっと髪をかき回す。そして言った。

「……今まで聞かなかったけど、君の誕生月っていつ？」

「え？」

「僕と同じ年齢なのは知ってるけど、どの月の生まれかは聞いてなかった」

「四の月だけど」

言うと、レネが、ちっ、なんだ年上か、と悔しそうにつぶやいた。

「……でも、まあ、計算は合うな。あのさ、侯爵がこんなものを送ってくるようになったのは君を見てからだろう？　もしかして、君のことを自分の娘と思ってるとかじゃないかな」

「え？」

「君の母君が起こした騒ぎは有名だ。僕でも知ってる。あの騒ぎが起こった夜会は秋の収穫祭の時だった。つまり君が四月生まれなら、逆算すると君はもうその頃、母君のお腹にいたことになるんだよ」

どういうこと？　リリベットはレネの顔を注視する。レネが少し目を泳がせながら言った。

「その、言いにくいけど、求婚を断りこそすれ、その頃の母君は侯爵家にいたんだろう？　侍女として。日記を見るとかなり信頼されて侯爵家の奥向きの、主たちに近いところにいた」

それを聞いてリリベットは、ひゅっ、と息をのんだ。

まさか間違いがあったというのか？　母と侯爵が？

(でも、言われてみれば……)

侯爵は初めて会った時すぐにリリベットが母の娘と気づいたようだった。そして彼は確かに、「その髪、まさか……」と言った。それからこちらを見る目が優しくなった。

リリベットの髪は銀。母は金髪で、父は小麦色だった。母には「お祖母様に似たのかしら」と言われていたから、隔世で受け継いだ色だと思っていたが。

「侯爵様の髪色は、銀よ、ね……」

震える声で言う。それに侯爵なら魔導貴族ではないが過去に魔導士の血を入れている。

（その人が特異能力の主なら？　隔世遺伝で私に力が出たっておかしくない！）

父と母は愛し合っていた。自分が父以外の人の子だなんて信じたくない。だが母の日記は父との出会いも含めた、リリベットを身ごもった時期のものは欠けている。

もしそれが故意に廃棄したからなら？

なら、何故そんなことをした？　誰にも知られたくない何かがあったからではないか？

（嫌、そんなの嘘よ……！）

涙がにじんできた。レネがあわてて言う。

「ちょっと待った、勘違いしないで。一人で思い詰めて落ち込むの、君の悪い癖だよ」

君の父親がどんな人かは知らないけど、と前置きして彼が言った。

「僕が言いたいのは、実際問題として君の父親がその楽師だったって人でも、侯爵がそうは思っていない可能性もあるってことだよ」

え？　どういう意味？

「君の母君は侯爵の求婚を断った直後に駆け落ちしたよね？　その時すでに父君の子を身ご

もっていたから、侯爵の求婚をはねつけたのかもしれない。ただ君の母君の日記を見ると、侯爵は泥酔して邸に戻ることもあっただろう？　そして侍女だった君の母君が介抱することも。酔っ払いのあやふやな記憶と夢が混在して、侯爵が君の母君とそういうことになったつもりになってるってことも考えられるってこと」

「あ……！」

リリベットは目を見開いた。それならなぜ侯爵がリリベットに優しくするのか説明がつく。そして何故、侯爵がそんな考えに達してしまったか。それはこの髪色のせいだ。

リリベットが自分と同じ髪色なことに気づき、もしや、と思ったのなら。

「言っとくけど、銀髪なんてこの国じゃありふれてるよ。近いところだと王家の義兄様もそうだし、あのヴァスィル家なんて半数は銀髪かプラチナブロンドだよ。一日中、外を駆け回ってる野生児一族だから、日に焼けて銀髪でも亜麻色かくすんだ灰に見えるけど」

言われてみればヴァルキリー巡礼聖技団のデニス団長も銀髪だった。短く刈り込んでいるからあまり意識しなかったけど。

「……ほんと。そうかもしれない」

「すっきりした？　なら、お茶を淹れてよ。休憩にしよう。僕はハンナからケーキもらってくるから、テーブルの上も空けといて。フシュたちにはミルクだな」

さらりとリリベットの不安を洗い流してくれるレネが格好よかった。

「ありがとう、レネ」

「な、何。改まって」

「私、契約結婚した相手があなたでよかった」

心から思って、彼に言う。彼が一緒でなかったら、とうに心が折れていたかもしれない。

感謝を込めて彼の顔を見上げると、彼が目を見開いた。それから、小さくつぶやく。

「……何だよ、その顔。反則だろう」

言い終えて、レネがはっとしたような顔をした。急に何か重要なことに気づいたように顔を強張らせて、それから、硬直した。

ピクリとも動かなくなる。

あまりにも長い間、動かずに固まっているので、リリベットは心配になった。

「レ、レネ？　あの、大丈夫……？」

肩をゆすろうとそっと手を伸ばすと、彼が、ぱっと、音が出る勢いでリリベットを避けた。

「え？」

呆然として見ると、彼はじりじりとリリベットの手の届かないところまで後ずさった。それから、自分の頭を抱えるとその場にうずくまる。

「ちょっと待て、まさか嘘だろう。なんでこんな、まさかこの僕が本気で……」

「な、何、何なの？　急に頭抱えて、大丈夫？　痛いの？」

「な、何でもないっ。それより早くテーブルの用意しといてよ、お腹すいたからっ」

言うなり、レネが立ち上がって部屋を駆け出していく。顔を一度もこちらに向けなかったからよくわからなかったが、もしかして空腹でうずくまっていたのだろうか。

(そんなになるまで、我慢しなくていいのに)

そういえば最初の頃も限界まで我慢して寝落ちしていたし、レネは何かに夢中になると寝食を忘れるタイプなのかもしれない。

リリベットを広い背でかばってくれたり、悩みを聞いてくれたりと普段は大人なのに、そういうところはまだまだ少年らしくて。

リリベットはついくすりと笑ってしまった。

2

そうしている間にも、競技の日までいよいよ七日を切った。

やっと競技内容が公表されることになり、リリベットはレネと一緒に説明会が行われる、王都郊外にある円形闘技場まで行くことになる。フシュたちはまたまたお留守番だ。おいていかれるのを悟ってぐずりだしたが、お土産(みやげ)を持って帰るからとなだめてベネシュ義父に預ける。

(うう、赤ん坊たちと引き離されるのがこんなに苦痛なんて)

泣かれると満足に眠る時間もなくて疲れるのに、不思議だ。

大事なフシュたちをおいて侯爵もいるだろう席に行きたくないが、出場希望者は説明会の後、正式に参加意思を表明し宣誓書を提出する必要がある。行かないわけにはいかない。

緊張しつつリリベットは髪を結い、ヴェールと帽子で隠して階下へ向かう。

玄関ホールの大階段まで来ると、レネが待っているのが見えた。その姿を見て息をのむ。

今日のレネはライバルが集う場に出向くからか、いつもの夜会や園遊会向けの優雅な貴公子めいた姿ではなかった。きりりとした、騎士のような装いだ。

いつもより装飾を抑えた暗青色のジュストコールがすらりとした彼の体躯(たいく)をいつも以上に際立たせて、髪も後ろに流したところが秀でた額が見えて大人びている。思わず見惚(みと)れて階段の途中で止まってしまったリリベットに、困ったようにレネが目を泳がせた。

「な、何。そんなに見つめて。惚(ほ)れ直したとか？」

「うん……」

思わず言ってからはっとしたが、リリベット以上にレネが反応した。びしりと固まって、それから顔をうつむけると、はあぁ、と肺が空になるような深い息をつく。

「……ったく。そんな反応されたらどう対処すればいいんだ。まだ心の整理ついてないのに」

「え？」

「何でもない。君もそのドレス、似合ってるって言っただけ」

さらっと心のこもらない棒読みでレネがごまかす。

なのに口だけの社交辞令と丸わかりの、取り繕う努力すら放棄したおざなりの態度なのに、何それ、と怒るにはあまりにも眉をひそめた彼の横顔が悩ましいというか、艶っぽくて。

リリベットは拗ねるより、またまた見惚れてしまった。

そんなリリベットの注意を引くように声がする。見ると階段の脇にメイドのハンナに抱かれたムシュがいた。お昼寝前の邸内の散歩中らしい。

いつもと違う装いの〈親〉たちに、ムシュがきょとんとした顔をしている。

その無垢な視線の先には自分だけでなく、悩まし気な顔のレネがいて。

(だ、駄目、無邪気なムシュにこんな顔を見せたらっ)

刺激が強すぎる。リリベットはあわててレネの顔を両手ではさんで明後日の方角に向ける。

「ぐっ、何、いきなり。痛いんだけど」

「その顔、公衆の前でするのは禁止。子どもたちの精神成長上、悪いから!」

「僕の顔はわいせつ物か」

嫌そうに言われたがそれに近いものがあると思う。十六歳という年長者のリリベットでさえ、最近はくらりとよろめきそうになってしまうのだ。

(どうしよう。このまま見ていたら、私、他の人に反応できなくなるかも)

心配になる。

冷たく見えて実は家族思いで、チャラい顔だけ男に見えて本当は努力家で。知れば知るほど意外性のある彼の内面にふれて、彼のひねた言動の裏にある優しさに気づいてしまったから、彼を頼もしく思う心に拍車がかかって、今のリリベットの美意識は暴走気味なのだ。

しかも。

馬車へとエスコートされるべく、彼に腕を取って引き寄せられた時、ぼそっと言われた。

「そのドレス、似合ってるって言ったけど。今って君が身に着ける物はすべて男爵が用意してるよね。……なんだかむかつく」

「え、む、むかつくって？」

「……認めたくないけど、君が肌につけるものを他の男が用意するなんておかしいって、真剣に思え始めた。姉様のドレスはすべて自分の色でそろえてる義兄様みたいに、自分の嫁相手に本気でまずい方向に向かってる気がする」

言葉の後半は独り言めいてよく聞こえなかったが、リリベットはきちんと聞き取るどころではない。こんな顔のいい異性に「似合ってる」なんて甘い言葉を間近でささやかれたのだ。社交辞令とわかっていてもどきどきしてくる。

赤ん坊たちの成長具合や競技のこと、自分の力がどこから来たかという謎に侯爵とのこと。

悩みはいろいろあるがそれ以上に毎日、この麗しい顔を好きなだけ見ることができて、落ち込んだら慰めてもらえて、いざという時には頼もしい背にかばってもらえて。

（男爵様含め、ドラコルル家の人たちに甘やかされすぎてつらい……）

絶対、この邸を離れたら反動が来る。

リリベットは契約が切れた後の自分の禁断症状について、真剣に悩んだ。


玄関ホールでぐずぐずしている間に親たちのお出かけを察知してぐずりだしたムシュの相手をティルトやビビ、団の魔物たちに頼んで、その隙に馬車に乗り込む。

郊外に向かってしばらく走ると、森の緑の向こうに大きな石造りの建物が見えてきた。

円形闘技場だ。

王家がこの地を統一する前に、異教徒たちが建てた古代の遺物を流用したものだそうだ。

「頑丈にできてるから、竜が体当たりしてもびくともしない。武門出の封土貴族が競う馬上試合とか剣術試合なんかの時もここを使うんだ。観客席も階段状に配置されて見やすいしね」

レネの説明を聞きながら、見上げるほどの高さの外壁を見る。

と、その横に、闘技場と比べると小さく見えるが、二階建ての田舎家なら丸ごと二、三軒は入りそうな大きなテントが張ってあるのが見えた。

黒地に赤の星や太陽、月の模様が入った、洒落たテントだ。

「え？　あれって巡礼聖技団？」

「ああ。何年か前の競技の時、席を取れなかった民が暴動を起こしたことあって、以来、観覧希望者が多そうな時はあぶれた層を誘導できる他の余興を用意することになったんだ」

王も大変だ。今回、余興にと招かれたのは、デアボロ巡礼聖技団。競技の実務を司るイグナーツ侯爵が手配した、奇術メインの巡礼聖技団だそうだ。

「私でも知ってる団だわ。公演は見たことはないけどこの一年は巡る地域がかぶってて」

派手な演出の舞台で人気の団だ。うわさでは大貴族のパトロンがついているとかで、資金も潤沢。新興の団だが質は高い。

「ここにテントを張ってもう半月ほどになるかな。普通に公演もしてるよ。闘技場に隣接して建ててあるからさ、テントの高いところに登れば闘技場の中が見えるかもって、物見高い民や、競技内容が気になって仕方がない魔導貴族が連日、観覧に来てるってうわさだよ」

確かに。テントの上部には煙や熱気を逃がす窓があるから、闘技場の中も見えるかもしれない。レネに聞いてみる。

「あなたも登ってみたい？」

「えー、僕は嫌だ。面倒くさい」

レネはあまり人には見せないが努力家で、だらだら遊んでいるように見えても一人の時は学業に励んだり、歌や楽器の練習をしている。が、基本、面倒くさがりだ。

レネの言葉が彼らしくてくすくす笑いながら闘技場に入る。

ところが、そんな怠惰な猫のようなレネも社交場に入るとさらっと隙のない貴公子の仮面をつける。さっきリリベットをエスコートしていた手でご婦人方の手を取り、にこやかにほほ笑む。リリベットはその間、隣で笑顔を崩さず立っているが、複雑だ。

(これは社交術だって、わかってるけど……)

彼が女性たちのドレスを褒めるのに妙にもやもやする。

(邸での素顔のほうを見すぎて、今との落差がありすぎるところが落ち着かないのかな)

もちろん邸でのレネも麗しいが、こんな完璧な貴公子の仮面をつけたりはしない。

(私は家での顔の方が好き。意地悪な顔もするけど、砕けてて親しみやすいもの)

リリベットは早く邸に戻って、いつものレネを見たくなった。

案内係に誘導されて踏み入った会場は盛況だった。説明自体は闘技場に下りて行われるとかで、通されたのは控室めいた広間だったが、さすがは貴族の集まりで、飲み物や軽食の用意もあり、皆、グラスや皿を手に歓談している。

リリベットも自由に歩き回って社交を行っていいのだが、前の園遊会でのことがある。

「大丈夫。絶対に君を一人にしないから」

レネがリリベットの傍を片時も離れないでいてくれるのがありがたい。

こういう場では何も手にしない方がマナー違反なので、リリベットも給仕が運んできたグラスを手に取る。が、リリベットが口をつける飲み物や食べ物はすべてレネが先ず口にして、毒の有無を確かめて返してくれる。同じフォークやグラスを使うことになるので恥ずかしい。

周囲には新婚さんの仲のよさと映っているようで、ほほ笑ましそうに見られている。

が、それでも一部のご婦人方の目が怖い。

「……レネって本当に結婚する時は絶対、女性関係の清算しておいた方がいいと思う」

「なにそれ」

女性の嫉妬目線はレネのことは素通りするのか、彼はまったく動じていない。

が、ビシバシと向けられる男の敵愾心(てきがいしん)はさすがの彼も無視できないようだ。会場の一角に目を止めて、眉をひそめている。同じほうを見て、リリベットも、うわ、と思った。

出た。侯爵の園遊会で出会った少年、ミハイルだ。

彼は一族の者らしき人たちと一緒にいる。が、そこだけ浮いている。皆が社交の場だからと貴族的な服装をしているのに、彼らだけはドレスコードも無視して、動きやすい軽装に簡易の胸当てをつけ、腰には剣、背には矢筒を背負った実戦仕様なのだ。

(……やる気満々？)

レネがあきれたようため息をつく。

「前にも言ったと思うけど、彼らは高地で暮らす騎馬民族で、あれは民族衣装でもあるんだ」

狩りと羊や山羊の遊牧が盛んな地域で、普段は馬上生活をしているらしい。

服装だけでなく、髪型も特徴的だ。男性はミハイルと同じく短髪で、ひと房だけこめかみの髪を長く伸ばして色とりどりの金属のカフスをつけている。

「あのカフス、金になると一流の戦士と認められたことになるんだ。氏族意識が強くてさ、あそこ。苦手。単細胞でカラッとしてるのは取り柄だけど」

「え？　前に合った時は普通に貴族の男の子って感じだったけど」

「あの時は侯爵のお供をしてたからおさえてたんだよ。で、ぐるっと回ってねちっこく出てただけ。まあ、見てればわかるから」

「レネ！　そこにいたかっ」

レネを見つけたミハイルが、叫ぶなりこちらに突進してくる。

「ふはははは、ここに集められたということは今回の競技方式はやはり乱戦！　見ていろよ、コテンパンにのしてやるからな！」

「……改めて紹介するよ。これがヴァスィル家のバカ。暑苦しいだろ」

実戦方式の競技では倒すのは魔物。他家への妨害は二次的なものと聞いたが、ミハイルは一対一でレネと交戦する気満々だ。燃える闘魂を向けられた。

(確かに。これは敬遠するかも)

レネの対極だ。だからこそミハイルの方もひょうひょうとしたレネが気になって仕方がないのかもしれない。今度こそ本気を出せよと威嚇している。思わず、じーっと見ていると、ミハイルがリリベットに気がついた。はっとしたように目を見開く。

　それから、ふん、と、顔を横に向けた。

「見損なったぞ、レネ。男と男の勝負の場に、女を連れ込むとは」

「なんだよ、いきなり」

「しかもなんだ、その軟弱な人形みたいな女は。前に立たせれば男がひるむと思ったのか？　だったらもっと色気のある女にすべきだったな。お前がいつも相手にしてたみたいな」

　はなからリリベットを戦力扱いしない彼にカチンときた。思わず言い返す。

「お、女の力をなめないでください。あなただって女から生まれたのでしょう……？」

「なっ」

　リリベットが言い返すとは思っていなかったのだろう。周囲がざわつく。さすがに貴婦人らしくなかったかと反省していると、からからと笑いながら一人の凛々しい女騎士が現れた。

「なかなか言うではないか。気に入った！」

　ヴァスィル家当主の妻ナタリヤだと、レネが耳打ちしてくれた。

　長い金髪を一つに束ね、凛々しく男装した彼女は近づいてくると、いきなりミハイルの頭に拳骨を落とした。それから、痛い痛いと涙目のミハイルの首根っこをひっつかむと圧をかけて、強引にリリベットに頭を下げさせる。

「暴言、すまなかった！　私は後妻でこいつを産んだわけではないが、そなたの言う通りだ。女でも戦える。一家を代表し、競技に出ることを決めた勇気ある女性を蔑視した非礼は謝罪させる。ドラコルルはよい嫁を見つけたな。こいつ相手に毅然と言い返せるとは」

女系は重要だぞ。子を産むのは女だ。と、熱の入った伯爵夫人にそのまま「よし、今夜は前夜祭だ！　景気づけに説明会が終わった後、飲みにいかないか」と誘われた。

「も、申し訳ありません。まだ歳若ですので酒の席は……」

「そうか。ではしかたがないな。今度は競技で会おう！　楽しみだ。存分に競おうぞ！」

また、からからと笑った伯爵夫人に背中をバンバン叩かれた。

後を引かずすぐ離してくれたのはさっぱりしていて気持ちのよい人たちとは思う。が。

「……確かに、暑苦しい一族かも。カラッとしてるけど」

「だろ？」

やがて時間になった。

集った魔導貴族たちは係の案内で砂の撒かれた闘技場内に下りる。全体は見えないように幕が張ってあるが、楕円になった闘技場に大がかりな壁の連なりが組まれているのがわかる。

「例年の競技を知る出場希望者には説明するまでもないだろうが、ここには今、罠を仕込んだ迷路が組まれている。皆には魔導の技を駆使し、これを攻略してもらいたい」

侯爵が説明する。競技は初めてのリリベットは緊張しながら耳を傾けた。
二、三、質問の声が上がり、それに侯爵が答えた後、関係者の挨拶があり、後は皆で胸に手を当て、正々堂々力を出し切ることを貴族の名において誓うと、説明会は終わりだ。待機している係が差し出す用紙に、各家の出場者がサインをして参加を表明する。
リリベットもレネと一緒に署名した。今回の競技では各家に用意された出場枠は五つ。他家は皆、上限の五名で参加するようだ。二名だけのドラコルル家は最初から不利だ。

「ま、質で勝負だし。うちは」

ひょうひょうとした顔でレネが言う。それから、「さ、用は終わったし帰ろうか」と二人で腕を組み直した時だった。

「やあ、やっと会えたね、美しいお嬢さん」

侯爵に声をかけられた。無視はできず足を止めると、周囲から好奇の視線が集まった。

当然だ。侯爵と母のいきさつは皆が知っている。なのに侯爵は笑顔でリリベットに話しかけているのだ。何を考えているのか、皆、気になるのだろう。視線が痛い。

周囲の注意を引いていることは侯爵も気づいたのだろう。場所を変えようと言ってきた。

「外にテントがあるのを見たかね？　何なら見ていかないか。君は巡礼聖技団にいたと聞いた。話も聞かせてほしい」

こんなふうに友好的に来られては断れない。レネがささやいた。

「……ぱぱっと中を見せてもらって、引き取ろう。ここでもめるのもまずい」

「うん……」

デアボロ巡礼聖技団は、貧乏所帯のヴァルキリー巡礼聖技団とは違い、各国の王侯貴族の招きもある有名どころだ。だが手は広げず、団員数は抑えている。

「すごい」

近くで見ると金のかかったテントだとわかる。いつも限られた貯えで資材購入や修理をやりくりしていたリリベットは目を丸くした。

（うわ、テントの窓を開け閉めする綱の巻き取り機まである！　これがあったら楽なのよね）

今は空を飛べるモモンガ魔物にお願いして一つずつ開け閉めしてもらっているのだ。体の小さなモモンガ魔物に負担をかけているし、時間もかかる。

「気に入ったなら、ドラコルル家との契約期間が終わればこちらに移籍したらどうかね。ここのパトロンは私だ。君が私の花姫になってくれれば嬉しい」

侯爵が言って、彼がドラコルル家との婚姻関係の内容を知っていることを知った。それに、

（うわさのデアボロ巡礼聖技団の後援者ってイグナーツ侯爵だったのね）

それゆえの特別待遇なのか、普段は客には見せない舞台裏まで見せてくれる。テントなのに音響効果まで考えてある作りが凄い。思わず見入っていると、にこにこ顔で侯爵が言った。

「歌ってみてはどうかね。私も君の歌を聴いてみたい」

「え、でも」

「アドリアナも歌がうまかった。よく聴かせてもらったよ」

リリベットはとまどった。そっと舞台の袖（そで）を見る。そこには一人の女性がいた。ぎゅっと唇を噛みしめている。

（きっとこの団の花姫だ……）

花姫にとって舞台の中央という場所は特別だ。花姫にしか許されない立ち位置なのだから。

他に年頃（としごろ）の娘がいないから。そんな理由で花姫となったリリベットとは違い、これだけの規模の団なのだ。あの女性は血を吐くような努力で地位を得たのだろう。それがパトロンの気に入りだからという理由でぽっと出の娘に奪われようとしている。

（許されることじゃない）

自分が花姫としての誇りを持つだけに、侯爵のこの言葉は許せない。

「……すみません。私はヴァルキリー巡礼聖技団の者で、ここの団員ではありませんから」

きっぱりと断る。が、侯爵はあきらめない。

「奥ゆかしいのは美徳だが、遠慮することはない。楽団を連れてこよう。実際の演奏を聴けば君も考えが変わる。ここは楽師もよい者を揃（そろ）えているんだ」

そう言って「団長、団長、いるかね」と舞台から観客席へと下りていく。

こそっとレネが言った。

「この隙に帰ろう。勝手に帰るのは失礼だが、これ以上ここにいると抜け出せなくなる」

レネがリリベットの手を取り、テントの出口へと向かう。その時だった。団員の少年がひょいと緞帳の陰から顔を出した。

「ねえ、帰るんだったらその前に、兄ちゃん、あそこに上ってみない？」

「え？」

「兄ちゃん、魔導貴族なんだろ？　皆、高いとこに上りたがるよ。隣の競技場が見えるから。そんなすぐに帰ることないって。その綺麗な姉ちゃんにいいところを見せてやりなよ」

少年がレネの腕を引っ張り、帰すまいというように大きく開いたテントの入り口から横手の方へ連れて行こうとする。

「いや、いいよ。やはり帰らせてもらうよ」

相手が子どもでは無下にはしづらい。それでもレネが、先に出てて、とリリベットに合図して、少年に向き直って腕を離すように言おうとした時だった。

一足先に外へ出て、レネを待つべく振り返ったリリベットは、彼の上に別の画像がかぶさって見えるのに気がついた。

予知の力だ。リリベットだけが見える、五秒後の世界。

少年から身を引き、こちらに向き直ろうとしたレネの頭上に、音を立てて重い綱の塊が落ちてくる映像が重なる。悲鳴が上がり、土埃と血が飛び散った。

「駄目、そこにいたらっ」

リリベットは悲鳴のような声を上げた。地を蹴り、駆け出す。まだテントの中にいるレネに抱き着くようにして、その場から彼を突き飛ばす。

二人してテントの中に転がった時、どさりと音がして、縄の塊が落ちてきた。

縄といってもただの縄ではない。巨大なテントを支える縄の束だ。太さはリリベットの腕ほどもあるし、みっちり固く編んであるから重量もある。それが幾重にも巻いた束の形で降ってきたのだ。直撃すればただでは済まない。

「あ……。助けてくれた、のか」

ありがとう、とレネが礼を言って、リリベットが彼の無事に胸をなでおろした時だった。

落ちた綱の重さに引かれて、上部に残っていた綱までがうねりながら落ちてきた。さっきよりも勢いのついた縄の端が、振り下ろされる大蛇の尾のようにしなって飛んでくる。

「リリベットっ」

とっさにレネがリリベットを抱きかかえ、横に転がる。バシリ、と音がして、さっきまで二人がいた地面がえぐれていた。

「リリベット、無事か?!」

レネが言って、リリベットを見る。

「……心臓が止まるかと思った。君に縄が迫るのを見て」

それから、レネがぎゅっとリリベットを抱きしめた。痛いくらいに腕に力を込める。

「とっさのことじゃ魔導陣もしけない。体で君をかばうのがせいぜいだ。君を救えても腕か足を失ってた。いや、死んで君を未亡人にしてたかも」

言って、レネが地面に転がった綱の端を手に取った。なめらかな断面は、明らかに刃物で切ったものだ。

「……これ」

「いつもの嫌がらせというには悪質すぎる。僕が傷を負えば競技は当然、ドラコルル家の棄権だな。さすがに君だけ出すわけにはいかないから。夜に忍び入ったか、団員を買収したか。僕たちが今日、ここに来ることはわかってたから仕掛けるのは可能だけど、このテントに立ち寄るところまでは予測はできなかったはずだ」

リリベットたちは侯爵に誘われたからここに入ったのだから。

(まさか、侯爵が?)

いや、侯爵ではない。彼は事故のことを知って、真っ青になってこちらに駆け寄ってくるところだ。地面に膝をついてリリベットに怪我はないか調べ、同じく駆け寄ってきたデアボロ巡礼聖技団の団長に、管理はどうなっていると激高している。

これは芝居なんかじゃない。

「……だけど狙いは僕で、君が巻き込まれたから動揺しているだけかもしれない」

レネが、とにかく帰ろう、と言った。

二人で支え合いながら立ち上がった時、テントの外にいたヴァスィル伯爵夫人が近づいてくるのが見えた。テントは闘技場の出入り口近くにある。侯爵がリリベットたちを伴う様子は目立ったので、他にも幾人もの魔導貴族がこちらを見ていた。

そんな中、リリベットのもとにやってきた伯爵夫人が言う。

「……なぜわかった。あれが落ちてくると」

「え」

「私は動体視力もいい。遠目も効く。だがあれが落ちてくるところは見えなかった。テントの内のことだからだ。外からでは全く見えないはずだ。そしてドラコルル伯爵夫人、あなたはあの時、すでに外に出ていた。テントの内部は私がいた場所からと同じく見えなかったはずだ」

ヴァスィル伯爵夫人がリリベットの目を覗き込んでくる。

「もしかして、〈見えた〉のか？」

「え」

「私も〈見えた〉。とっさに助けに動こうとした。だが間に合わなかった。私はヴァスィル一族の出だが傍系で、力も弱い。たった三秒先しか見えない。だが、あなたは私が気づくより前に動いた。私以上の時を見られたのだな？」

それって、まさか。

「あなたはいったい何秒先の時が見える？」

重ねてヴァスィル伯爵夫人に言われて、リリベットは自分の顔から血の気が引くのを感じた。

〈見えた〉？　それは数秒先の世界が見える、そう言っているの？

しかもそのヴァスィル伯爵夫人の発言を聞いていたのはリリベットだけではない。周囲にいた魔導貴族たちがざわめく。

「予知の力、だと？　だがその力はヴァスィル家固有の特異能力だ」

「馬鹿（ばか）な、何故、彼女に予知の力が使える！　彼女はアレクサ男爵家の出だろう。あの家にそんな特異能力はない。何かの間違いでは」

「だがヴァスィル伯爵夫人が認定したんだぞ!?　あれは間違いなくヴァスィル家の力だ！」

リリベットは押されるように後ずさった。そっと背後を振り返る。侯爵がいた。彼は蒼白（そうはく）な顔をしてこちらを見ていた。

この力がヴァスィル家のもの？　そんな馬鹿な。

だがそれが本当なら、ヴァスィル家、とは。

「母さんの、許嫁（いいなずけ）だった人の一族だ……」

目の前が暗くなった。

リリベット、とレネの呼ぶ声がした。が、踏みとどまることができなかった。

張り詰めた糸が切れるように、リリベットはその場で意識を失ったのだ。

3

「ヴァスィル家から、会わせろって使者が来たよ」

テント事件の翌日のこと。

頭から毛布をかぶり、寝台に閉じこもっていたリリベットに、レネが言った。

「どんな形でかはまだはっきりしないけど、君に一族の血が入っている確率は高い。確認したいと言っている。どうする？　会うかい？」

寝台のマットがきしんで、レネが枕元に腰を下ろすのがわかった。シーツ越しに頭をなでられるのを感じる。

「それと。もし会える気分じゃないなら、せめて顔を確認してほしいと、肖像画を一枚、預かってる。……サシャ・マシェル・ヴァスィル。君の母君の許嫁だった男の画だ」

彼の声はあくまで穏やかだった。リリベットを気遣ってくれている。この力のことを黙っていたことを責めない。その優しさが苦しくて、救いを求めるようにリリベットはシーツの間から顔を出していた。目の前に立てかけられた肖像画を見る。

小麦色の髪をした、精悍(せいかん)な少年の顔がそこにあった。

リリベットが知るものより若いが、父の顔だった。

「……私、ずっと父を平民と思ってた。楽師でナイフ投げの名人で私も手ほどきを受けてて」

リリベットはふるえる声で言った。

だがわかった。予見の力はヴァスィル家のもの。そして父はヴァスィル家の男で、リリベットがずっと平民の楽師だと思っていた人だった。

実家に残された母の日記を思い出した。幼い頃からの記録。彼が好き。彼が許嫁でよかった。愛にあふれた日記だった。そして誕生月からして母が出奔した時にはすでにリリベットは母の腹の中にいた。

(私はヴァスィル家の、父さんの娘だ……)

だがその頃の母は侯爵から求婚されていた。公には夜会の席で求婚され、ふったことになっているが、同じ邸で暮らしていたのだ。リリベットに毎日贈り物をよこすように、侯爵は母にも熱烈なアプローチをしていただろう。

だから母は迷ったのだ。リリベットを身ごもっていることを知って。

このことを侯爵に知られたらどうなるかと。侯爵は権力者だ。そして一度思い込むと一途に相手を追う性質だ。それは今、リリベットが身をもって実感している。

母は思ったのではないか。子のことを侯爵に知られたら、ただでは済まないと。実家であるアレクサ家にも、ヴァスィル家にも侯爵の怒りが向かうのではないかと。

母の気持ちが痛いほどわかった。非は向こうにあろうとも、力ある侯爵家が相手では身を守るための正当防衛さえもが侯爵家に働いた無礼とされてしまう。

だから母は家を捨てる決意をしたのだ。

腹の子を、リリベットを守るために。

そして双方の実家を守るためにも、あえて人前で侯爵と許嫁をふって見せた。別の男を雇って偽装して、楽師と駆け落ちしたのだと皆に信じ込ませた。

そしてそんな母と子を守るため、父も許嫁にふられて出奔した情けない男との汚名を敢えてかぶって家を捨ててくれたのだ。母を追って、リリベットともども守ってくれた。

父も母も家族を愛していたから。

愛を貫くことで双方の実家に迷惑をかけられないから。

決して奔放な娘が無分別に、身分違いの恋人を作って駆け落ちしたわけではなかったのだ。

そして今、そのことを侯爵は知ってしまった。

いや、侯爵だけでない。あの場にいた皆が知った。十七年前の事件の真相を察した。

男爵家令嬢アドリアナが醜聞の夜会の後、許嫁と落ち合い娘を産んだというなら、あの場でふられたのは侯爵だけだと。

侯爵は十七年後の今になって、また母から恥をかかされたのだ。公衆の面前で。

どう出てくるかわからない。

「やっぱり、離縁して……」

リリベットは顔を手で覆った。うめくように言う。

ドラコルル家との権力争いくらいなら侯爵も冷静に落としどころを見つけようとするだろう。だがこんな恥をかかされてしまえばどうしても私怨が混じる。侯爵は魔導貴族を取りまとめる権力者だ。競技の判定役も兼ねている。ただでさえ難しい立場にあるドラコルル家にこれ以上の重荷を背負わせたくない。

リリベットが顔を伏せ、肩をふるわせていると、レネがそっと腕を背に回した。顔を寄せて、リリベットのこめかみに顔を近づけ、口づける。

「レ、レネ!?」

「どうせまた迷惑をかけるとか考えてるんだろう。前にも言ったよね。話せって」

これは黙っていた罰と言われた。それから枕元の卓に手をやって何かを手に取る。

「これ、君に。やっと満足のいくのができたから」

彼が差し出したのは、紫の薔薇で作ったブーケだった。

ただし侯爵が毎朝贈ってくる薔薇とは違う。あれは花弁のとがった剣先型だったが、こちらは丸い花弁が重なったティーカップ咲きだ。

「こっちの方が君には似合う。これからは毎朝渡すから、髪にでもつけておいて」

「え、こ、これ……」

確かに可愛い。髪に飾りたくなる。だけどこんな形で紫の薔薇なんて初めて見た。

「作ったんだ、僕が。魔導貴族をなめるなよ。特にうちは代々、ウシュガルルたちに供える香の調合とかをやってるから原料になる香木とか、精油を絞る薔薇とかにも詳しいんだ。君の樹木の魔物たちも手伝ってくれたし、精気(メラム)を注げば大量には無理だけど、数株くらいなら成長も促進できる。これくらい、毎日咲かせられるから」

リリベット、と名付けたよ、と彼がまたリリベットのこめかみに口づけた。

「もともと我が家固有の贈答品にできる花が欲しいなと思って試行錯誤してたんだけど、どうせなら君を飾る花をと思って、少し花弁の形とかを変えたんだ」

やっと完成したけど、他の人間にこの花にふれてほしくないから、贈答品にするのはやめて門外不出にする、とレネが言った。

「言っただろ。今って君が身に着けるものはすべて男爵が用意してるから、むかつくって。そろそろ夫の僕が君が身に着けるものを用意してもいいんじゃないかと思う。……君を僕の色に染め上げたいんだ。他の男の手ではなく、僕の手で」

彼が優しくリリベットを抱きしめる。駄目だ。こんな顔でこんなことを言われたら、彼のことを恋愛対象外の鑑賞物なんて目で見られなくなる。リリベットはブーケを持ったままうつむいた。無言で拒絶の意思を伝える。

が、レネは許してくれなかった。

「守るよ、侯爵から。いや、他の何からも。だって君は僕の妻だから」

リリベットがレネの腕に囲われて逃げられないのをいいことに、甘くささやきながら、頬や髪に口づけを落としてくる。リリベットは泣き出しそうになる。かろうじて、「でも私は」と反論すると、「あのさ、何勘違いしてるの？」と、いつもの口調でレネが言った。

「うちは人手がなくて火の車なんだ。僕の他に魔物を扱える人間がいなくて、競争心から他の魔導家は使える嫁をよこさない。君に頼る他に選択肢がないんだ。わかるよね？」

軽い、何気ない言い方だが、レネはまっすぐにリリベットを見ていた。熱い瞳で。

「必要なんだ。だから……、離縁して、なんて言わないで」

彼が肩に腕をまわして抱きしめてきて、リリベットの脳裏に、母の言葉が浮かんだ。

『理屈じゃないわ。あなたには私が必要で、私にはあなたが必要なの。だから家族なの』

すとんと腑に落ちた気がした。なぜ、母が駆け落ちをしてまで侯爵に抗ったのかを。

それから、レネを見る。歯車と歯車がかちりと噛み合ったような気がした。元からそうあるべき姿に戻ったような。

レネはもう「夫婦の演技だから」とは言わなかった。そっと手を重ねる。指と指を絡めて、互いの隙間を埋めるように寄り添う。

そして今度はリリベットの唇に口づけてきた。

家族の口づけではなく、恋人同士の口づけだ。言われなくてもリリベットにもわかった。

初めて交わした口づけは、甘く、優しかった。

息を継ぐためか、レネが一度、顔を離す。そしてまたもう一度。そっと彼の唇が下りてくる。

「……わかってる。僕たちが期間限定の夫婦だってことくらい。だけどこれは演技じゃない」

再び近づいてきた唇が濡れた音を残して離れていく。

「したいから、した。心底、君が欲しいから」

演技でないならなお悪い。リリベットは出自に問題がある娘で。

この期に及んで涙がこぼれた。彼が好きだ、離れたくないと心が叫んでいるから。

「今まで、君にひどいことをいっぱい言った。嫌われて当然だって思う。だけど、ごめん、嫌われても離してあげられない」

どこにもいかないで。今までのこと、君の気が済むまで何度でも謝るから、と言われた。

「こんなの、僕にも初めての感覚で、だから自分でも見極めるのに時間がかかったけど自覚した。僕はこれからもずっと君といたい。こうして互いに寄り添い合って、笑って、歌って、フシュたちの成長を見守りたい。君を失いたくない」

また彼の顔が近づいてきたのに拒めなかったのは、リリベットもそう感じていたからだ。

ここにいる皆を家族と認識してしまったから。ここにいたいと願ってしまったから。

何より、リリベットも彼のことが好きだと気づいてしまったから。

彼の唇を自ら受けて、小さくつぶやく。

「……いい、の？　私がここにいても」

「当たり前じゃないか。君はこの家の一員なんだから」

ささやいて、また彼が口づけてくる。

「君はフシュたちのことを背負ってくれた。力を失う僕のことも。だから今度は僕が君の過去を背負う。父様たちのおぜんだてに乗ってしまうのはちょっと悔しいけど、改めて申し込むよ。リリベット、僕の妻になってほしい。ずっとここにいてほしい」

期間限定の家族なんて嫌だ。本物の夫婦になりたい。そう言って、彼が少し顔をしかめた。

「……これが正式な求婚なんて色気がないよな」

「え？」

「君のことは僕が自分の手で見つけて、迎えに行きたかったな。僕が馬車から降りたら出迎えに出ていた君が驚きに目を見張って、僕は腕いっぱいの薔薇を抱えて君の前に跪（ひざまず）くんだ」

そう言って、彼が改めてリリベットの前に跪いて、愛を乞（こ）うた。

「リリベット嬢、どうか私の妻になってください」

そんな彼が愛（いと）おしくて。リリベットは涙があふれてきた。あわてて立ち上がって抱きしめてくれたレネの胸にしがみついてぼろぼろ泣いた。

レネは頼もしく、リリベットを受け止めてくれた――。

そうして。名実ともにというにはまだ早いが、リリベットはようやくレネと心を通い合わせることができた。ドラコルル家の〈嫁〉になったのだ。だがその幸せを噛みしめる暇はなかった。悪い予感というものは当たる。侯爵の嫌がらせが露骨になったのだ。

競技に参加する魔導貴族家の数は多い。一斉に会場に入るのは無理だ。なので闘技場の四方に入り口を作り、時間差をつけて各家が迷路に入ることになる。

前もって会場に入る順番と門を決められるのだが、そこで差をつけられた。

ドラコルル家の出発地点は一番ゴールから遠い西門からで、しかも出発順位は最下位だ。ゴールにたどり着くまでの時間からはこの待機の時間を引いてもらえるが、後発では、先発した他家に得点の高い解呪の罠や魔物などを奪われてしまう。不利だ。レネが言う。

「言っとくけど、謝ったら怒るよ？　もともとこうなる予定だったんだ。それより心配なのは君だ」

一度は止まった侯爵からの毎朝の贈り物が、また復活しているのだ。

侯爵ももうリリベットが自分の子ではないとわかったはずだ。それどころか手ひどくふった女と恋敵の間の子だというのに、毎朝、摘みたての薔薇と高価な装飾品が届けられる。

持参した使者に持ち帰るように言ってもきかないので、後でドラコルル家の従僕に持たせて返品しているが、もうこのことは社交界中のうわさだ。

「普通、あんなことされたらやめるものなのに、やめる気配がないだろう？　外聞も世間体も放って変な具合に君に執着してるみたいで嫌なんだ」

かといって実害があるわけではないので訴えることもできない。

それに問題は社交だ。

リリベットは正式に王家にも認められた伯爵夫人だ。侯爵につきまとわれて怖いからと貴族間の付き合いをやめるわけにはいかない。ますます社交界のうわさ好きを刺激してしまう。

なので侯爵が同席することのない女性だけが招かれる席を慎重に選び、送り迎えもレネ自ら務めてくれることになったが、女性のみの集まりだけにレネも出席はできない。

「くそっ、こういう時にフシュたちを使えたらいいのに」

レネが舌打ちを漏らす。彼らは主となる者の影に潜み、どこへでもついて行けるそうだ。

二人の会話を聞いていたのだろう。リリベットの不安を感じ取ってか馬車の中までついて来てくれていたモモンガ魔物が、『キュイっ』と鳴いた。僕が護衛するよというように胸を張る。

ぷっとレネが破顔した。

「頼もしいな。じゃあ、頼もうか」

それを聞くなり他にも馬車に同乗していたリス魔物や毬栗(いがぐり)魔物たちが我も我もと殺到して、

「順番、順番に。交代で守ってもらうから」となだめる羽目になった。

可愛い小さな魔物たちをなでながら、リリベットはそっとたずねてみた。

「レネ自身の社交は大丈夫なの？」

「僕はいくらでも言い訳できるから。この一年だってうまくやってただろ」

ご婦人方が大騒ぎして同情してすぐ帰してくれるからと、病弱の美少年を演じていたらしい。

今日もリリベットを送った後、別の会合に顔を出すなり抜け出して迎えに来てくれるそうだ。

「顔がいいって便利だろ」

「最低」

「今日の君のお茶会は会場が王宮内だしルーリエ姉様もいるから警備は万全だ。少しは気も抜けると思う。楽しんでおいで」

言ってレネがリリベットの額に別れ際のキスをした。馬車も止まったのですぐ離れるかと思いきや御者が扉を開けても動かない。リリベットは焦って彼の服を引いた。レネがつぶやく。

「……やっぱり、離したくない」

「レ、レネ？」

「離れてるのは心配だ。せめてもっとキスしていい？　君に悪い虫がつかないためのお呪い」

「ドレスがしわになるから、駄目」

レネが拗ねたように顔をしかめて、それでもしわにならない部分を狙ってふれてきて、リリベットは真っ赤になった。あわてて彼を叱って距離をとる。

君が好き。

そう告白し合ってからのレネは色気魔人すぎて困る。すぐにくっついてくる。

ごほんと咳払いをして赤面を鎮めて、茶会の席へと向かう。

今回のお茶会は席が決まっていず、三々五々、サロンを歩き回り、テーブルの傍や長椅子など好きなところに座って談笑する形式だった。

王太子妃の周囲はさすがの人だかりだ。しばらく待って、やっとリリベットが挨拶できる番になる。小声で、他に聞こえても大丈夫なように肝心な部分はぼかして、フシュたちの成長報告と、ウシュガルルと親しく言葉を交わしていたというルーリエ妃に、魔物の言語について何か知らないか聞いてみる。

「ごめんなさい。ウシュガルルはずっと人の言葉を話してくれていたから。私は魔物たちの言葉というものは聞いたことがないの」

下位魔物たちとも仲良しのルーリエ妃だが、彼らの言いたいことも何となくわかる、という感じで、彼ら特有の音声化した言葉があるかもとは考えたこともないそうだ。

(さすがは生まれながらの魔導貴族……)

周囲の魔物と意思の疎通ができるのが当たり前のことすぎて意識していなかったのだろう。

これからは気をつけて聞いてみるわと言われたが、王宮の奥深くで暮らしている彼女が魔物に遭遇することはそうそうない。それに王太子妃には皆が目通りを願っているから、すぐ順番を代わらないといけない。また何か思い出したら連絡してくださいとお願いして、王宮を辞去することにする。

仲がいいらしくまたイレネ大公がご機嫌伺いに来ていて小宮殿の外まで送ると言ってくれた。が、身重の彼女に何かあっては大変だ。それにそろそろレネが迎えに来てくれる時間だ。

「前にも一度来ていますから道はわかります。案内の人もいますし」

丁重に辞退して、王宮女官を案内役に帰ろうとした時のことだった。先導する女官に従って美しい絵画が飾られた廊下を歩いていると、いつの間にか一人になっていた。

(え、あれ、女官さんは……?)

さっきまでリリベットを先導してくれていた女官が姿を消している。

ぼんやりしていてはぐれたのだろうか。あわてて周囲を見回すがいない。それどころかさっきまで行きかっていた廷臣たちの姿や、扉脇を守っていた騎士の姿までなくなっている。

これはいけないとリリベットは元のサロンに戻ろうとした。が、行っても行っても同じ廊下が広がっているだけだ。見覚えのある場所に出ることすらできない。

(嘘、何、これ。迷ったの……?)

ここに来るのは二度目だし、女官がいるから迷うわけがない。そう思っていたのに油断した。どうしよう。人に道を聞こうにも、こういう時に限って誰もいない。ここはまだ小宮殿の内だから妃に仕える人たちがいるはずなのに、それすらも見つけられない。

(どうして？　さっきまであんなに人がいたのに)

誰も助けてくれないなら、自力で何とかしなくてはならない。旅の空で育ったおかげでリリベットは外に出さえすれば太陽の位置と時間からだいたいの方角はわかる。

リリベットはテラスの吐き出し窓を開けて庭園へ下りようとした。が、

「嫌っ、何!?」

手をかけたとたん、窓の取っ手がぐにゃりと曲がった。そのまま形を変え、網のように広がってリリベットを包み動きを奪う。助けを呼ぼうにも口すらふさがれて声が出ない。

ふとレネに聞いた魔導の講義を思い出した。人の感覚を支配し、惑わす術があると学んだ。

(催眠暗示、だったっけ。もしかして、これが……？)

いつの間にか惑わされていたのか。

(もしそうなら、守りの堅い王宮内でこんなことができるのは、誰……？)

視界が暗転する。意識が遠のくその直前、リリベットは満足そうに自分が捕らえた獲物を検分する侯爵の顔が見えた気がした――。

(ここは、どこ……？)

どれくらいの間、失神していたのだろう。頬に触れる絹の感触に意識が戻る。

リリベットは目を開けた。見知らぬ天蓋が見える。寝台の上だ。

はっとして飛び起きる。ふらつく視界をなだめつつ自分の体を確かめる。縛られてはいない。が、ドレスを着替えさせられていた。見覚えのない深紅の布地に、血の気が引いた。

（……嫌。嘘、何？　何をされたの、私？）

がくがくとふるえだした体で、護衛を務めてくれていたモモンガ魔物を探す。が、いない。

急に身を起こしたからか、頭がくらくらする。めまいもひどくて吐き気までする。体の不調に耐えて顔を上げると、正面の壁に肖像画がかかっているのが見えた。

「え、母さ、ん……？」

そこにあったのは若かりし頃の母の絵だった。深紅のドレスを纏い、嫣然とこちらを見下ろしている。

「お目覚めかね」

声がした。ぎくりとして振り返ると、離れたところに置かれた椅子に侯爵が座っていた。

「寝顔も可愛かったが、やはり君はその瞳を開いている方がいいな。美しい青紫の瞳だ」

なぜ、どうして。いろいろ聞きたいことがある。

だがまず安否を確認しないといけないのは、護衛についてくれていた〈家族〉だ。

「……私についてくれていた、魔物は」

「ああ、あの君のドレスに忍んでいた汚らしい子ネズミか。煩わしかったので外へ放り出したよ。血で君を汚すのが嫌でつぶしはしなかったが」

命は取られていない。無事だ。リリベットはほっとした。そしてとりあえず安堵したことで、相手を観察する心の余裕ができる。寝台の上で足を引き付け、いつでも動けるようにしてリリベットは椅子に座ったままにこやかにこちらを見る彼の様子をうかがう。

侯爵はあんなことがあった後だというのに、前と同じ柔和な表情をしていた。

それどころか愛おしむような目でリリベットを見ている。

（この人、どうしてこんな顔ができるの……）

理解できない。リリベットは彼に恥をかかせたのだ。そして彼はリリベットを攫った。自分たちは加害者と被害者で、こんな和やかな雰囲気で顔を合わせるような間柄ではない。

そもそも彼は何をした？

王宮に罠を張ってまで人を攫うなど、魔導のことや王宮の法やしきたりに疎いリリベットでも違法とわかる。ばれれば侯爵も叱責されるだけでは済まない。

そんな罪を犯しておきながら平然と、笑みを絶やさない彼。

その静けさが怖い。こんな異様な状況なのに、少しも動揺せず、興奮すらせず、普段通りに微笑んでいるのが理解できない。憎しげな眼を向けられた方がまだましだ。

じっと見ていると、独り言めいて、侯爵が言った。

「最初は、君を手元に呼んで、苦しむさまを見るつもりだった。私にあんな苦痛を味わわせたアドリアナの代わりに。君をドラコルル家に入れて、目障りなあの一家とともにのたうつさまを見物するつもりだった。そのためにわざわざ君を探して、策を弄してここに呼んだんだ。……だが君を見て考えが変わった」

侯爵がうっとりとリリベットを見る。だがリリベットは感じた。この人は自分を見ていない。彼が見ているのは過去の姿だ。案の定、侯爵がリリベットと母を混同して語りを始める。

「やっと会えた、アドリアナ。あの夜会の後、無理やり君と引き離されて結婚させられて。姿を消した君を探すこともできなかった。ようやく妻が死に、周囲の監視も緩んで家の者を自由に使えるようになった。が、やっと探し当てた君はもう手の届かない人になっていて」

後悔したよ、と彼が言った。もっと早く探し出せばよかった。そうすれば一人で死なせることもなかっただろうに、この手で殺せたのにと嘆く。

「だが代わりに、君がいた」

うっとりとした目で、彼は「君がドラコルル家に入るよう仕組んだのは私だ」と言った。

「せっかく君の居場所を突き止めたのに、あのデニスとかいう男が手ごわくてね。何度、使いをやっても君を放そうとしなかった。ならばとデアボロ巡礼聖技団に後を追わせて攫わせようとしたがこれも無理だった。だからしかたなくアドリアナの弟を使ったんだ。彼が君を迎えに行かざるを得ない状況を作った。迎えに来たのが身内であれば手放す。そう思ったから」

では、デアボロ巡礼聖技団と公演地方がかぶったのは、侯爵の差し金だったのか。それにリリベットが知らないだけで何度も侯爵の迎えが来ていたのだ。

（デニス団長、私には何も言わなかった……）

守ってくれていたのだ。そしてリリベットを男爵に託したのは、侯爵の度重なる追撃の手から守るためだったのか。男爵にはデニス団長が連絡を取ったのだろう。だから男爵はリリベットを探し当てることができたのだ。

くくっと笑って侯爵が言葉を紡ぐ。

「なかなか君が手に入らなかった。いらだちが募って気が狂いそうだったよ。だから代わりに何人かアドリアナに似た娘をよこさせた。君をさいなむときの練習をするために」

それってまさか。リリベットはごくりと息をのむと、ふるえる声で問いかける。

「……巡礼聖技団が金髪の娘を攫ってるってうわさ、あれはもしかして、あなたの？」

「ああ、そんなつもりはなかったが、こちらの者が自分たちの仕業とばれないようにしたのが偶然そうなったようだな」

連れてきた娘は魔物の餌にしたよ、と侯爵が笑う。

「君に見せたくて何匹か飼っているんだ。従順な使い魔ではなく、凶暴な奴をね。大事な君を一息で殺してはつまらないから、長引かせてより苦痛を与える方法を見つけるためにね」

狂ってる。リリベットは思った。

「だがあの日、園遊会に現れた君を見て、そんな非道な真似はできないと思った。君はアドリアナそのもので。そのうえその銀の髪。アドリアナが私の子を産んでくれていたのかと思った」

母と侯爵の間にそういったことはなかった。母の日記を読んだから、父の事情がわかったから確信できる。だがうっとりとうるんだ侯爵の目は。

レネの言った通りだ。自分がふられたと思いたくないのか、母にとって自分は特別な相手だったと思いたかったのか、彼は二人の間に何かがあったと完全に信じ込んでいる。

「苦労をかけたことを後悔した。手元に引き取りたいと思った。だからもう用済みのあのドラコルル家の当主にはさっさと消えてもらおうと思った」

では、あのレネの上に落ちてきた縄はこの人がしかけたものだったのか。

「私の子ではないとわかった時は衝撃だったが。が、かえってよかった。血のつながりがないのなら、憂うことなく昔をやり直すことができる、君と私で」

そこで侯爵が立ち上がる。リリベットの方へ手を伸べ、一歩、踏み出す。

「私の元へおいで。アドリアナにできなかった分まで君を愛してあげる」

ぞっとした。リリベットは急いで寝台を下りた。幸い、足は動いた。侯爵から逃れ、最初に目に入った扉に向かう。

「……！」

勢いよく開けてみるとそこは廊下ではなく、続きの間らしかった。

薄暗い、明かり一つないその部屋からは、濃い血と獣の臭いがした。うめき声もする。薄闇に慣れた目に部屋の様子が浮かんでくる。壁面には無数の檻があった。中には魔物が囚われている。そして。一人、鎖につながれた子どもがいた。

汗と涙で薄汚れ、傷だらけになっているが見覚えがある。競技内容が公表された日に、デアボロ巡礼聖技団のテントにいた少年だ。

「なっ……?!」

驚きのあまり言葉も出ないリリベットに、侯爵が言う。

「当然だろう？　私が始末しろと言ったのはドラコルル家の当主だ。なのに失敗し、そのうえ君を危険に晒した。当たり前の処置だ」

追いついてきた侯爵が語気強く言う。

（この人……）

危険だ。何かが人と違う。最初は父親のような優しい大人の魅力があった人だった。だがもうこの人は自分が知る侯爵ではない。壊れてる。

「愛しいアドリアナ。今度は失敗しない。逃がさない。他の虫などつかないよう閉じ込めて、綺麗に着飾らせてあげるよ。ああ、もちろん、その不愉快な髪は元の色に戻そうね」

「わ、私は母ではありません！」

侯爵が伸ばしてきた手を振り払う。出口を求めて彼の横をすり抜け、部屋の対面に向かう。

その時だった。窓を破って、魔物が飛び込んでくる。

犬の姿をした魔物たちだ。

彼らはリリベットの無事を確かめると、威嚇するようにうなりながら侯爵に襲いかかる。

（皆、来てくれたの⁉）

「うわ、やめろっ、私を誰だと思っているっ」

侯爵が壁に飾ってあった剣を取り、振り回す。その顔面に、はぜる勢いで毬栗魔物が数体、ぶつかった。つんつんと尖った棘を突き立てる。

「ぐうっ」

侯爵が目をかばい、両手で顔を覆う。その隙にリリベットは廊下につながる扉を探し当てた。

自分が逃げ延びなくては彼らも引けない。助けを呼ぶためにもいそいで部屋を出る。

「リリベットっ」

声がして、廊下の向こうから駆けてくる少年の姿が見えた。

眩い紅の髪、レネだ。きてくれた。

もつれる足で駆け寄ったリリベットを彼は抱き留めてくれた。ふるえる肩に脱いだ自分の上着をかけて、その上から両腕で包み込むように抱きしめてくれる。

「無事でよかった、本当によかった……」

泣きそうな声で彼は言った。いつもひょうひょうとした彼がこんな声を出すなんて初めて聞いた。

「ここは侯爵の別邸の一つなんだ。姉様からまだ君が来てないって連絡があって、探してた」

では、リリベットが出席したと思っていたお茶会はあれ自体がまやかしだったのか。

「君の魔物たちが匂(にお)いをたどってくれたんだ。近くまで来たらこの子が放り出されていて」

キュイっと鳴いてモモンガ魔物が飛びついてきた。よかった。傷はない。

「とにかく、ここを出よう。今、父様に伝達の魔導式を送った。すぐここに都の治安維持の兵とともに駆けつけてくれるはずだ」

背後の部屋からは侯爵のうめき声が聞こえる。邸の規模はわからないが、護衛がいるかもしれない。

「ごめん、抱くよ」

レネがまだ足元のおぼつかないリリベットを横向きに抱き上げた。つかまって、と言ってそのまま廊下を走り、階段を駆け下りる。

安全な馬車の中にレネの手で座らされて。レネがピュイッと口笛を吹いた。

邸からまた悲鳴が聞こえて、窓を破ってさっき助けてくれた犬型魔物たちが飛び出してくる。

彼らを馬車の中に迎え入れながらレネが言った。

「本来なら被害を正式に訴えるためにも兵の到着を待った方がいいんだけど、切羽詰まってたから使用人たちを魔導で眠らせて君を救いに飛び込んだから」

　このまま帰るよ、とリリベットに告げる。

「相手は腐っても侯爵閣下だ。彼の出方次第ではこちらが不法侵入の罪を犯した罪人になる。だから君の安全優先でいく。大丈夫。さすがに外聞があるから、侯爵もこれ以上、騒ぎ立てることはできないはずだ」

　御者に合図して、馬車が走り始める。侯爵の別邸から距離をとって警戒を解くと、彼は改めてリリベットに怪我はないかを確かめた。それから、抱きしめた。

「……君が茶会に来てないって聞いて、心臓が止まるかと思った」

　かすれた声で言うレネの肩はふるえていた。

　心配、してくれていたのだ。そして目上の侯爵の家と知っても助けに飛び込んできてくれた。

「ありが、とう……」

　リリベットはぎゅっとレネの背に腕をまわし、抱き着いた。彼が眩しい。伝わる彼のぬくもりが涙が出るほどありがたい。

　攫われたりしてごめんなさい、ではなく、助けに来てくれてありがとうと。素直に言えたのは、彼が何よりもリリベットの無事を喜んでくれたからだ。

　彼が好きだ。改めて思った。

　彼が麗しい姿をしているからだけでなく、ふてぶてしく見えて実は繊細で優しい人だからで

もなく、そういうのを超えて、いや、すべてひっくるめて愛しくて愛しくてたまらない。

だから、自然と言葉が出ていた。

「お願い、私を連れて帰って……」

ドラコルル邸へ。皆の元へ。

頬を彼の胸にすり寄せて、願った。皆に会いたくて会いたくてたまらない。

赤ん坊魔物たちやベネシュ義父、それにハンナたち優しい使用人たちがいるドラコルル邸が今のリリベットの家だ。そう実感できたから。


だが、無事、ドラコルル邸に戻ると、邸は騒然としていた。

フシュたち赤ん坊魔物が攫われたのだ。

リリベットを探すためにレネや邸に滞在している巡礼聖技団の魔物たちが出た隙を狙われた。

知らせを聞いて、リリベットはひゅっと息をのんだ。

レネが、がんっと壁を殴りつける。

「やられた！　二段構えだったんだ。どちらかが失敗に終わっても、もう一つが使えるように」

第四章　演目のラストは華やかに

1

出された要求は三つだった。

ドラコルル家が魔導競技で惨敗すること。

フシュたちが宿る聖像を渡すこと。

そして……競技が終わり次第、リリベットがレネとは離縁し、侯爵家へ入ること。

それらの要求が受け入れられた後、フシュたちを返す、と。用心深く文章は残さず、使者に口頭で告げさせた侯爵は、どうかこれをリリベット嬢にと薔薇(ばら)を一輪、置いていった。

その花を、ぐしゃりと踏みつぶしてレネが言う。

「……君が競技に出ることは皆に知られてるから今さら止められないけど。何が何でも手に入れるつもりか」

「ごめんな、さ……」

「はい、そこまで！」

身の置き所がない。謝ろうとしたリリベットは、途中でレネに止められた。

リリベットの口を両手で押えたまま、レネが怒ったように言う。

「こんなことで謝る必要はないよ。これは君一人ではなく僕の、いや、ドラコルル家の問題なんだから」

そうだよ、とベネシュ義父も言ってくれた。

「フシュたちは家族だ。必ず取り戻す。だが君もそうだ。家族を守るために家族を渡すような真似(まね)はせんよ」

「今はそれよりどうやってフシュたちを奪い返すかだ。侯爵がいつフシュたちの幼児退行に勘づいたのかはわからないけど、言い分をのんだところでおとなしくフシュたちを返すとは思えない。聖像を渡せとまで言ってきてるんだから」

フシュたち高位魔物は自力で精気(メラム)をまとえる強い存在だ。

が、それでも己を安定させるために人から崇(あが)められる必要があるそうだ。聖像は彼らが必要とする供物と同じで、彼らをこの世界につなぎとめるのに必要な品だ。定期的に聖像に宿り、自我を安定させなくては存在自体が霧散してしまうらしい。

（そういえばフシュたちの子ども部屋に、内装に不似合いな古びた像があったっけ）

　リリベットは思い出した。レネが渋い顔で言う。

「高位魔物は貴重だ。今、あの三柱は姉様との契約も解けて白紙状態に戻ってる。あの姿だって一時的なものだし、自分と契約させたいと思ってる魔導貴族はたくさんいるよ。契約して、フシュたちに別の姿をとらせれば新たな魔物を捕獲して使役しているんだと言い抜けられる」

　そうだった。レネは新当主となったとはいえ、まだ使い魔たちに新しい主と認められていない。だからこそドラコルル家の四柱は赤ん坊の姿をとっているのだ。

「使い魔となった魔物にとって契約は絶対だ。元の名を誰にも言わないと契約に盛り込めば、主となった者の不利になることはできない。素直なフシュたちならなおさらだ」

　それを聞いて、泣きそうな顔になったティルトが言った。

「姉ちゃん、ごめん、俺が操られたりしたから」

「ううん、魔導の技にかけられたなら仕方ないもの。こちらこそ巻き込んでごめんなさい」

　リリベットだって暗示にかけられて攫われた。その隙に邸が狙われたのだ。責任があるというならリリベットもだ。

　侯爵はレネの張った結界があるドラコルル邸に誰にも気づかれずに入るのは無理と知っていたのだろう。団との連絡を取るために外出したティルトを狙ったのだ。リリベットは知らなかったが、ティルトと妹のビビには結界の張られたこの邸から自由に出入りできるようにと、レネが特別に魔導式をかけてくれていたそうだ。今回はそれが裏目に出た。

敵はティルトとビビに暗示をかけ、フシュたちを連れ出させたのだ。

「高位の使い魔をおとなしく眠らせることができたのは、魔導の塔に提出してある制御魔導を侯爵が持ち出したからだと思う」

魔物たちは人知を超える力を持つ。万が一、暴走したり、主の魔導貴族が謀反などを起こした時のために、魔導の塔には使い魔登録をする際に、使い魔を眠らせ、無力化する呪式も申請する必要がある。主が契約時に魔物の反乱を警戒して使役条件として盛り込む使い魔契約だ。今回はそれを悪用された形だ。機密扱いで塔の奥深くに封印の上保管されているが、侯爵は魔導貴族のまとめ役だ。何かしらの理由をつけて持ち出したのだろう。

ウシュガルルだけが残されたのは、小さな子ども二人では三柱の魔物を連れ出すので精いっぱいで、一番、扱いが難しい彼だけを残していったかららしい。

泣きじゃくるティルトとビビをベネシュ義父が慰める。

「無事でよかった。下手をすれば君たちまで人質にされていたかもしれなかったんだから」

都の治安維持部隊に何とかしてもらおうというのも無理だ。相手は封土貴族の侯爵家だ。明らかな罪の証拠もないのに訴えることなどできない。現にリリベットが攫われ、囚われた事件もなかったことにされた。

侯爵は別邸に駆け付けた兵に、管理を任した使用人を通して、「ドラコルルル家の当主が言いがかりをつけて、許可なく邸内に立ち入ったことを不快に思う」との言葉が伝えられた。

　人を攫うような真似はしていない、こちらこそ魔物をけしかけられて迷惑している、と兵の邸内立ち入りの許可も与えなかった。相手が高位の貴族では兵たちもそれ以上のことはできず引き下がるしかなかったそうだ。レネの予測が悪い形で当たったのだ。

「寛大にも侯爵閣下は許してくださったが、妙な言いがかりをつけると、名誉棄損で訴えられかねませんよ」

　と、逆にドラコルル家が注意を受けた。

　リリベットが自分主催のお茶会へ来る途中で攫われたことを気にしたルーリエ妃が、きちんと調べるようにと口添えをしてくれて、やっと再調査がかなったのだ。

　が、すでに事件発生から時間がたっていたこともあり、別邸は空っぽだった。血痕（けっこん）や魔物の毛一つ見つけられず、リリベットが見た囚われの魔物やデアボロ巡礼聖技団の少年などがいた痕跡（こんせき）など、邸内には何も残っていなかった。

「だけど、フシュたちが攫われたから。姉様が王太子に働きかけて、〈不当な疑いを晴らすために協力するように〉と口実をつけて侯爵の持ち家はすべて調べてくれた。何も出なかったけど、逆に言えばおかげで侯爵は動きを制限された。自分の家にフシュたちを連れ込むことができなくなったんだ。だからフシュたちはデアボロ巡礼聖技団のテントにいるはずだ」

　レネがきっぱりと言った。考えるまでもない。消去法だ。

「王国内の侯爵の持ち家は王太子が見張ってくれている。侯爵の所有物ではなく、彼の息がかかった場所で魔物を閉じ込めるのが可能なところ。残るはデアボロ巡礼聖技団のテントだけだ。あそこは奇術メインの団で動物を使うからその檻がある。それにあの縄の落下事故を受けて興行休止を申し渡されているから、テント内をうろつくよけいな観客もいない」

　絶好の監禁場所だ。それにレネが調べてくれた。ティルトたちに逆催眠をかけて、暗示を与えられていた間どういう行動をとらされたかを探ってくれたのだ。

　ティルトとビビは「邸の外に出て、黒い馬車に乗った仮面の男にフシュたちを渡す」と暗示をかけられていた。目撃情報を頼りに馬車の行方を追うと、デアボロ巡礼聖技団が滞在する森へとたどり着いた。

　が、これはあくまで状況証拠に過ぎない。誰の目から見ても明らかな物証がない以上、兵にデアボロ巡礼聖技団のテントに立ち入ってはもらえない。

　どうすればいいかと悩んでいると、部屋の扉を開けて、新たな男たちがやってきた。

「レネ殿の推測は当たってる。あの団は金持ち相手に裏公演をやってると仲間内でうわさだったんだ。異端とされる魔物を戦わせたり玩具として売買したりと背徳行為を行っていると。奴らなら魔物の扱いにも慣れている。使い魔の気配は他の魔物の気配に紛れて隠せるしな」

「そもそも悪人相手に品よく対応することはない。先に手を出したのは先方だろう。美しくない。目には目を。監禁場所がわかっているのなら、直接、奪い返しに行けばいい。襲われても後ろめたいのは彼らの方だ。襲撃行為を公にすることはない」

「デニス団長！　お義父様も！　来てくれたの!?」

助っ人にと、ヴァルキリー巡礼聖技団のデニス団長とアレクサ男爵が連れ立ってやってきた。

「男爵がデアボロ巡礼聖技団が謹慎で抜けた後の競技の余興役に、うちを押してくれてな」

「ふん、約束しただろう。お前が来れば団の後ろ盾になると」

デアボロ巡礼聖技団は見学に訪れたレネの上に綱を落としたり、団員の少年が行方不明になったりと不祥事が続いたので謹慎中だったが、この度、王の一声で正式に競技の余興役から下ろされたらしい。急遽その後釜を手配することになったとかで、男爵が芸術面で付き合いのある競技の演出などを担当する貴族の担当官に、推薦という形でねじ込んだそうだ。

もちろん、ただの余興担当だ。デアボロ巡礼聖技団のテントに踏みこむ権限はないし、侯爵を捕えることもできない、だが当日、ヴァルキリー巡礼聖技団は堂々と会場に滞在できる。

「協力するぞ」

団長が言った。

「俺も、俺も手伝いたいっ」

「わたしもっ」

ティルトとビビが涙目で手を上げ、主張する。

「俺たちのせいでこんなことになったんだ、挽回したい。それに……フシュたちが泣いてる。

早く助けてやらないと。あいつらまだ赤ん坊なんだ。絶対、怖がってる！」

　魔物は怖い。そう言っていたティルトたちなのに、間近で世話をしている間に赤ん坊魔物たちに情がうつったらしい。実の弟のように感じているのか、責任感に満ちた顔をしている。

「わかった。君たちにも動いてもらおう。フシュたちのために力を貸してほしい」

　レネも受け入れてくれた。ひと月前には頑なに他者を懐に入れることを拒んでいたのにと思うと感慨深い。レネが皆の考えをまとめ、宣言する。

「幸い、侯爵の指示した取引の日は競技後だ。それまでにフシュたちを助け出す」

　それしかない。

　作戦部分をつめるため、情報を集めに皆が部屋を出て行った後、リリベットは一人、フシュたちの子ども部屋へと向かった。

　愛らしい三柱の魔物たちがいない部屋はがらんとしていた。ただ、ウシュガルル一柱だけが仲間の危機を知らないのか、すやすやと揺り籠の中で眠っている。

　そのふっくらした頬に少し触れてから、リリベットは壁際の祭壇に祀られた聖像を見た。

　それは最初からそこにあった。

　ここが子ども部屋だよとベネシュ義父に案内された時から。

　その時のリリベットはこれが何かわからなかった。この国独特の子どものためのお守りかと思い、レネが香を捧げるのを見ても特に何も思わなかった。ルーリエ妃から魔物たちの世話の仕方を教わり、レネに変わって季節の菓子を供えることになった時も、形式のみを優先して、捧げるという行為の意味を深く考えないまま像に対していた。

（その時は、フシュたちがここにいたから）

聖像などを介さなくても、愛しい、至高の存在が床の上をコロコロ転がっていて、直接、愛でて、愛していると語って聞かせることができたから。

（だけど、今、フシュたちはいない。ここにあるのは聖像だけ……）

改めて、小さな木彫りの像を見る。素朴な作りだ。遥か昔に遠い異国で神々の戦いに敗れ、流れ着いたというフシュたち。傷ついた彼らを受け入れ、崇めることにしたドラコルル家の先祖が作ったという何の飾りもない像だ。

これは空だ。人に祀られるべき〈神〉であるフシュたちは侯爵の手に囚われているから。だがリリベットは聖像の前にたたずみ、そっと目を閉じた。手を胸の前で組む。

人は己の力ではどうしようもない運命を前にしたとき、敬虔な心を得るのではないだろうか。人知を超えた大きな力を感じ、畏れ、不安を抑えるためにさらなる存在を探し、すがる。

リリベットはルーア教徒だ。魔物を愛するなど、敬虔な信者が知れば憤激する背徳の罪を犯しているとはいえ、神を崇める聖歌を歌う巡礼聖技団で育った。異教の神を崇める方法など知らない。だがフシュたちはリリベットにとって愛しい、絶対の存在だ。ほほ笑めばリリベットに幸福と力を与えてくれ、泣かれればこちらの胸まで痛んでしまう。失うことなど想像もつかない、神とも等しい可愛い子どもたちなのだ。

（なら、どうか）

リリベットは願う。

（どうか私の祈りを聞いてください。無事でいて……）

跪いて祈る。異教の神に心を伝える言葉など知らない。それでも祈る。声を出す。

複雑に分化し、体系化した神の教え。古の聖女、聖マグダレナは言葉の通じない異教の民や魔物に歌で語りかけ、意思を伝えたという。

ならば音とは、歌とは、人の世界で生まれたもっとも初めの力ではないか。

言葉などわからなくても、ただただ願い、想う。伝わってくれと切ないまでの願いを込めて音を紡ぐ。それは原始の祈りなのかもしれない。

自然と、リリベットの唇から、フシュたちの無事を願う旋律がこぼれ落ちていた。

そしてその聖画のような姿を、揺り籠の中から、じっと、ただ一人残された赤ん坊魔物のウシュガルルが見つめていた。

2

とるべき方向は決まった。が、どう動けばいいか。

デアボロ巡礼聖技団や侯爵の周辺を探り、情報を持ち寄った面々は、改めて作戦会議を開いていた。議長役のレネが、さっそく口を開く。

「相手は強力な催眠暗示もかけられる魔導士が仲間にいる。素人が踏み込んではかえって危険だ。僕が行く」

レネが自らフシュたちを救出に行くと主張した。だがそれは無謀だ。

「気持ちはわかるがレネ殿は目立つ。姿を消すと侯爵が警戒して何をするかわからないぞ。競技の日まではみっちり社交の予定も入っているのだろう？」

「かといって夜闇に紛れて出るにしてもこの邸は見張られてるだろうし、こっそり抜け出すなら、身代わりがいるか。ウシュガルルが健在なら、僕に化けることもできるのにな。……ったく。こいつさえ元に戻ってくれれば楽勝なのに」

レネがため息をついた。ウシュガルルは他に競争相手がいず、玩具や子守りの手を独占できて上機嫌でバブバブ言っている。あいかわらず幼児退行を起こしたままだ。

「フシュたちが主の変更のせいでまっさらにされるのはしょうがないと思うんだ。もともと存在が不安定な魔物だったうえ、ラドミラ姉様の使い魔だったのがルーリエ姉様に、それから僕にと短期間で三度も譲渡されたから。そのたびに契約を無効にされて、素直なあいつらの頭の中がこんがらがるのは無理もないから」

もともとフシュたちはルーリエ妃と契約していた時も今と同じく赤ん坊姿で、人語を解しても話すことはできなかったそうだ。

「だけどウシュガルル、お前は違うだろう！　お祖母様からルーリエ姉様に引き継がれた時はちゃんと成人体で記憶もそのまま継承してたって聞くし、どう考えてもルーリエ姉様に置いていかれたから拗ねてるとしか思えないっ」

それを聞いて、リリベットは、そういえば、とふと疑問に思う。

「前に魔物たちの赤ん坊化は他には秘密にしてるって聞いたけど、どうやって一年も秘密にできたの？　そんなにべったりだった魔物なら人前に出なくなればうわさになるんじゃ」

「そこは大丈夫だよ。何とかごまかしている」

ベネシュ義父が言った。

「うちの長男の嫁が魔物の器を作れる子だとレネから聞いただろう？　で、ウシュガルルたちにそっくりな人形を作ってもらったんだよ。そこに無害で協力的な下位魔物に入ってもらったんだ。人前に出る必要がある時はそれを代役にしているが……、ちと問題があってな」

ベネシュ義父がちらりと壁際を見る。窓かと思っていた場所の緞帳を開けると、そこは壁龕のようになった戸棚で、美しい青年の姿をした人形がたてかけてあった。

長い髪に、異国情緒が漂う浅黒い肌をした偉丈夫だ。

驚いたが、幼児退行する前のウシュガルルの姿を模してあるらしい。

「いつでも対応できるように、ミアの友達の魔物にずっと取り憑いてもらってるんだが。……

皆、挨拶をおし。我が家に嫁にきてくれたリリベット嬢だよ」

『ン～？』

こてん、と首をかしげて美青年がこちらを見る。目をぱちぱちさせてから、ふにゃっと笑うところは、青年体ということを差し引いてもむちゃくちゃ可愛い。

「わ。ちょっと歳のわりに無邪気かなと思いますけど、素直な好青年って感じですね」

綺麗なものに劣らず、可愛いものが好きなリリベットは目を輝かせて感想を述べた。

が、ベネシュ義父もレネも微妙な顔だ。人形から目をそらせている。

「……その、本物のウシュガルルはもっと憎たらし、あ、いや、こうではなくてな。下位の魔物は素直な子が多くてうまく芝居ができないんだ。長く動かしているとすぐ偽物とばれる」

だからレネの背後で黙って立たせておくくらいしかできないらしい。

「うまく動かせれば競技にも出せたのだが。これでは無理だ。前にわしのふりをした魔物は演技もうまかったから、うまくいくと思ったのだがなあ」

と、ベネシュ義父がぶつぶつ言っているのは、昔、彼が魔物に取り憑かれて体を操られたことがあるかららしい。

（うわあ、魔導貴族の世界って怖い）

侯爵とのいざこざがなくとも、ドラコルル家は過去にいろいろな魔物がらみの事件に巻き込まれまくっているそうだ。

（同じ大陸内でも西の方の国に住む人なら、魔物なんか見ることもなく一生を終えるのに）

なかなか希少な体験をしたベネシュ義父がげそっとした顔をして言う。

「ミアにフシュたちの人形もつくってもらったがそちらもどうするかなぁ。他家の手前、使い魔四柱は健在だと競技で見せる必要があるが、侯爵は競技の場に判定役として出席しているだろうし、そこに人形たちを出せばどうしても偽物とばれる。かといって使い魔を出さないとなると他から勘繰られる」

どうしたものかとベネシュ義父が困った顔をする。リリベットはそれを聞いてふと思った。

「あの、前にレネ様から移動用の使い魔を作るのはどうかと言われたんですけど、競技に出す使い魔の数に上限とかないのですか？」

「ああ。使い魔を使える者自体が少数だからな。一人で一体使えたらいいとこだし。だから競技の規定には使い魔の上限は記されていない」

と、いうことは。リリベットは言った。

「あの、いい考えがあるんですけど」

翌日から、ドラコルル邸は賑（にぎ）やかになった。リリベットの〈作戦〉を採用したせいで、人の、いや、魔物の出入りが増えたからだ。

本日の社交から戻ったレネが、忙しく立ち働いているリリベットを見つけて声をかける。

「ただいま。ミア義姉様に作ってもらった僕の身代わり、調子はどう？」

「あ、お帰りなさい。見てみる？　一応、いくつか言葉も覚えさせたの」

リリベットの策とは、上限がないなら徹底的に使い魔を投入しようというものだった。

「今回の競技は新当主のお披露目も兼ねているのでしょう？　なら、新しくドラコルル家に入った嫁の私のお披露目といってもいいと思うんです」

レネはすでに何年も王都で過ごして、その力は皆が知っている。

だがリリベットは新参だ。誰もその能力を知らない。

「だから私は大量の使い魔を操ることができる魔導士で、今回、ドラコルル家は敢えて当主は手を出さず、嫁の力を皆に見せることにしたのだと、そういうふりをしたらどうでしょう。なら、競技当日に当主が代役に人形を置いてフシュたちを救いに行っても、侯爵には気づかれずに済むかもしれません」

ウシュガルルやフシュたち使い魔の人形だけでなく、レネの人形も作ってもらい、リリベットの後方に控えさせる。人との受け答えもリリベットがすれば、その間レネは自由に動ける。

レネは出場者だから競技場に築かれた迷路の壁より上には出られない。侯爵は競技場を見下ろす観客席にいるわけだから距離もある。言葉さえ発さなければ偽物と見抜くのは無理だ。

「フシュたちを救出に行くにしても競技会の最中に行けば侯爵は会場にいます。ドラコルル家の面々も会場に揃っていれば、まさか襲撃はないとあちらも油断しますよね？」

その隙に、本物のレネがデアボロ巡礼聖技団を急襲するのだ。

「だがそれでは君の負担が」

「私には皆がついていてくれています」

リリベットは外から室内の作戦会議を覗いている、たくさんの魔物たちの方を振り返る。

「私には魔物を操る強制能力はありません。つまり魔力も使わないんです。ある意味、制限なく無尽蔵に使えます。ミア様には器を作る負担をかけてしまいますが、徹底的に魔物を出しましょう！　私の手足となってくれる魔物たちの器や、フシュたちの人形も。なら、他家にも不審をかいません。ウシュガルル人形には私が操る移動型魔物に乗ってもらえばいいし、フシュたちの人形も周りを飛んでいるだけでいいですから」

そうして。大量の魔物の器をドラコルル家長兄の妻ミアに発注することになったのだ。

ミア夫人がいるのは王国の北の端。都から離れているし、競技まで時間がない。どうなることかと思ったが、夫のリジェクも高位の使い魔を従えていて、その能力が空間を操る力だった。おかげで彼を経由すれば距離に関係なく物を運べる。競技に十分間に合うよう、レネをかたどった〈器〉が届いた。

今はそこに宿った下位魔物に、演技指導をしているところだ。

無駄に美麗な微笑を浮かべたレネ人形が、外見だけは完璧に口を開く。

『ボクハ、レネ。キョウギニシュツジョウデキテ、ウレシイデス』

なまじ本物そっくりの姿だけに、カクカクした動きと話し方は違和感がある。

「……三日かかってこれか。競技は明日なんだけど」

「特訓したけど下位の魔物って〈話す〉こと自体をしたことがない子が多くて」

舌や口を動かす繊細な動きがなかなか理解できないらしいのだ。

「……しょうがない。話すのは悪いけどリリベット、君がやって」

「うん」

声帯を使わせるのは難しいが、簡単な礼などしぐさを覚えさせるだけなら、リリベットの合図で動いてもらうことができる。

人の耳には聞こえない犬笛の出番だ。

男爵には前に看破されたが、「あんな芸当ができるのは繊細な音の違いに厳しい我が家の者とレネ殿くらいだ。他は気づくまい」と太鼓判を押してもらった。

なのでレネ人形はじめ新たな器に宿った魔物たちには、犬笛を短調で吹けばお辞儀、短、短、長ならリリベットに従って退場など合図を覚えてもらった。後は臨機応変に何とかする。

レネ人形や他にも頼んでいた魔物の器を運んできてくれたリジェクの使い魔ウームーが、レネとリリベットに恭しく礼をとる。

彼は人の姿をとった、言葉も流暢に操る高位の魔物だ。

『私はリジェク様の使い魔として魔導の塔に登録されていますので、今回の競技に出ることはできません。代わりに、こちらの〈モンさん〉をどうか仲間にしてくださいと、リジェク様とミア様からの伝言を言付かっています』

紹介された〈モンさん〉は身の丈二メルトル以上はあるかという見上げるばかりの熊だった。使い魔ではなく、ミア夫人の友人の魔物で、人語こそ操れないが彼も高位の魔物らしい。

『グルルっ』

任せとけ、というように二足歩行の熊がドンと胸を叩く。パワーはありそうだ。

『彼は熊の姿をとってはいますが私と同じ知性の高い高位魔物です。人語は声帯の違いのせいで話せませんが、聞くだけなら数か国語をマスターしています。リリベット様がまとめきれない小型魔物の指揮もできますので、どうか作戦会議に加わることをお許しください』

こっくりと重々しくモンさんがうなずく。頼もしい。

「助かる。ミア義姉様の関与がばれないよう、なるべく熊に取り憑いたただの下位魔物のふりをしてくれるとありがたい」

レネが鷹揚に言って、さっそくモンさんと通訳のウームーも参加して、最後の調整のための作戦会議を始める。リリベットは自分の担当である、ヴァルキリー巡礼聖技団との詰めだ。

団の衣装係を務める女将のアガサが、フシュたちの衣装を作ってくれているのだ。

「可愛いけどかさばる衣装を着とけば普段と違って動きが鈍かったりしても、『ああ、衣装を着てるからぎこちないんだな』とか思ってもらえるからね。晴れの舞台じゃ派手な衣装を着るのはおかしなことじゃないし、変に思われたりしないよ」

　アガサが太っ腹に言い切って、布を断つ。フシュたちは代々ドラコルル家を守護してきた使い魔だ。当然、彼らのことは他の魔導貴族家も知っている。おかしいと思わせないよう、他に注意を向けさせる必要がある。派手な衣装はその面でも役に立つ。

「で、使い魔たちの衣装が悪目立ちしないように、コンセプトを統一した衣装をリリベット、あんたたち夫婦にも着てもらった方がいいんだけどねえ」

「私はいいけど。いつも公演で派手めの衣装は着ていたから。けど、レネ様はどうかな」

　競技に最初に出るのは人形のレネで、本物のレネは救出作業が終わり次第合流し、人形と入れ替わることになっている。レネは華やかな容姿だ。どんな衣装でも似合うと思うが、伯爵家の当主としての貫禄（かんろく）も示さなくてはならない。あまり軽い服装はできない。

「ドレスコードとか、細かなところはわからないのよね……」

　と、リリベットが布地を手につぶやいた時だった。

「ちょっと待ったあ」

「そこは私に任せてもらおう！」

　毎日、様子を見に来る叔父のアレクサ男爵と、デニス団長の待ったがかかった。

「美を司るアレクサ男爵家の当主として、話を聞いた以上、素通りはできん。ドラコルル一家出場者全員の衣装デザインは任せてくれたまえ」

「俺もだ。巡礼聖技団の団長として、登場シーンの演出は譲れないな。残念ながら当日は余興、演出担当として一貴族家に肩入れはできないが。事前にできる振りつけ指導は俺がする」

デニス団長が、渋い大人の余裕で片目をつむって見せる。

「観客を飽きさせない、不自然とは思わせない登場シーンにしてやるよ。貴族どもの好みなら知ってるしな」

「そういうことなら私もその演出に映えるよう衣装を調節しよう。伯爵家当主とその妻にふさわしい最高の衣装を仕上げてやる。ここは腕の見せ所だな」

二人は完全に意気投合して嬉々として布地を選んでいる。こういうのを親馬鹿というのかもしれない。

どうコメントしていいかわからないリリベットの頭に、デニス団長がぽんと手を置く。

「……お前もティルトも。少し手放した間に大きくなったな」

「え」

「特にリリベット、お前はもう一人前の娘だ。大人になった。母親に似ているな。いや、父親にか。サシャも普段はおっとりして見えて、一度決めると一歩も後へは引かない男だった」

「あの父が、ですか？」

いつも母やリリベットを見てにこにこ笑っていたが。

「あいつはあの脳筋、あ、いや、戦闘民族のヴァスィル家の男だぞ？　それに公衆の面前で自分をふった女を追って国を出奔する、思い込みの激しい男だったろう」

確かに。父は切れると怖かった。野党に囲まれた時など、「うちの可愛い嫁と子どもたちに何をする気だ」と、返り血を浴びた壮絶な笑顔を張り付けたまま、相手を叩きのめしていた。

そして、それを聞いて思った。団長はすべてを知っていたのだと。

そのうえでリリベットを守ってくれていたのだ。

「あのサシャとアドリアナの血を引いているんだ。できる」

大きな手で頭をなでられて、心が温かくなった。

3

競技が始まった。

スタートの合図とともに、ミア夫人に作ってもらった一角獣型の使い魔の背にまたがり、リリベットは闘技場に飛び出した。ひらりと上着の裾が舞う。

今日のリリベットの装いは、レネとお揃いの深紅の一揃いだ。

戦闘を伴うので動きやすいよう上着の前身ごろは短め、後ろ裾のみが燕の尾のように長い、竜騎兵の軍装めいた優雅な衣装だ。細い袖には黒の折り返しがついていて胸元には幾重にもなった紐飾り(ドルマン)がついている。上着と合わせたスカートもその下のペチコートも馬にしっかり跨(また)がれるように丈は短い。代わりに、膝上(ひざうえ)まである長靴を履いている。

そしてそんなリリベットの後ろ、二人乗りの鞍(くら)にはレネがいる。いや、レネの姿を模した人形だ。リリベットとお揃いの金と紅の服を着て、華やかな笑みを振りまいている。もう一頭投入した一角獣型の使い魔には、ウシュガルル人形が堂々と跨がっていた。

特訓のかいあって、ウシュガルル人形に取り憑いた魔物は馬にも乗れるようになったのだ。そしてその頭上を飛んでいるのはこれまたフシュたちを模した三柱の人形たちだ。

そして、リリベットが連れた使い魔はこれだけではない。

リリベットは通路を一角獣に駆けさせながら、鞍の両側に着けた大きな袋を開く。

「さあ、皆、お願い！」

『キュキュキュキュキュっ』

袋を開けるなり、いっせいに薄茶や白のふわふわ毛玉が飛び出してくる。

長毛の犬型魔物や北の辺境から助っ人に駆け付けてくれた熊のモンさんの抜け毛、ドラコルル家領特産のアルパカという羊と山羊を足して二で割ったような家畜の毛を利用した、掌サイズのふわふわ丸い毛の毬(まり)だ。一つ一つに団の魔物たちの魂核が宿っている。

『キュキュ――っ』

ざざーっと通路を埋める勢いで、毛玉たちが転がっていく。次々迷路の通路を埋めて走査して、ゴールを目指す。互いに触れ合いバケツリレーのように意思の伝達をして、後方に指揮官として控えるリリベットに通路の先に何があるかを教えてくれる。

「す、すごい、迷路を埋め尽くして制覇していく群れか。まるで一つの生命体だ」

「あれだと頭使って迷路を解く必要ないぜ。総当たりで道をあたって、正解の方へ進めばいいんだから。すごいな、ドラコルル家。出場人数には上限があるが、使い魔の数に制限はない。それを利用したのか。あれなら二人だけの参加でも十分だ」

上から見下ろすので全体図が見える観客が、感心して言う。

ふわふわ毛玉は圧縮すれば小さくなる。ぎっしり詰められるだけ二つの袋に詰めてきたから、たくさんいる。毛玉たちは迷路を進み、行き止まりであれば互いにふれあって伝えて戻ってくる。正しい道をリリベットに示してくれる。

そして、〈罠(わな)〉として魔物がつながれている通路を発見すると。『ウキュ、』『ウキュ、ウキュキュっ』

モンさんの出番だ。小さな毛玉魔物たちがざっと左右に分かれて道を作る。そこを素早く、かつ、堂々と進んだモンさんが、ぺいっと手の一振りで得点源となる罠の魔物を昏倒(こんとう)させる。

「一点プラスだ、すげえ、あんな凶暴そうな魔物を一撃で」

競技に出される魔物は無害な下位魔物ではなく、人に害を与える討伐対象の魔物たちだ。魔導の塔で学ぶ見習いたちに魔導士としての戦闘経験をつませるため、対戦相手として捕獲されたものを競技に流用しているのだ。

そんな凶暴な魔物たちをモンさんは命を奪うことなく一撃で昏倒させていく。

その圧倒的な力と騎士道精神に、観客たちは感心し、惜しみのない拍手を注いだ。

眼下の闘技場では後発というハンデをものともせず、ドラコルル家が快進撃を続けている。

その様子を判定席から見下ろして、イグナーツ侯爵は違和感を抱いた。

（あの少年は、あんな顔をしていたか？）

ドラコルル家の当主、レネのことだ。

魔導貴族の惣領家を務める侯爵家の当主とはいえ、侯爵自身は魔導貴族ではない。過去に魔導貴族の血を入れているし、魔物に対して忌避感こそ少ないが、興味があるわけではない。なので捕えているはずのドラコルル家の使い魔たちが宙を飛んでいるのは偽物とわかっていても、他の魔物の差異はわからない。が、ドラコルル家当主レネの姿ならじっくり見ている。

まだ代替わりして一年で、数えるほどしか会っていない相手とはいえ、あのアドリアナの娘を妻とした憎い男だ。会うたびにその様は観察している。その記憶からすると、今、眼下の闘技場にいる彼は少し様子が違う気がする。精彩を欠くというか、艶（つや）が足りない。

（偽物か？　……何か企んでいるのか）

人質を取り、圧倒的有利に立つとはいえ、彼らが素直に取引に応じるとは思っていない。

侯爵はもっとよく見ようと身を乗り出した。

「レネ兄ちゃん、始まったみたい」

「よし、いそごう」

同時刻、レネはヴァルキリー巡礼聖技団の少年ティルトとともに、都の郊外に張られたデアボロ巡礼聖技団のテント前にいた。

リリベットの様子が気になるが、競技の進行具合は会場に待機しているデニス団長が狼煙と祝砲の音で逐一、知らせてくれる手はずになっている。

（一刻も早く闘技場に駆け付けるためにも、自分の割り当てをやり遂げないと）

でないとあの責任感の強い嫁に顔向けできない。レネはティルトに向き直る。

「ティルト、君の暗示は完全にはとけていない。暗示の解呪には時間と手間がかかる。使い捨ての道具にするつもりだった奴らのことだ。ほったらかしだろう。そこを逆に利用するぞ」

「うん、わかってらい。俺の演技力、期待してくれよな。これでも団の新鋭だぜ？」

元気に言ったティルトが、次の瞬間、うつろな顔になる。そのままふらふらと己の意思を持たない催眠暗示にかかった者の動きで、デアボロ巡礼聖技団のテントに近づいていく。

撤収作業をしながらも部外者がテント内に入り込まないように見張っていた団員が、ティルトに気づいて同輩に声をかけた。

「おい、あいつが来てるぞ。まさか暗示を解呪しなかったのか」

「あ。そういえば。もう用は終わったし、時間がなかったから。条件を満たさなかったら再度、暗示が出るわけじゃないって魔導士も言うから、ほったらかしだった」

「ちっ、魔導士を連れてこい。人目を引いてる。これ以上はまずい」

興行停止にされているとはいえ、まだテントは人目に付く都近くにある。テント自体が人の注意を引く派手な造りだし、巡礼聖技団は民からすれば人気の娯楽対象だ。

興行はしていないと聞いて残念がっていた近くの村の住人たちが、おかしな動きをするティルトを団の道化と思ったのか、もしや興行を再開したのではと集まってきている。

「おい、見世物じゃないぞ、散れ！」

「村人を散らすよりそいつを早く捕まえろ、兵を呼ばれてはまずい」

テントから出てきた男たちが見ている村人たちを散らし、ティルトを捕まえようとする。

が、ティルトは身軽だ。ひょいと男たちの腕を交わすと、傍らの綱をつかみするするとテントの上部へと上っていく。たどり着いた高い足場でとんぼ返りを打ち、演技して見せる。

「わあ、何々？」

「やっぱり公演やってるの!?」

通りかかった村の大人たちだけでなく、子どもたちまでもが集まってきた。

といっても実は子どもたちの半数は〈サクラ〉だ。ヴァルキリー巡礼聖技団所属の、舞台にはまだ出られない小さな子どもたちが村の子どもたちと遊んで仲良くなり、頃合いを見計らってこちらに誘導したのだ。

そして子どもたちが集まれば、当然、

「なんだなんだ。お前たち何をしてるんだ」

その子たちの兄弟や親といった、娯楽に飢えた大人たちもやってくる。

さすがのデアボロ巡礼聖技団も数人どころか数十人と集まった村人すべてを相手に何も見なかったと暗示をかけたり、脅して追い返すわけにはいかない。

「よくやった、ティルト！」

デアボロ巡礼聖技団の面々が対応に四苦八苦している間に、レネがヴァルキリー巡礼聖技団の数少ない大人の男、奇術師のヨハンと一緒にテントの中に忍び込む。

レネにとってはなじみのない巡礼聖技団のテントだ。だがヨハンには違う団とはいえ同じ商売相手の住処だ。初見でもどこに何がありそうか、テント内を把握できる。

「こっちだ」

「助かる」

レネはヨハンの案内で奥へと進む。フシュたちを救出するために。

その頃、リリベットは競技会場で健闘していた。

モンさんだけでなく、小さなふわふわ毛玉たちも頑張ってくれている。迷路は半ば制覇し、得点となる魔物撃破も少しおとなしそうな魔物であれば毛玉たちがうぞうぞとその体表を上り、ふわふわ毛玉で圧縮して降参させる。あっという間に通路が綺麗になっていく。

（よし、順調！　もしかしたら勝利も手にできるかも）

リリベットは期待した。

が、快進撃もそこまでだ。

「ふははは、やってくれるじゃないか。そうでないと戦いがいがない！」

出た。ヴァスィル家のミハイルだ。

「レネ！　思う存分戦おう！　今日こそはいつもみたいにへらへら避けたりするなよ！」

戦闘民族である彼の相手は怪我人が出る。モンさんには下がってもらって、リリベットはレネと立てた作戦に従い、毛玉魔物たちを呼び寄せる。そして合図を下す。

「合体！」

毛玉魔物たちがくっつき、むくむくと大きな竜の姿をとる。

「おもしろいっ」

嬉々としてミハイルが剣をふるう。が、

『ピリリリッ』

リリベットは犬笛で合図を送る。途端に毛玉の竜は崩れ、剣は何もない空間を空ぶりした。

「な、変幻自在だと!?」

ミハイルとはまともに戦わない。足止めだけする。

それがドラコルル家の基本戦術だ。

彼を翻弄して時間を稼ぎ、レネが戦線に戻るのを待つ。その間に別動隊となったモンさんには得点を稼ぎつつゴールまでの道を探ってもらう。

毛玉たちに送る合図を歌ではなく犬笛にしたのは、必ず出てくるだろうミハイルに合図を読まれ、次の動きを察せられないためもあったのだ。

パラソルを広げ、ミハイルの攻撃で砕けた壁の破片を防ぎながら、リリベットは犬笛を吹く。

堂々と魔物を操る。

「皆、やっちゃってっ」

ふわふわの器に宿った魔物たちがころころ動いてミハイルの邪魔をする。

「うわ、こける、くすぐったい、よせ、お前たちっ」

さすがに足元にまとわりついたり、ふわふわ体の上を転がってくすぐってくる小さな毛玉魔物たちは攻撃しにくいのだろう。ミハイルが苦戦している。

気配を察して避けようにも妨害に特化した毛玉魔物には殺気がない。ふわふわ空気に浮かんで鳥とも違う変則的な動きをするし、何より数が多い。それに攻撃してもすぐ四散して受け流し、また集まって実体化する。きりがない。ミハイルも手を焼いている。

（すごい。レネの言ったとおり）

リリベットは感心して彼が言ったことを思い出す。

「大会の規則があるから人を相手に炎や氷系の大がかりな攻撃魔導は使えない。あいつは脳筋だからここぞとばかりに剣を頼りにくるはずだ。それなら小型魔物でも相手できる」

レネと事前に対策を立てたとおりになっている。

そして防御は。毛玉たちを入れていた袋は実はカモフラージュだ。袋の底には丸くなって眠っている本物のウシュガルルが入っている。

たった一柱だけ残された、ドラコルル家の使い魔。上位魔物であるウシュガルル。

彼は赤ん坊状態でも無意識に自分の身を守るべく結界を展開する。だからこそ大泣きをして邸を破壊しまくっても自身が傷を負うことはなかったのだ。

「だからお守り代わりに連れて行って。ウシュガルルさえ鞍に括（くく）り付けとけば、たいていの攻撃は防いでくれる。君が傷つくことはないはずだ。こいつだってこれくらいの働きはするべきなんだ。使い魔なのに毎日だらけて君の膝で菓子を貪り食って」

レネが額に青筋を浮かべながらウシュガルルに参加を命じた。

そして、対、ヴァスィル家への策は。

「他のヴァスィル家の奴らは妨害役はミハイルに任せて得点を稼ぐ策をとる。ミハイルさえ引き付けておけば君の所に来ることはない。他家もミハイルの剣幕に押されて近づかないだろうから、うっとうしいけどミハイルを僕が戻るまで傍に引きつけといて。むかつくけどあいつがいれば結果的に他の妨害はすべて防げるから」

レネの言う通りだ。派手な動きのミハイルの周囲には、とばっちりをこうむるのはごめんだとばかりに誰も近づいてこない。それにミハイルが邪魔をすれば参加人数の少ないドラコルル家は得点を稼げないと思うのだろう。通路を行く別動隊の毛玉魔物やモンさんの行く手を積極的に邪魔しようとする者も出てこない。

（なら、私でも行ける！）

一角獣を操り、ミハイルの攻撃を受け流しながら、たまにレネ人形に「ばーか」「のうきん」などと言わせてミハイルを煽り、引きつける。

「くそっ、嫁の陰に隠れるとは卑怯だぞっ。レネ、尋常に勝負しろっ」

いらだったミハイルが何とか近づいてこようとするが、リリベットは細心の注意を払って距離を取る。近づかれて肉弾戦となればあっという間にレネ人形の正体がばれてしまう。

「くそっ、らちが明かない。お前ら、ちれっ」

だが、とうとうミハイルが本気を出してきた。こうなれば小型魔物たちでは防ぎきれない。

「そこだっ」

垂直の壁を蹴(け)って跳躍(ちょうやく)し、リリベットに肉薄したミハイルが剣を振る。ざんっ、と犬笛を首にかけていた紐(ひも)を切られた。ミハイルがにやりと笑う。

「これだろ？　合図を出していたのは。俺の耳を甘く見るな」

剣先に、奪った犬笛をぶら下げてミハイルがすごんだ。さすがは狩りにも特化した戦闘民族、犬を従わせる術にも詳しいらしい。

「レネ、いい加減、嫁の陰から出て来いよっ」

ミハイルが剣を振りかぶる。力技で来られては旋律を操る以外に何の力もないリリベットはひとたまりもない。必死にレネの人形をかばいつつ、後退する。

（もうだめっ）

その時だった。いきなり、ドドド、ドンっ、と腹に響く音をたてて、花火があがった。

真っ青な昼の空に上がった、色とりどりの煙がついた、狼煙にも似た花火。

デアボロ巡礼聖技団に代わって競技の余興と演出を担当することになった、ヴァルキリー巡礼聖技団のあげた花火だ。場を盛り上げるために適時、花弁や紙吹雪(かみふぶき)などを散らしたり、音楽

を奏でたりと、競技会を運営する委員に演出を遂行するは許可は得ている。が、

「なんだっ?!」

突然の音と光に、観客たちとミハイルの注意が一瞬、そちらにそれた。

その隙に。

体勢を崩したリリベットをふわりと抱き留めてくれた腕がある。

「ただいま、リリベット」

「レネ?!」

リリベットが振り仰ぐと、そこには頼もしくも麗しい、夫の姿があった。フシュたちを救い出したレネが合流してくれたのだ。

「……くそ。ミハイルの奴、言いたい放題言いやがって」

支えていたリリベットを優しく地面に立たせながら、レネが言った。

「勝つぞ、この競技。あの馬鹿にだけは馬鹿にされたくない」

ひょうひょうとして見えて実は負けず嫌いなレネが、額に青筋を浮かべながら言った。

4

煙幕を焚き、すかさず人形と本物が入れ替わる。

人形は中に入った魂核を開放し、袋にまだ入れてある毛玉に代わりに宿ってもらう。そして人形本体の方は。

「皆、疲れたでしょう。もうひと踏ん張り、これを食べて頑張って！」

なんとミア夫人お手製のレネ人形は入れ替わることを前提に、証拠隠滅をしやすい、魔物に供物として供えることもできる甘い砂糖菓子でできているのだ。リリベットは手にしていたパラソルの柄で思い切り人形を殴りつけると、砕いて小型魔物たちに分け与える。

「……リリベット、君、僕の人形相手に一切ためらわなかったね。脳天からかち割ったよね？」

レネが顔を引きつらせているが時間がないからしょうがない。だって、

「レネ、後ろっ」

気を取り直したミハイルが攻めてくる。レネが腰の細剣を引き抜き、受け流す。

だが分が悪い。学究派の魔導士志望で芸術家肌のレネと、年中外で馬を乗り回し戦闘の腕を磨いているミハイルなのだ。手にした武器も華奢(きゃしゃ)なレネの細剣と、ミハイルの実用本位の使いこまれた大剣では勝負にならない。そのうえ、

「無駄だ、レネっ。俺は時の先が読めるんだからなっ」

軽々とレネの動きを呼んでミハイルが攻撃してくる。

ヴァスィル家の予知能力だ。

これではレネの頭脳と敏捷性が活かせない。二人の少年の戦いを前に、蚊帳の外に置かれたリリベットは必死に頭を働かせる。

（さっき、ミハイルは何秒で斬った？）

人は目で見て、脳でどう動くかを判断して筋肉を動かすまでに数秒かかるという。彼はレネが足を踏み出したその瞬間にはすでに剣を持ち、待ち構えていた。つまり、

（読めるのは、五秒）

リリベットと同じだ。だからこそ行動を起こすタイミングはわかる。

いつも予期せぬ時に現れる予知の力だ。今まで使いこなせたことがない。だがリリベットは心を研ぎ澄ます。必死に注意を集中させる。

見えた！

「レネ、後ろ、一時の方向！」

声をかける。彼とは何度も一緒に歌を歌い、息を合わせることには慣れている。

「そうか！　頼むっ」

すぐにレネはこちらの意図に気づいてくれた。リリベットが見ることができる五秒先の世界を共有し、反応してくれる。

「貴様、その力っ、やはり我が一族のっ」

急に動きのよくなったレネに、ミハイルが押し返される。そして。

（あそこ！　あそこにナイフを投げれば、足を止められるっ）

念のため護身用に持っていたナイフをリリベットは投げる。父に教わった手首のスナップを利かせた投げ方で、渾身(こんしん)の力を込めて放つ。

「うおっ」

見事、ナイフはミハイルのマントを壁に縫い付ける。

「もらったっ」

レネがミハイルの剣を跳ね飛ばし、彼の首筋に剣を突き付けて降伏を勧告した。

「リリベット、君は魔物を倒してさらなる得点を稼いで。こいつは僕が抑えるから」

「わかった！」

他家の魔導士たちに倒される魔物をかわいそうに思っていたのだ。彼らに傷つけられる前にと毛玉魔物たちを使って戦意を奪い、次々と制圧していく。

観客席の後方に挙げてある得点表がみるみる伸びていく。

「ドラコルル家、すげえ」

「怒涛(どとう)の追い上げだっ」

観客席が沸いた。人は不利な立場にある相手に同情を集めやすい。そして大逆転という現象に弱いのだ。魔導貴族なんてと、畏れながらも蔑視(べっし)していた封土貴族たちまでもが腕を振り上げ、ドラコルル家に声援を送り始めた。

「どういうことだ！」

高い判定員席から会場を見下ろしながら侯爵は焦った。このままではドラコルル家が優勝してしまう。しかも。

「侯爵様っ」

背後に声を殺した従者がやって来て、膝をついた。デアボロ巡礼聖技団からの使者が来たそうだ。ドラコルル家の使い魔たちを奪い返され、さらには団で飼っていた魔物たちまで逃がされて大騒ぎになっていると。

「あまりの騒ぎに兵も駆けつけました。違法に魔物を飼っていたことはもう隠し通せません」

「くそっ」

やはり最初に感じた違和感は正しかったのだ。あれはレネの替え玉。本物は使い魔を取り戻すために動いた。そしてあの花火に観客の目がそれた隙に煙幕を焚き、入れ替わったのだ。

侯爵は頭を抱えた。隣席の神官長が心配げな顔をするがそちらに注意を向ける余裕がない。

人質としていた使い魔たちさえ取り返せばドラコルル家に抑えはない。競技が終わり次第、事の次第を王にぶちまけるだろう。デアボロ巡礼聖技団にも調べが入ることは止められない。

今までに攫った娘たちのことも明るみに出る。自分は終わりだ。

闘技場を見下ろした侯爵の目に、煌めくリリベットの銀の髪が映った。

あの憎い、アドリアナを奪った男の一族の色だ。

「……またか。また私の邪魔をするのか、サシャ・ヴァスィル！」

そうはさせない。椅子を倒して侯爵は立ち上がった。

「どちらへ、侯爵」

「まだ競技中ですぞ」

追いすがる同輩の声を振り払い、闘技場の地下へと降りる。そこにあるのは幾多もの檻だ。

競技に使うために飼われていた魔物たち。

ここには侯爵が別邸で飼っていた魔物も交じっている。王太子妃の介入で別邸に調査の手が入った際にこちらに移して隠していたのだ。

侯爵は檻の傍らに下りると、次々と鍵を開けていく。

長年の虜暮らしに正気を失い、血走った目をした魔物たちを戒める鎖を解いていく。闘技場や観客席へと通じる扉も開け、事故を防ぐためにと設けられた安全弁も外す。

気づいて止めに入った係官が悲鳴を上げた。

「何をなさる、そんなことをすれば侯爵、あなたもっ」

「ふはは、もう一人だけ泥をかぶるのはたくさんだ！　すべて道連れにしてやる！」

せめて破滅するなら共に。一人だけ、恥辱の中に置いていかれるのはたくさんだ。

狂ったように笑う侯爵の首筋に、解き放たれた魔物が噛(か)みついた。

観覧席では、地下通路からいきなりあふれ出てきた魔物たちに、皆が悲鳴を上げていた。

長らく闘技場の地下の闇に閉じ込められ、ただただ殺されるためだけに生かされていた魔物たちだ。もともと人を襲うなど凶暴な性質をして囚われた魔物たちだが、長い虜囚(りょしゅう)生活で凶暴性がさらに鋭化している。動く者なら何でも見当たり次第にくらいついてくる。

「衛兵、衛兵、民を守れっ」

「魔導士たち、いや、魔導貴族もだ、援護を、競技は中止だ。魔物たちを鎮めよっ」

競技を観覧していた王と王太子も民の避難と援護を兵と魔導士たちに命じる。その騒ぎは闘技場の迷路の中にいるリリベットとレネにも届いた。

一角獣にお願いして、禁止されている迷路の壁上に出る。

「あの魔物っ」

混乱している会場の通路を行く魔物に見覚えがあった。侯爵に囚われていた時に見た魔物たちだ。レネが言った。

「兵が探しても見つからないわけだ。競技に出す魔物に紛れて隠していたのか」

虐げられ、人を憎んでいた魔物たちが制御を解かれて見物客に襲いかかっている。リリベットは思わず、やめてっ、と叫んで頭を抱えた。

(せっかく、魔物と人が共存できる国に来れたのに!)

鎮めないと。さもないとこの国の民までが魔物とは恐ろしいものだと思ってしまう。魔物と人が共存できる理想郷が消えてしまう。

対峙するだけではだめだ。魔物を倒すだけでは。

「レネ、手伝ってっ」

リリベットは背後にいる夫に手を伸べた。彼が持つ魔物を眠らせる歌と声を求める。

「私だけじゃ駄目。強制力のある魔力のこもった声を持ってない、無理だから」

だけど、二人なら。

母が荒ぶる魔物を前に歌って聞かせた旋律を必死に思い出す。母が遺した日記には書かれていなかった。だが幼い頃に何度も聴いた。

脳は忘れることはないという。ただ、思い出しにくくなるだけだと。それを忘れたと言うのよ、と母は言っていた。なら、リリベットの頭の中にはあの歌があるはずだ。
ラ、ララ、ラララ……
リリベットは歌い出した。必死に思い出した旋律を風に乗せる。

すぐにレネが調和してくれる。

まだ新しい声に慣れないのだろう。かすれた、音程の定まらない声。彼が声変わりを隠そうと、人前では歌わず、隠していた大人の男性になった声だ。それでも彼は必死に声を出してくれている。リリベットに協力してくれる。

そんな優しい夫に、リリベットは涙が出そうになった。

だが今は泣いている時ではない。彼に心を言葉にして伝える時でも。

だからリリベットは歌に思いを込める。ありがとう、と。そして伝える。大丈夫、あなたは歌い方を知っている。ただ新しい声に慣れていないだけ。そう大切な人に語りかける。

初めて立ち上がった時のウシュガルルや、翼を動かしてきょとんとしていたフシュの顔を思い出す。それと同じだ。誰にだって初めはある。勇気さえ出せば道は開ける。

(だから。どうか私に心を開いて)

あなたが羽ばたく手助けをさせてくださいとレネに願う。新しい声で、初めての一歩踏み出す彼を支える歌を、背を前へと押す歌を心を込めて歌う。

彼は応えてくれた。

リリベットが風に乗せる旋律を受け入れ、歌う。大人の度量で同調してくれる。

次々と魔物たちが従い、動きを止め、頭を垂れる。二人の前に膝をつく。

それに歌い続けているうちにレネの音程が安定していくのを感じた。

心地よいテノール。以前の彼の声とはもちろん違う。だが同じく魔物に強制力を持つ、魔力を宿した声だ。前と違って高く澄んではいない。だがやわらかく厚みのある響きが魔物たちに働きかける。強制力を持つ声が、鎮まれ、と優しく、だが厳しく命じる。

そしてその歌に絡まる、リリベットの癒しの歌。

どうか鎮まって、あなたたちを助けたいの、そう訴える声。強制力はないリリベットの歌声が、魔物たちに優しく語りかける。お願い、従ってと意思を伝える。

暴れていた魔物の目から凶暴な光が消えていく。二人を中心にして静かな輪が広がっていく。

リリベットはさらに心を込めてレネと手を取り合い歌う。まだ暴れている魔物たちの心に届くように、心を込めて母の生んだ旋律を歌う。声は意思を伝える原始の道具。歌は祈り。そんな願いを込めて、魔物たちに捧げる。異端の存在と蔑むのではなく、荒ぶる神を鎮めるように、ただただ祈りを込めて歌う。

その声は、眠れる〈神〉にも届いた。袋の中で眠っていたウシュガルルが目を覚ます。

そして、覚醒した。

ぽんっと派手な煙を上げて、空中に尊大な、偉大な力を持つ存在が現れる。

大人の姿を取り戻し、堂々と宙に立ったウシュガルルにレネが驚きの声をあげた。

「ウシュガルル、お前、元に戻ったのか……？」

『……ふん。しかたがあるまい。そんな声で歌われてはな。我だけがいつまでも幼い姿に甘んじているわけにはいくまい。それに……わが巫女の危機だ』

そう言って彼が攻撃魔導を放ち魔物を倒した先には優しい薔薇色の髪をした乙女がいた。

銀髪の王子に守られた、可憐なルーリエ妃だ。

『勝手に我をおいて嫁いでいった娘とはいえ、赤子の頃より見守った我が巫女の前で無様な姿は晒せまい？　ついでだ。そなたらが捧げた祈りに免じて、使い魔契約に応じてやってもいい』

偉そうに言って、『ただし！』とウシュガルルが付け加える。

『我はドラコルル家の巫女としか契約は交わさない。レネ、男のそなたは論外だ。だが娘、そなたならいい。子守り技術も作る菓子もなかなかだ。我が巫女の味を忠実に再現している。ドラコルルの血を継いではいないがそこにはドラコルル家の息子もいる。そなたら二人が揃って我が主になるというのなら、特別に契約してやってもよい』

ウシュガルルが尊大に顎をしゃくってみせる。

『さあ、どうする？　時間がないのではないか？』

そうして。主を得たウシュガルルの力はすさまじかった。

手の一振りで風を起こし、まだ暴れている魔物たちを一掃する。崩れる壁を支える。燃え盛る炎を消し、魔物の尾に弾き飛ばされた兵たちをも次々と受け止め、逃げ惑う観客たちを光の魔力陣で包み、安全な場所まで移動させる。

ウシュガルルが放つ魔力に守られた人々はとまどいつつも顔を上げる。

そして残った魔物たちを鎮めるために歌い続けるレネとリリベットを見る。

響く奇跡のような歌を聴き、二人の前に従い、膝を折る魔物たちを見る。

「……そんな一気にこれだけの魔物を支配下に置くなんて。他の魔導士の使い魔まで交じっているぞ。長女のラドミラ殿の魅了の力もすさまじかったが、末弟レネ殿のこの力は」

「もはやこれは魔導の括りでは収まらん、奇跡だ、奇跡の神の力だ……」

人々の目が変わる。怪しい魔物使いを見る目から、聖なる御業を使う者を見る目へと。

中身は変わらないのに、コインの裏と表が入れ替わるように皆が魔物たちの中心に立つレネとリリベットを聖なるもののように崇め見る。

競技に祝福を与えるために臨席していた神官長が、感動のあまり声をふるわせて言った。

「聖女だ、聖女マグダレナの再来だ！　皆、魔物への攻撃をやめよ！　聖女様が鎮めてくださる。それよりも祈りを捧げるのだ、聖女様が降臨なさった！」

兵士たちが、民がそれに従う。

それらを見て、王が皆の心を代弁するようにつぶやいた。

「いやはや。変則だが、今回の競技の功労者、いや、勝者は決まったな……」

終章　カーテンコールのその後は

　競技が終わって三日後のこと。王より指揮を任された王太子の手で惨事の後始末が進む中、ドラコルル家は押し寄せた来客たちが起こす騒ぎの渦中にあった。先ず、

「ミハイルとの戦闘で見せた先読みとナイフ投げの技！　あれはまさしく我らが一族の技だ！　お前はやはり我が一族の娘だ！」

　伯爵夫人はじめヴァスィル家の面々がリリベットに会わせろと押しかけて来た。そして、

「デニス！　まさかお前が我らが一族の娘を守護してくれていたとは！」

　なんと団長は予知の力こそ持たないがヴァスィル一族の出だったのだ。戦いに飽き、もっと繊細な芸術に関わる仕事をしたいと出奔したのだとか。

　だからこそ行き場を失った父と母を受け入れてくれたのだ。母が魔物を拾うのも黙認した。彼もまた魔物に対する忌避感のない魔導貴族の出だったから。

　そして次に押しかけて来たのが、レネたちの力を見て感動したという口実の下、よしみを結ぼうとする魔導貴族家や封土貴族家、商人たちだ。他にも、

「おい、聖堂直属の巡礼聖技団から引き抜きが来たぞ！」

リリベットに花姫になってくれ、いや、聖域に奇跡の申請をして聖女列席を願おう、と神官たち聖職者が大挙して押しかけて来た。リリベットが巡礼聖技団の花姫だったことから、あれは聖なる力だと解釈したらしい。リリベットは複雑だ。

（私、魔導貴族家の者として、魔物を鎮める歌を歌ったのに……）

異端と聖なるものの境はいい加減だなとリリベットは思った。が、とにかく。これで堂々と魔物に語りかける歌を人前で歌えるようになったのだ。とはいえ、さすがに出自が明らかになった以上、生粋の魔導貴族の娘であるリリベットが聖堂に入るわけにはいかない。

「私は魔導貴族の娘ですから。代わりにこの地で自由に歌うことを許してください」

と断った。すると聖堂側は「なんと謙虚な」とかえって感激して、リリベットとドラコルル家の後見となることを約束してくれた。競技はあの騒ぎで中止となったが、あの歌は素晴らしかったと、夫婦まとめて聖堂の名において庇護を与えてくれたのだ。

かくしてレネは聖職者から祝福を与えられた初めての魔導貴族になった。

肩書が増えたって面倒なだけじゃないかとレネ本人は不満顔だが、ウシュガルルが成人体で出現し、暴れていた魔物たちが頭を垂れたのが効いたらしい。一躍、都の人気者だ。

ちなみにフシュたちはまだ赤ん坊のままだ。

ウシュガルル曰く、新たな主との契約を確実に結ぶために魔力を溜めているだけなので、時

が満ちれば元に戻る。それも遠くはないそうでとりあえず一安心だ。そしてそれを聞いて、

「え、王太子殿下御夫妻が!?」

実家の一大事だからと、王太子の付き添い付きでルーリエ妃が里帰りをしてきた。元ドラコルル家の巫女だったルーリエ妃から、リリベットとレネは改めてフシュたちを託される。

「ウシュガルルは私を守護してくれていた魔物だけど、フシュたちはもともとお母様に懐いていて、次にラドミラお姉様を主としていた子たちなの。やっと正当な主に返せるわ。フシュたちも嬉しそう。ありがとう。これからもレネともどもよろしくね。伯爵夫人」

「僕からも頼む。妃の心が安らかに保てるようにどうかこの子たちを末永く見守ってほしい」

王太子にまで頼まれた。

(どうしよう。誰もルーリエ様に私が契約嫁だったって、もう契約期間も終わったってこと、言っていないの?)

貴族院に納めた婚姻証明書の有効期限は競技が終わるまでだ。もう切れている。外が騒がしいからまだここにいさせてもらっているが、リリベットはとっくにドラコルル家の籍にない。

そっとベネシュ義父と男爵を見ると、ベネシュ義父があわてたように言った。

「いや、心配かけたらいけないと思って」

「ふん、私を誰だと思っている。我が家の娘ならドラコルル家に受け入れられるとわかっていたからな。期限が切れたのなら、新しい契約を交わせばいいだけだろう」

ベネシュ義父とは反対に堂々と胸を張って男爵が差し出したのは、新しい婚姻契約書だ。

「世間が静かになり次第、私が親権代理で署名して提出予定だ。特別に見せてやろう」

言って、男爵が見せた婚姻契約書からは前に交わした条件の白紙結婚部分が消えている。そして代わりに、「私たちに子が生まれ、もしその子が継ぎたいと言えば、アレクサ家に養子として出し、家を継がせる」との項目が増えていた。

「な、なんですかこれ」

リリベットは思わず声をあげた。レネがひょいと覗き込む。

「え、何？　……ふーん、貴族家ならよくある条項だな。ま、許容範囲内かな。家の存続が一番大切だし。貴族は。イレネ大公もそうだろ？」

「そ、それはそうだけど」

叔父は独身だ。姉の醜聞があったので縁談の話もなかった。叔父が死ねばアレクサ家は断絶してしまう。それは母も望まないだろう。だからわからなくはないのだが、いきなりこんな生々しい婚姻条約を見せられては混乱する。さらには、

「おい、先代イグナーツ侯爵夫人まで来たぞ」

と、亡き侯爵の母君までがドラコルル邸を訪れた。

これは気まずい。リリベットは十七年前に公然と息子を振った女の子で、今また、罪を暴いた娘なのだ。そしてそれが原因で自暴自棄になった侯爵は、先の競技で自ら命を絶つ暴挙に出

た。リリベットはいわば息子の仇だ。

（ど、どうしよう。何を言われるの？）

息子を返してと殴られても仕方がない。覚悟を決めて赴くと、客間にいたのは上品な白髪の夫人だった。椅子に座りもせず立ったままで待っていた彼女は、レネとリリベットが現れるなり深々と頭を下げて謝罪した。

「この度は、いいえ、またあなた方には迷惑をかけてしまった」

母の駆け落ちの真相はもう知っているのだろう。先代侯爵夫人の目には涙があった。

「あなたにもあなたの母君にも何と言えばいいか。もう十七年もたって息子も落ち着いただろうと油断をしていました。迷惑をかけて」

貴女の母君は私の気に入りの侍女でした、と彼女は言った。

「彼女が心底望み、息子の性格がもう少しあれなら、家格を超えても侯爵家に迎えたでしょう。けれどあなたの母君には好きな人がいて、私としても息子を押し付ける気にはなれなくて。アドリアナも去り、息子もそれからはおとなしくしていたからと安心して嫁に後は任せて領地に下がっていましたが。今回のこと、侯爵家を代表してお詫びします」

侯爵は魔物の暴走により死亡したが犯した罪が大きすぎた。生前に遡って罪を負い、罪人の烙印を押され侯爵位を剥奪された。領地の大半と、魔導貴族のとりまとめ役という代々の家職も国に返上し、まだ成人前の幼い息子が家を継ぐことだけは許されたが、当分、イグナーツ家は王家預かりの身ということで、公の監視下に置かれることになった。

重い罰であり、貴族としては再起不能同然の恥だ。

「ですが、それだけのことはしました」

静かに受け入れた先代侯爵夫人には貫禄があった。そして彼女はリリベットがドラコルル家に正式に嫁入りすることを望むなら全面的に協力する、と言った。伯爵夫人にふさわしい教養を身に着けられるよう、自分が教師を務めようと。

「せめてもの償いをさせてください」

息子を失ったばかりで心を痛めているだろうに、そう言って彼女は帰って行った。


その夜のこと。リリベットは一人になりたくて、こっそり屋根に上った。

一人で夜風にふかれながら座っていると、

「うわ、どこに上ってるんだよ。君、野生児なの」

と、ぶつぶつ言いながらレネがやって来た。そのまま無言でリリベットの隣に座る。

しばらく二人で星を見上げていると、彼がぽつりと言った。

「……言ったよね、悩みはわけ合えって」

「う、うん……」

だが言いにくい。彼と想いを告白し合ったとはいえ、あれから状況が変わったからだ。

リリベット個人の心はもう決まっている。

彼の妻になりたい。正式にドラコルル家の家族になりたい。

だが改めてこの国で伯爵夫人となることを考えるとためらう。ルーリエ妃の惑い、イレネ大公の言葉、園遊会で絡まれた時のこと。リリベットは貴族としての知識が追いついていない。社交の場に出ればまたレネの足を引っ張るだろう。それに……。

「行きたいんだろ、先代侯爵夫人の所へ」

レネが言った。

「貴族の教養が欲しいからだけじゃなく、イグナーツ家と和解したいから。悪いのは侯爵だけどそれでも君の母君が原因になったことだし、先代侯爵夫人や残された息子に罪はないから苦しい立場に立たせたくない、そう思ってるんだろう？」

図星だ。イレネ大公も言っていた。ルーリエ妃が王家に入る決意をしてくれた時、許されたように感じたと。イグナーツ家にとってリリベットは疫病神のような存在だろう。だが自分がイグナーツ家に行儀見習いに行くことによって、アレクサ家とイグナーツ家の関係は修復される。大きすぎる醜聞で地に落ちたイグナーツ家の評判も少しはましになるはずだ。

何より心を痛めている先代侯爵夫人の申し出を受けることで、彼女の心の負担を減らしたい。

十七年前と今回で運命を狂わされた人々をおいて自分だけが幸せになんかなれない。

「……ったく。お人よしなんだから」

レネが夜空を見上げて、深い息をはいた。

それから、行って来なよ、と言った。ウシュガルルは元に戻ったし、フシュたちだけなら父様たちもいるから何とかなるから、と。

「その代わり二年したら迎えに行くから。その時は拒否は許さないから。正確には二年後の六月十四日。その日が僕の誕生日。成人して、親の同意がなくても妻を迎えられる歳になる。それまでは先代侯爵夫人の所でおとなしくしてて。その間に僕もちょっと体を鍛えてヴァスィル家の男たちの相手をしてくるから」

「え？　ヴァスィル家って？」

「あそこの一族、自分たちが嫁を取る時は気にしないくせに、よその男が一族の娘を奪いに来ると総当たりで組手を挑んでくるんだよ。僕が行ったら絶対ミハイルの馬鹿が本気出してくるし、今の筋肉量だと厳しいから。あの馬鹿どもを黙らせるにはいくら僕でも二年はかかるってこと。だからその間、先代侯爵夫人の所で他にどんな顔のいい男が来ても無視して修業しといてって言ってるの。それだけ時間が空けば君も僕を男と見られるようになると思うし」

え？　それはどういう意味？　首をかしげたところで、どん、と両脇に腕をつかれた。

屋根の上にいきなり押し倒される。

「レ、レネ?!」

「ほら。警戒心がないから簡単に捕まっちゃう。これって僕のことをまだ安全な相手って思ってるからってことだよね。おせっかいな親たちのせいで出会い方が悪かったから、僕たちって恋人をすっ飛ばして家族になっちゃっただろう？　これっておかしいと思わない？」

顔を寄せて言われて、ふっと息を吹きかけられてリリベットはあわてた。

「そ、そんなこと思ってないから、だ、だから離れて、近すぎるからっ」

「この僕が迫ってるのに甘い雰囲気にならない。あわてるだけだ。君って最初の印象のせいか、僕のことを弟分か子育ての共同従事者みたいに思ってる。その印象を変えて一人の男と見てもらうには、少し離れるのも有効だって思うんだ」

肉食獣めいた押しの強さ全開で言われて、リリベットはパニックになる。

「君は魔導貴族の血を引いてる。しかも四家の流れを。都においといて淑女教育を受けさせると悪い虫がいっぱいわきそうだし、それくらいならイグナーツ家の領地に隔離しといたほうがいいかと思うんだ。魔導貴族は封土貴族以上に血筋を大事にするから」

ウシュガルルを見ればわかるだろう、魔導の才や魔物との契約に血筋の問題は重要だからと彼は言った。

「君は競技で自分の血筋と力を皆に見せつけた。これからは育ちなんか関係ない、君が欲しいって男が山ほど現れるよ。だからさっさと結婚して君を僕の妻にしておきたい。だけどそれだけじゃ足りないんだ。法的な縛りだけでなく、君の花嫁としての心も欲しい。だから……僕からのお願い。少し時間をくれないか」

　リリベットに反論の隙を与えず、レネが切なげに目を細めてどんどん攻めてくる。

「後先が逆になったけど、男爵やデニス団長にはもう娘さんをくださいって申し込んだ。君次第だって許可を得てる。逆によろしく頼むって言われた」

　それはリリベットも言われた。男爵にも団長にも、嫁としてここに残るならそれでいいと。

　魔物が迫害される世界で生きるより、ここのほうがリリベットがのびのび暮らせると察したからだろう。「団のことなら心配ない。新しい顔を入れたしな」と、団長は小さな竜にも会わせてくれた。見世物にされていたが待遇が悪く、命からがら逃げ出し行き倒れていたところを拾ったらしい。世話係に任命されたティルトとも仲良くなって、芸も自然と覚えてくれているそうだ。だから、後、残る迷いは……。

「行って来て。本当は離したくないけど、貴族界のこと知らなくて苦しく思うのは君だから」

　レネが言った。

「……だから身に着けておいで。二年は長いけど、その間は僕も我慢するから」

　そして、彼の顔が近づいてくる。満天の星の下、二人の影が重なる。

　彼がそっと屋根の上で口づけた。

　リリベットは拒まなかった。自分から腕を伸ばして彼の背に手を添え、意思を伝える。

　うん、待ってる、と。

「……だから、まず、正式に離縁して」

リリベットはそっとねだった。今度は期間限定でなく本当の妻として迎えてもらえるよう、経歴を真っ白にしておきたいから、と。

そうして二年がたち。イグナーツ家の領地にある邸にレネが両手に花を抱えて迎えに来る。

背がぐんと高くなり広い肩と落ち着いた雰囲気をもつようになったレネはどこから見ても堂々たる大人の男性で、跪き、愛を乞われたリリベットは恥ずかしくなってダッシュで逃げ出した。すかさず追ったレネが速攻で彼女を確保する。

「ったく。往生際が悪いんだから。拒否は許さないからって言っただろう？」

低く甘い安定したテノールの美声でささやいたレネが、薔薇の花が咲き誇るイグナーツ家の庭園で、リリベットの顎に手をかけ、離れていた分までもと性急に愛を乞う。

そんな二人の背後では、久しぶりに己の主と決めた乙女と再会できたウシュガルルが満足そうに宙に寝そべり、元の姿を取り戻したフシュたちが二人を祝福するように飛び交う。

二人の新婚生活はとても賑やかなものになりそうだった――。

あとがき

一迅社文庫アイリスの読者様、はじめまして。もしくはお久しぶりです。藍川と申します。

この度は拙作を手にお取りいただきましてありがとうございます！

おかげさまで孤高シリーズ、第三弾をだしていただけることになりました。

これも皆様のおかげです。読者様、関係者の方々に深く、深くお礼を申し上げます。

（注・こちらは巻ごとに主人公の変わるスピンオフ連作、世界観が同じの一冊ずつの読み切りシリーズになっております。この巻が初めての方でもお話は分かるようになっておりますので、ご心配のなきようお願いいたします。

そしてもうお気づきの方もいらっしゃるかと思いますが。

こちら、世界観的には一迅社文庫アイリス様での一作目、

『崖っぷち令嬢の華麗なる報復　―悪役顔令嬢はさっさと婚約破棄して竜を溺愛したい―』イラスト鳴海ゆき先生

とも同じです。時間軸的にはこちらの孤高シリーズの方が過去のお話。崖っぷちより、五、六十年前の世界になります。ルーア教全盛期の頃ですね）

さて、ということで。

先にあとがきを読まれている方からするとネタバレになるかもしれませんが、今回のお話は夏の夜の夢、野外劇。

ヒロイン、リリベットの里帰り譚、兼、ドラコルル家末弟レネ君の嫁取り物語となっております。

シリーズ一作目ではまだ子どもだったレネですが、大きくなりました。

作者にとって作品中の人物はすべて可愛い我が子ですが、こうして歳を重ねて赤ん坊をあやすまでに成長したところを見ると感無量です。もはや親の心境を通り越し、孫を見る祖父母の心境でした。孫、可愛いです。三白眼の可愛げのない赤ん坊でも、いや、可愛げがないからこそ可愛いと思えます。

くまの先生のイラストがこれまた素晴らしく。フシュたちなど文句なく貴いです。

そして何よりウシュガルルの憎たらしいまでの愛らしさが。

赤ん坊のくせにあまりの目つきの悪さに吹きました。作中の、「神、降臨！」な某挿絵とともにお気に入りです。くまの先生、ありがとうございます。絵の力、偉大。

パソコン画面にむかって思わず合掌してしまいました。

絵の力と言えば、もう一つ。実は今、孤高シリーズ第一巻、『孤高のぼっち令嬢は初恋王子にふられたい』が、青井リオカ先生画でコミカライズされております。

今回はそちらを拝見しながらの初校書きでした。

コミックでのレネは十三歳。愛くるしい少年です。その笑顔を見ると我ながら笑えるほどイメージが引きずられまして、直しても直しても作中の彼が十三歳になってしまい、その影響力はくまの先生の十六歳レネ君ラフ画を拝見するまで続きました。

絵の力、思い知りました。よろしければコミック版の小悪魔レネ君も見てみてください。あざといまでに可愛いです。

そんなぐあいに皆様のおかげでどんどん厚みが増しているこのシリーズ。少しでもお楽しみいただけたら幸いです。

それでは紙面も尽きてまいりましたのでこの辺で。

またお会いできる日が来ることを願いつつ。

ここまでお付き合いいただきましてありがとうございました！

藍川竜樹

IRIS ICHIJINSHA

孤高の花姫は麗しの伯爵様と離縁したい
―魔物の子育て要員として娶られました―

2022年8月1日　初版発行

著　者■藍川竜樹

発行者■野内雅宏

発行所■株式会社一迅社
〒160-0022
東京都新宿区新宿3-1-13
京王新宿追分ビル5F
電話03-5312-7432（編集）
電話03-5312-6150（販売）

発売元：株式会社講談社
（講談社・一迅社）

印刷所・製本■大日本印刷株式会社

ＤＴＰ■株式会社三協美術

装　幀■小沼早苗（Gibbon）

ISBN978-4-7580-9478-8

この本を読んでのご意見
ご感想などをお寄せください。

おたよりの宛て先

〒160-0022
東京都新宿区新宿3-1-13
京王新宿追分ビル5F
株式会社一迅社　ノベル編集部
藍川竜樹 先生・くまの柚子 先生

ぼっち令嬢に持ち込まれたのは、王太子との偽装婚約⁉

『孤高のぼっち令嬢は初恋王子にふられたい
―呪いまみれの契約婚約はじめました―』

著者・藍川竜樹
イラスト：くまの柚子

「わ、私、あなたの呪いを解きます」
ぼっち気味の令嬢ルーリエに舞い込んだのは、王太子殿下との婚約話！　殿下の婚約者候補になった令嬢が次々と呪われることから、呪いに対抗するため、魔導貴族のルーリエに契約婚約話が持ち込まれたのだが……。彼に憧れ、隠れ推し生活をするルーリエには、彼の存在はまぶしすぎて――⁉　期間限定でも最推しとの婚約なんて、無理すぎます！　呪われた王太子と令嬢の婚約ラブコメディ。